VIAGENS
através da imaginação

Lucinda Maria

ISBN: 9798443896410
Amazon Publicação Independente

Capa: Manuel Amaro Mendonça
Imagem de capa: Pintura a aguarela de Lucinda Maria

Patrocinado pela Câmara Municipal de Oliveira do Hospital

Produções Debaixo dos Céus
manuel.amaro@debaixodosceus.pt
https://www.debaixodosceus.pt

VIAGENS

atravês da imaginação

Lucinda Maria

ÍNDICE

Dedicatória

Para ti, meu querido Fernando, a quem li tantos destes textos e que tanto me incentivaste a publicá-los. A minha saudade e a minha gratidão serão eternas! Como tu viverás para sempre no meu coração!

Para a minha querida mãe, que está sempre comigo.

Para o meu querido filho, sangue do meu sangue, minha continuidade.

Para as minhas queridas irmãs, sobrinhos e sobrinhos-netos.

VIAJANDO

Abracemos as asas da imaginação,
com a volúpia das aves,
num voo tonto e torto…
Sobrevoemos paisagens de encantar,
vivamos no seio da recordação,
procurando um bom porto…
Embarquemos na máquina do tempo,
façamos o passado presente
e que o presente seja devir…
Demo-nos as mãos e amemos
este, aquele, o outro… todos,
num arrebatamento, a sorrir…
Se tudo começa pelo sonho,
viajemos em explosões de cor,
nas palavras prenhes de magia…
Viagens idílicas, viagens prazerosas,
observando tudo, tudo vivenciando,
como se fora realidade, que contagia!

Lucinda Maria

Prefácio

Estava um dia chuvoso e frio. De manta e livro na mão, preparava-me para passar a tarde no sofá quando, de repente, me pareceu ouvir o barulho de um avião a aproximar-se. Fui espreitar. Era mesmo! De dentro do cockpit sorriram-me duas caras conhecidas: a minha querida amiga Lucinda e o Principezinho. Quem melhor do que estes dois para me conduzirem numa viagem de encantar? Experiência não lhes faltava! E o convite era irrecusável.

O vento amainou, deixando apenas pedaços de nuvens em forma de saudade. Quanto a isso, o menino de cabelos loiros já nos tinha alertado: uma vez cativados, seríamos únicos aos olhos de quem nos cativou e corríamos o risco de sofrer com as saudades, pois o essencial só se vê com o coração. E foi mesmo ao centro do coração que rumámos, porque a autora, cuja pureza de menina ainda reina dentro daquele corpo de mulher, é uma defensora acérrima das suas origens: Oliveira do Hospital. Uma cápsula do tempo transportou-nos até ao século XIII para conhecer o menino ferreiro que se fez Cavaleiro e inspirou poetas. No entanto, o ferreiro não foi o único que por ali andou, em Ulveira de Espital. A fonte que agora se conhece por Fonte Velha, em Lourosa, foi testemunha de um amor avassalador. Embora a sorte não tivesse bafejado Fátima e Roderic, há ainda quem acredite ser possível ouvir as declarações apaixonadas de ambos. Basta sonhar!

Apesar da emoção, havia muito mais para descobrir. Temia que a fuselagem do avião não resistisse ao retrocesso vertiginoso do tempo, mas antes que me pudessem sossegar já estava no século I depois de Cristo, agarrada a uma grande mulher, a Júlia Modesta. Fiquei parva com o espírito empreendedor desta sacerdotisa romana e de como a sua importância e feitos prevaleceram no tempo. Fiquei com vontade de voltar a Bobadela... Talvez volte a encontrar a Júlia em mais uma incursão ao presente.

Uma vez nas redondezas, fui convidada a conhecer retalhos de memórias que compõem a história de vida da Lucinda. A lucidez e a forma vívida com que descreve os acontecimentos levam-me a acreditar que a minha amiga tem mesmo uma máquina para viajar no tempo.

Apresentou-me o Padre João e fartei-me de rir com a sua astúcia. Depois um belo tapete de folhas conduziu-me até à Casa de Cima. No seu lugar construíram o Palácio da Justiça, mas as recordações, essas, ninguém as apaga. E porque saudade rima com poesia, segui por um túnel iluminado por archotes. Tal e qual as mil e uma noites do Aladino, no entanto, sendo em Lourosa, esta noite prometia mais encanto. Afinal, não é todos os dias que vestimos a pele de moçárabe! Depois de uma noite de sonho veio o pesadelo. Felizmente, uma sova bem dada resolveu a questão. Um triste episódio que não me impediu de visitar outras terras encantadas.

A jornada foi longa e produtiva... digamos que deu para matar o vício. E matou-o tão bem, que nunca mais quis ver piriscas à frente dos olhos. Se o vício da guerra fosse assim fácil de eliminar... Em vez de cadáveres, muitas crianças podiam contar até cem com a ajuda dos trabulos das couves ou iniciar uma carreira de autor, escrevendo bilhetinhos diariamente. Podiam contar a estória dos sapatos feios, do tachinho de alumínio, do orgulho das meninas na senhora engenheira.

Ah, se eu soubesse quanta poesia cabe na alma da gente! Não sei, mas para o caso também não interessa. Desta

IV

vez, é com a prosa maravilhosa da Lucinda que seguimos viagem. Podemos embarcar através do imaginário como aconteceu comigo. No entanto, cada um de nós fará paragens em destinos que lhe são familiares. Quem nunca cedeu à tentação de provar a cobertura de um bolo que atire a primeira pedra! E quem nunca bebeu uma "chinguita" às escondidas, com a cumplicidade do avô, não sabe o que é viver. Olhem, são ferro velho, é o que é!

Estou em pulgas para vos contar o quão aprazível foi esta leitura, as gargalhadas que dei, as vezes que voltei a ser menina, as histórias que me marcaram... mas não posso desvendar tudo. Posso é garantir que, seja qual for o género – prosa ou poesia – o nome Lucinda Maria é sinónimo de qualidade ímpar e total respeito pela Língua Portuguesa. Este livro "Viagens através da imaginação" não se fica pela excelente companhia. É também uma fonte riquíssima de saber. E porque esta obra viverá muito além do que me estará destinado, não posso esquecer o grande Homem e Amigo Fernando Reis Costa. No início disse que vi duas caras conhecidas. Menti. O Nando também estava. Está sempre presente... E radiante de orgulho!

Suzete Fraga

FERREIRO OU CAVALEIRO?

Ulveira de Espital era a sua terra, o torrão onde nasceu e se fez homem. Localidade hospitalária, porque doada por D. Teresa, mãe de D. Afonso Henriques, à Ordem do Hospital, por volta de 1127. Terra antiga, portanto!

Nasceu muito mais tarde, já Portugal era Portugal e já no século XIII.

Quando criança, Domingos gostava de brincar na rua, mas também de apreciar a paisagem. Ia frequentemente lá para os lados do Rio de Cavalos e sentava-se sossegadinho a ouvir a música das águas a saltitarem de pedra em pedra. Pensava em aventuras, sempre montado num belo cavalo, como aqueles que via irem à oficina do pai, que era ferreiro e ferrador. Gostava de ajudá-lo e ia muitas vezes até lá. Aqueles animais apaixonavam-no de tal modo que chegava a sonhar ser cavaleiro e entrar em lutas. Mas como poderia ser? Tinha de ajudar a família e a vida não era fácil.

Pior ficou quando o pai faleceu, inesperadamente e ainda bastante novo. Domingos era um rapazola já crescido e começou a trabalhar na forja com os irmãos para ajudar a mãe.

Desengane-se quem pensa que o sonho se desvaneceu ou ele se esqueceu do que queria realmente fazer da sua vida. Não. Só estava à espera de uma oportunidade.

Acabou por surgir, não se sabe bem como. Não se sabe bem como, de um dia para o outro, ele partiu e foi para França. Constaram muitas coisas, algumas até desabonadoras da sua honestidade, mas foram "lendas" nunca confirmadas.

1

O que é certo é que viveu em França e lá se tornou um importante cavaleiro. Estava-se na Idade Média, em plena época das Cruzadas e da Reconquista Cristã. Nesta, tiveram grande preponderância as Ordens Religiosas e Militares, que ajudaram os reis Cristãos do Norte da Europa nas lutas contra os Muçulmanos que tinham invadido a Península Ibérica (chamada Al-Andalus) e não só. Será que Domingos Joannes terá feito parte da Ordem dos Hospitalários, a tal Ordem que tanta importância teve na formação da nossa terra? Não há certezas quanto a isso, embora alguns indícios possam levar-nos a essa ideia, como se verá mais tarde.

Parece que sim, ajudou o rei de França que o nomeou Condestável. Tornou-se poderoso. Casou. Teve descendência, três filhos que o queriam imitar em tudo e tinham grande orgulho no pai. O mais velho, Bartolomeu Joanes chegou a ser colaborador de D. Dinis e está sepultado em Lisboa, na Sé da capital.

Anos mais tarde, o Cavaleiro Domingos Joanes enviuvou e resolveu voltar ao seu torrão natal, ou seja, Ulveira de Espital. E voltou com os seus três filhos já adultos.

Quando voltou, era outro. Ninguém reconheceria nele o ferreiro de outros tempos. Era um senhor rico e poderoso. Possuía muitos territórios, extensivos até a outros que hoje pertencem ao concelho de Tábua. Segundo se diz foi senhor de Touriz. Não se sabe ao certo onde terá residido, mas há quem fale que foi para os lados do Outeiro, na Zona Histórica da Cidade.

Voltou a casar com uma dama, cujas origens estão, agora, mal documentadas. Uma linda senhora ainda jovem, sempre ricamente vestida. Chamava-se Domingas Sabachais e também desta teve descendência, pelo menos um filho chamado Martim Joanes.

Tornaram-se, realmente, uma família de grande poder económico. Certo dia em que conversava com a mulher no frondoso jardim de sua casa, disse:

— Vou mandar construir uma Capela para nela sermos sepultados, quando partirmos desta vida!

Ela concordou e logo sugeriu que deveria ser uma linda capela e que gostaria que fosse dedicada a Nossa Senhora da Graça.

Isto aconteceu na primeira metade do século XIV. Foi quando começou a construção e claro que só podia ser perto da Igreja. Como sabemos, era onde se sepultavam os mortos, porque não havia cemitérios. Isso só aconteceu mais tarde, em pleno século XIX.

Embora de ascendência mergulhada numa certa sombra, parece que era neto de D. Chavão, rico-homem das terras de Seia, mas morador em Garamacios (hoje Gramaços). Possuidor de muitos bens e riquezas, começou a construção da Capela em granito, não muito grande, mas com pormenores góticos de extrema beleza. Mas não se ficou por aqui. Nessa altura, tinha oficina em Coimbra o escultor aragonês Mestre Pêro. Nem mais nem menos do que o artífice do primeiro túmulo da Rainha Santa, imponente e onde ela foi inicialmente sepultada. Hoje, encontra-se no Departamento Museológico do Mosteiro de Santa Clara-a-Nova.

Ora, a este mestre encomendou Domingos Joanes não só as estátuas jacentes dele e da mulher, estátuas de grande sumptuosidade que os mostra como grandes senhores, em calcário da zona de Portunhos/Ançã. Contrariamente ao costume para as estátuas representando os mortos em decúbito dorsal, estes estão em decúbito lateral, a dama virada para ele e ele vestido de cavaleiro e armado com espada e escudo, de costas para ela. Como disse Miguel

Torga: "Para que ele a não veja e ela tenha de o ver"! Também um magnífico retábulo para o altar feito em calcário policromado, com duas imagens de Nossa Senhora da Graça, uma num alto relevo, outra a três dimensões, colocada mais acima numa pequena mísula. Ainda e não menos importante (pelo contrário) uma estátua de pequenas dimensões, representando um Cavaleiro Medieval, que seria ele próprio. Rara, muito rara! Todas estas esculturas revelam o traço muito próprio de Mestre Pero, cujas obras inconfundíveis se encontram disseminadas por vários monumentos do país.

A entrada voltada a Sul fazia-se por um arco em ogiva. A luz entrava apenas por duas janelas tipo óculos circulares virados a Norte.

Por tudo isto, esta Capela e o seu acervo escultórico constitui um dos mais importantes espaços funerários góticos portugueses, que sobreviveu até aos dias de hoje. O facto de se encontrarem esculpidas numa parede e ainda no chão as Cruzes de Malta, leva a pensar que Domingos Joanes terá sido cavaleiro dessa Ordem (fundada em S. João de Jerusalém, como Ordem do Hospital).

Seja como for, não era uma pessoa qualquer que se dava ao luxo de tanta riqueza ostentada numa Capela Fúnebre.

Cavaleiro foi, sem dúvida. E ferreiro? Apresenta-se Domingos com essa profissão e daí o nome dado à Capela até ao presente. Hoje, encontra-se incorporada na Igreja Matriz.

Antepassado de Frei André do Amaral, figura ilustre da nossa História, ainda que injustamente condenado e decapitado por traição. Só, mais tarde, foi inocentado. Para o lembrar há uma muito escondida e pequena travessa com uma placa toponímica onde se lê Frei André do Amaral, lá para os lados do Outeiro, em plena Zona Histórica.

Quem havia de dizer que Domingos viria a ser o ícone da nossa cidade? É e, por isso mesmo, foi encomendada a Mestre António Duarte, uma grande estátua, representando o Cavaleiro, uma interpretação livre do que existe na Capela dos Ferreiros. Ao contrário deste, em que o cavalo tem as quatro patas pousadas, o maior tem as dianteiras empinadas. Isto sucedeu, porque foi feito para colocar num pequeno lago circular ao pé do Palácio da Justiça, inaugurado em 1966. Mais tarde, foi mudado para a entrada da cidade, numa placa circular ajardinada, que hoje é uma rotunda.

Quem havia de dizer que aquela Capela seria Monumento Nacional? Sim, desde 1936. Pela sua beleza e importância, é o nosso orgulho.

Dela, disse Miguel Torga: "Quem quiser ver a Idade Média ao natural, venha aqui a esta espantosa Capela dos Ferreiros: a cavalaria, a religião e o amor, tudo na sua pureza natural"! E deixou este poema:

ROMANCE

Um cavaleiro e uma dama.
Cada qual na sua cama,
Lado a lado;
Mas voltados,
De modo que ele a não veja
E ela tenha de o ver.
Isto à sombra de uma igreja
Que os há-de absolver!

Traição dela?
Excesso dele?
Segredos que o tempo leva,
Mas deixam mágoas de pedra...
Até numa sepultura
A raiz duma amargura
Encontra o sol de que medra.

Dorme, dorme, cavaleiro,
Com tuas barbas honradas;
Dorme, também, linda dama,
Com tuas contas passadas
E teus véus medievais.
E o pecado
Deixai-o assim acordado
Para exemplo dos mortais.

Miguel Torga
(Baseada em factos históricos conhecidos, mas também ficcionada)

A Bela Moura

Tudo se passou na beirinha do século X. Portugal ainda não era Portugal. Havia vários reinos cristãos no Norte da Península Ibérica e o Condado Portucalense.

Mais para Sul era o Al-Andalus, dominado pelos Muçulmanos.

Ensinaram-nos que estes eram maus, umas verdadeiras pestes com quem foi preciso lutar, a quem foi preciso matar e, finalmente, expulsar. E nós, quando éramos pequenos e frequentávamos a escola, associávamos os Mouros (também chamados Infiéis, Sarracenos, Muçulmanos, Árabes) a pessoas malvadas, que só traziam desgraça e ficávamos todos contentes quando éramos nós, os bons, a vencer.

Agora, sabemos que não era tanto assim, nem eram tão maus assim.

Depois dos Romanos e dos Visigodos, que por aqui andaram e deixaram marcas, também os Mouros o fizeram. Eram um povo inteligente, sagaz, com práticas agrícolas bem avançadas e inovadoras. Inventores e cientistas, cujo saber ainda hoje é aproveitado.

E surgiram comunidades moçárabes, onde as populações conviviam e se influenciavam mutuamente. Salvo raras excepções!

Era uma vez uma pequena aldeia onde havia muitos loureiros. Situada bem perto da Serra da Estrela, já por lá tinham passado os Romanos e os Visigodos. Uns e outros deixaram marcas. calçadas romanas, sepulturas visigóticas, fontes… indiciaram e fizeram eco da sua presença.

Chegaram os Mouros e naquela aldeiazinha nos extremos fronteiriços das lutas armadas acabaram por conseguir viver com alguma paz e harmonia cristãos e árabes, digamos que se toleravam mutuamente. Tanto que até andavam a construir uma igreja cristã, vencidos que eram já os árabes e se organizava o novo reino das Astúrias, mas com algumas influências artísticas dos mesmos, daí vir a chamar-se "moçárabe", por ser construída por cristãos "arabizados." Nela trabalhavam jovens da terra, mas eram ajudados por jovens muçulmanos, que aí teriam permanecido, trabalhando para alguns cristãos que os pouparam da escravatura. Para as gentes das terras, a menos que fossem feitos escravos, era só uma questão de pagarem impostos a um novo senhor, agora cristão...

Um rapaz chamado Roderic distinguia-se dos demais, pela sua perícia no mister, mas também pelo seu porte. Alto e atlético, de feições muito correctas e belos olhos da cor do céu. Parecia um deus grego. Chamava a atenção, sim!

Por ali passavam algumas moiras. Eram lindas, morenas e lindas. Vestiam túnicas ou djilabas e envolviam a cabeça em véus que esvoaçavam juntamente com os caracóis dos seus cabelos negros. Usavam muitos enfeites dourados, pulseiras e brincos com pendentes. Chamavam a atenção dos que trabalhavam na construção da igreja.

Roderic não fugia à regra, mas havia uma... Sim, havia uma especial, diferente das outras, pelo menos aos olhos dele. Era uma visão que lhe fazia vibrar os sentidos. Aqueles olhos verdes pareciam esmeraldas faiscando ao sol. No rosto moreno de pele sedosa e lisa pareciam duas lâmpadas exalando perfumes afrodisíacos.

Ela passava uma e outra vez e exercia toda aquela atracção sobre ele. Não sabia sequer o nome dela, mas, sem dar por isso, estava perdidamente apaixonado. Também não sabia se ela já teria dado por ele. Nunca dera por isso. Mas fez a si próprio uma promessa: "Esta bela moira há-de ser minha!". Ainda não sabia como fazer, mas algo haveria de ocorrer-lhe. Ele era pobre, mas tinha a beleza e a mestria no trabalho. Ela parecia ser rica pela maneira como se vestia sempre pomposamente. Havia de descobrir tudo sobre a sua amada.

Mal ele sabia que ela já o notara; mais, mal ele sabia que ela daria tudo para estar com ele e conhecê-lo e amá-lo. Passava ali só para ver aquele rapaz tão bonito de pele clara, mas com um porte atlético, com uns olhos maravilhosos!

Chamava-se Fátima. O pai quisera dar-lhe o nome de uma das filhas do seu profeta Maomé. Sabia que aquele romance por que ansiava seria difícil! Pertencia a uma família tradicional e rica. Era quase uma princesa moura, a única filha daquela família. Tinha vários irmãos todos mais velhos, que se distinguiam na agricultura, usando engenhos que os árabes inventaram, muito apreciados pelos cristãos. Fátima temia um pouco a reacção deles e do pai, principalmente. À mãe até já falara no misterioso jovem. Ela ajudou-a a saber quem ele era e como se chamava.

Ora, a Igreja estava a ser construída num terreno onde havia as sepulturas visigóticas, algumas antropomórficas. Do que se lembrou ela? De vez em quando, ia pelos campos colher ramos de flores silvestres e depositava-as naquele lugar que considerava sagrado. Aproveitava para estar ali mais tempo.

Claro que isto não passou despercebido a Roderic! E pensou:

— Ela também olha para mim, tenho a certeza! Vou ter de arranjar maneira de falar com ela!

9

Se o pensou, melhor o fez. Numa pequena pausa do trabalho, apanhou um lindo ramo de flores e esperou que ela aparecesse. Logo que a viu, aproximou-se:

— Boa tarde, linda moura. Eu sou Roderic. Que belo gesto o teu de vires aqui trazer flores!

Ela corou ligeiramente e levantou os olhos para ele. Irradiavam beleza aqueles olhos verdes! Quase se sentiu hipnotizado! Mas… não desarmou e estendendo as flores que tinha apanhado, disse:

— Estas são para ti. Gostas?

Mais uma vez ela corou ligeiramente, mas, enfrentando aquele olhar azul, falou:

— São lindas. Obrigada. Eu sou Fátima.

Roderic sentiu-se mais afoito e, olhando-a profundamente, ripostou numa voz rouca e sensual:

— Sabes, parece-me que te conheço há muito tempo, Fátima. Onde podemos falar os dois?

— Ali em baixo há uma fonte muito bonita e é um lugar maravilhoso. Convida à poesia e gosto muito.

— Podemos encontrar-nos lá? Quando quiseres, faz-me um sinal e eu vou ter contigo.

Assim se conheceram e, a partir daí, passaram a ver-se na fonte. Ao som da nascente, fizeram juras de amor eterno. Envolvidos por aquele ambiente luxuriante, trocaram carícias e beijos. Falaram das suas vidas e sabiam que não seria fácil aquele amor. A paixão era avassaladora. Ele dirigia-lhe palavras que a deixavam em êxtase. Ela sorria e correspondia. Amavam-se e amaram-se.

Fátima contava tudo à mãe e pedia-lhe que intercedesse por ela junto do pai. A mãe prometeu-lhe todo o apoio. Só esperava o momento oportuno.

As obras da Igreja continuavam. Roderic era um exímio trabalhador e muito apreciado. Era, mais do que isso, um artista. Os encontros continuaram sempre naquela fonte, sempre naquele lugar idílico e mágico e sempre que era possível.

Houve um dia em que ele não apareceu. Ficou em pânico, mas não soube o que fazer. Esperou pelo dia seguinte. Voltou à Igreja, perscrutou e não viu o amado. A medo, aproximou-se mais, encheu-se de coragem e perguntou por ele. Um trabalhador respondeu-lhe:

— Roderic não virá mais. Caiu-lhe uma grande pedra em cima e morreu.

Fátima cambaleou e não conseguiu abafar um grito lancinante que lhe saiu da garganta. Pareceu ecoar pelas paredes da Igreja, nos arcos que iam tomando forma, nas árvores cujos ramos pareceram gritar também.

Começou a correr desenfreadamente, as lágrimas a toldarem-lhe os olhos, os véus esvoaçando à sua volta.

Não, não foi para casa. Dirigiu-se à fonte e, ali chegada, chorou convulsivamente e chamou o seu amor e gritou:

— Não! Não é verdade! Roderic, meu amor!

O seu grito ecoou na fonte… as suas lágrimas pareceram aumentar o caudal da nascente.

Ficaria ali para sempre até o encontrar. Quando a mãe, preocupada com a demora, a foi buscar, encontrou-a ainda num lamento ininteligível. Ela já sabia o que se tinha passado e, a muito custo, levou-a para casa. Fátima parecia sonâmbula, deixou-se levar sem reacção, num estado quase cataléptico. Assim foram passando dias, meses, anos… sem que voltasse a sair de casa.

Não se sabe o que se passou depois, nem nunca mais ninguém a viu.

Roderic fez muita falta na obra e foi chorado pelos companheiros. Mas havia que continuar o trabalho, onde a sua marca ficou. Talvez no campanário, quem sabe no ajimez... Ele era um esteta!

A Igreja foi concluída em 912. Ao longo dos tempos, sofreu várias mudanças e até algumas descaracterizações, mas lá continua de pé naquela bonita aldeia do concelho de Oliveira do Hospital: Lourosa. Foi incluída há alguns anos na Rota da Moura Encantada (roteiro de percursos europeus que denotam a presença árabe). Monumento Nacional desde 1916, é um dos quatro templos pré-românicos existentes em Portugal e a mais antiga igreja em funcionamento ininterrupto de culto cristão, no nosso país. O seu orago é a "cadeira de são Pedro de Antioquia", único em Portugal. Singular!

E a fonte? Agora, chamam-lhe Fonte Velha e é um dos lugares mais lindos da aldeia, que, só por si, já é rica em lugares bonitos. Ali, respira-se magia e os poetas fecham os olhos e, prestando atenção, quase conseguem ouvir as declarações apaixonadas de Roderic e Fátima. Quem sabe se o mexer das folhas não traduz os murmúrios carinhosos de Roderic? Quem sabe se toda aquela água correndo por ali não é feita das lágrimas da bela moura? Quem sabe se toda aquela idílica atmosfera não exala o amor que ali foi vivido?

Basta sonhar!

(Apesar de baseada em alguns factos históricos reais, trata-se de uma lenda ficcionada por mim)

VIAGEM AO FUTURO

I PARTE

Chamo-me Júlia Modesta e sou uma jovem sacerdotisa. Nasci num berço do Império Romano, no século I depois de Cristo, quando Roma dominava quase todo o mundo conhecido. Casei muito novinha, como é hábito nesta época. O meu marido chama-se Sextus Aponius Scaevus Flaccus e é também sacerdote.

Dedico-me, sobretudo, ao evergetismo. Esta prática é muito frequente em Roma. Pessoas como eu, ricos e poderosos, têm por hábito oferecer à comunidade certas infraestruturas necessárias. Não é caridade. Eu considero isso um dever, porque todos devem ter acesso a determinados bens. Nós, os Romanos, somos um povo civilizado. Por isso, os valores civilizacionais são algo muito importante. Como estão directamente ligados à educação, à religião, à higiene e saúde, à arte, ao entretenimento, privilegiamos a construção de bibliotecas, templos, banhos públicos, escolas, circos, entre outros.

Tenho a sorte de viver numa zona maravilhosa, com cursos de água, uma cidade tão magnifica que até lhe chamamos Splendidissima Civitas. Aqui reinam a harmonia e a beleza.

Vivo dentro do fórum, o local onde se situam os principais edifícios. De construção imponente e arquitectura romana, com muita estatuária e colunas encimadas por volutas, é aqui que se desenrolam os principais acontecimentos sociais, os mais importantes eventos.

A entrada do fórum é grandiosa. Acontece que, certo dia, ao transpor as portas, verifiquei que estas não estavam em boas condições. Então, resolvi custear eu própria a sua reestruturação. Como agradecimento foi colocada uma epígrafe com o meu nome num local bem visível do fórum. Claro que isso me deu imenso prazer. É sempre bom sabermos que vamos ser lembrados no futuro e que há quem reconheça os nossos actos de bondade. De certo modo, é uma imortalização.

Outro local onde gosto muito de ir é o circo ou anfiteatro. É um local de entretenimento, bastante amplo, onde se realizam jogos e lutas. Tem forma elíptica e o pavimento de areão grosso. O muro que circunda a arena tem duas entradas e é formado por blocos de granito, rematados por uma cornija de duas peças. O enchimento das celas subterrâneas (cavea) aproveita as rochas e, sobre estas, assentam as bancadas de madeira.

Nós, os Romanos, temos uma mitologia própria, da qual fazem parte muitos deuses. O meu preferido é Neptuno, talvez por ser das águas, dos mares. Aqui, nesta esplêndida cidade não há mar. Mesmo assim, foi erigido um templo a esse deus e gosto de me deslocar até lá e meditar, quando me sinto mais desanimada.

Mas... o que mais me dá gosto é passear pelos campos verdejantes desta terra fértil, onde há muitas nascentes e correm cursos de água. Sobre um deles, foi construída uma ponte, que nos permite atravessar para o outro lado. Lá, prolonga-se o verde, às vezes salpicado de flores silvestres. É destas que mais gosto! Deambulo por aqui e por ali, vendo os trabalhadores agrícolas e, às vezes, falando com eles.

Nós, os Romanos, temos-lhes ensinado muitas inovações, que eles aproveitam. Até já utilizam a nossa língua, que é o latim. Aprecio tudo o que é natural e deslumbram-me os pequenos pormenores. Perscruto o horizonte e vejo as serras altas que rodeiam a cidade.

Fico triste quando tenho de regressar ao fórum. É bom contactar com a natureza e ver este pequeno mundo tão puro e limpo!

Assim vão passando os meus dias. Ainda sou jovem, mas sei bem que o tempo vai passar por mim e a morte chegará quando menos esperar. Tenho pena de não mais ver esta terra maravilhosa construída pelos romanos. O meu povo tão poderoso, guerreiro e de civilização tão evoluída. Sei bem que a nossa aceitação nem sempre foi pacífica. Ali para os lados dos Montes Hermínios, que avistamos daqui, houve mesmo um tal Viriato que fez tudo para evitar que nos instalássemos nesta região. Mas conseguimos!

Às vezes, penso como gostaria de voltar cá daqui a muitos anos, ou mesmo séculos, para verificar como estará tudo isto!

II PARTE

Não sei como isto aconteceu. Estou, neste momento, no mesmo lugar onde se situou a cidade romana, a splendidissima civitas.

Já devem ter passado muitos anos, muitos séculos... encontro-me no futuro!

Reconheço a paisagem ao longe, embora esteja tudo muito diferente. Provavelmente, foram muitas as civilizações que, entretanto, se formaram e foram alterando tudo. Ou quase tudo.

O que fazer? Vou dar uma volta para ver se encontro pessoas ou vestígios do meu passado.

Ouço o ritmo cantante da água a correr. Talvez não esteja muito longe de alguma nascente. Perscruto ao meu redor e sigo o som que me chega aos ouvidos mais perto, cada vez mais perto. Reconheço o rio. E a ponte? Está tão diferente! Será outra? Olho para baixo e noto as pedras que constituíam a ponte romana. Alguém a mandou tapar e alargou o pavimento. Que pena! Mas dá para ver que foram usados materiais que não a pedra e talvez por alguma razão.

Aproximo-me cada vez mais do que parece ser um povoado. As casas são de arquitectura completamente diferente! Passo por pessoas, vestidas de modo bem distinto do meu. Parece que não me vêem. Quedo-me à escuta. Ouço alguém falar em Bobadela. Penso que é o nome actual da povoação e, por outra coisa que ouvi, decorre o século XXI. Há palavras que não consigo decifrar muito bem, mas outras sim.

Continuo até ao lugar onde, pelos meus cálculos, deveria ser o fórum. Já lá não está, mas, para minha grande surpresa, vejo um arco bem imponente, que reconheço como uma das entradas. Que bonito ainda está! Vejo colunas meio destruídas, umas mais outras menos. Vejo duas construções, uma também de forma cilíndrica, que não reconheço e ainda uma outra em forma de uma cruz gigante, com uns degraus. Também não me é familiar. Num edifício perto que faz lembrar um templo, descubro incrustadas na parede duas epígrafes: uma que fala em mim, outra que fala em Neptuno. Interessante! Claro que as reconheço imediatamente.

Lembro-me do circo e para lá tento dirigir-me. Será que dele resta alguma coisa ou terá sido totalmente destruído?

Há uma rua... com o pavimento muito diferente das vias romanas do meu tempo. Vejo chegar um veículo estranho com rodas, mas sem nenhum animal a puxá-lo, que pára ali e de onde saem várias pessoas. Riem alegremente e fazem uma grande algazarra. Jovens vestidos de forma um

VIAGENS - Lucinda Maria

tanto esquisita; não usam túnicas… não importa, deve ser a moda de agora! Entre aqueles jovens, duas pessoas mais velhas, que dão ordens e apontam para o arco. Mais tarde, vejo chegar de cima um homem que se lhes dirige. Começam a andar por ali e percebo que estão a explicar do que se trata. Quem me dera poder intervir! Afinal, eu sou daquele tempo!...

Deixo-os e continuo o caminho para o lugar do anfiteatro. Quando o encontro, fico espantada. Está muito bem conservado para o tempo que passou. Deve ter sido remodelado – nota-se! – mas está mesmo bonito! Tão bonito que resolvo sentar-me numa pedra. Fecho os olhos e começo a imaginar um espectáculo: uma luta de gladiadores vestidos mesmo à romana. Sinto-me transportada para os meus tempos de sacerdotisa!...

O tempo passa sem que dê por isso e parece-me que vi mesmo tudo o que a minha imaginação ditou. Dei por mim a aplaudir entusiasmadamente os artistas que, da arena, agradecem. Tanta gente vestida como eu a aplaudir, como eu.

De repente, dou-me conta de que estou sozinha e o campo vazio. Só a areia reflecte o tom alaranjado do céu, que não tarda a esconder-se por trás das serras.

Talvez esteja na hora de regressar para o passado. A minha curiosidade foi satisfeita e, embora não tenha percebido tudo, algo foi bem notório nesta viagem ao futuro. Todos aqueles resquícios da minha civilização são de grande importância. São alvo de estudos e fontes de conhecimento. Noto que a civilização romana, apesar de longínqua no tempo, ainda é considerada.

Nem tudo se perdeu e sinto vontade de vir aqui mais vezes. Até soube, por mero acaso, que um tal poeta guerreiro de nome Brás Garcia Mascarenhas, se referiu a mim. No seu poema épico "Viriato Trágico" publicado no século XVII, dedicou-me estas palavras:

"E uma principal Julia Modesta / As portas à sua custa reedifica / Permanece um letreiro antigo d'esta / Que muito claramente o testifica".

Afinal, a memória de Júlia Modesta continua viva em Bobadela!

(Baseado em factos históricos conhecidos, mas com alguma ficção)

UMA VIAGEM NO TEMPO

Não devemos viver no e do passado. Simplesmente porque já passou... já era! Sobretudo, para quê recordar acontecimentos que nos amalgamaram e nos prostraram? Para quê reviver factos que nos fizeram mal? É só abrir a ferida... fazê-la sangrar, quando já estaria praticamente cicatrizada! Ou não.

Por enquanto, tenho boa memória. Há muita coisa que eu preferia não lembrar, mas lembro. No entanto, também gosto de recordar episódios que vivi ou presenciei ou de que simplesmente ouvi falar. Faz parte da vida... no fundo, é reviver.

À tarde, fui visitar a minha mãe. Confesso que é um lugar que me deprime. Aquelas instituições são apenas males necessários! Quereria que pudesse ter sido doutra forma, mas nunca estou descansada, nunca!

Mas... às vezes, há circunstâncias curiosas, que nos levam a um passado que ainda está bem presente. Pelo menos, no meu coração.

A Fernanda (minha mãe) e a Arlete entraram para a escola no mesmo dia e tiveram a mesma professora. Foram colegas... são meninas do mesmo tempo. A Arlete não casou, mas a Fernanda sim e teve quatro filhas. Eu sou uma delas, a primogénita.

A doença e as circunstâncias da vida juntaram-nas de novo naquele lugar. Estão sempre uma ao lado da outra, como antes, como nos anos quarenta do século passado. Conversam e trocam sorrisos e carinhos. A Arlete tem um sorriso que até ilumina o nosso coração! A Fernanda também.

E foi presenciando uma cena assim entre aquelas duas meninas, que me veio à lembrança algo da minha própria vida.

Quando entrei para a escola, no fim dos anos cinquenta, eu era uma menina de tranças negras, bonitinha e muito tímida. A minha mãe acompanhou-me no primeiro dia e, com espanto, verificou que a minha professora fora a sua professora: Sr.ª D.ª Albertina Ilharco. Que alegria as duas manifestaram!

Já era muito velhinha e iria aposentar-se exactamente daí a meses, pelo que não iria estar comigo muito tempo! Mesmo assim, foi a minha primeira professora. Gostava muito dela e o respeito era muito e o gosto era recíproco. Notava-se.

Um dia, o meu pai trouxe um lindíssimo calendário de secretária e disse-me para o levar de presente à Senhora Professora. Lá o levei para a escola, mas... depois, não tive coragem de ir ter com ela e oferecer-lho. Muito envergonhada, encolhida lá num cantito da enorme carteira, olhava para o calendário e este parecia olhar-me também. Fiz várias tentativas de me levantar, mas voltava a sentar-me. Cada vez me encolhia mais. Como iria satisfazer a ordem do meu pai? Como descalçaria aquela bota? Como foi?

Naquela altura, havia na escola alunas já grandes e, devo dizer que nós, as novatas, até tínhamos medo delas. Naquele dia, foram elas que me valeram. Apercebendo-se da minha atrapalhação e sabendo o que se passava, uma delas disse:

— Senhora Professora, a Lucinda quer mostrar-lhe uma coisa!

Pequenina e algo trôpega, a velhinha mestra (parece que a estou a ver!) veio ter comigo. Disse-me:

— O que é, minha filha?

Timidamente, peguei no meu presente e mostrei-lho, mas não disse nada. Ela admirou-o, dizendo:

— É muito bonito.

Lá me enchi de coragem e balbuciei:

— O meu pai disse que era para a Senhora!

A mestra ficou comovida e agradeceu muito. Eu, nesse dia, também agradeci às mais velhas de quem, habitualmente, não tinha muito bem a dizer.

Passado pouco tempo, a Srª Dª Albertina reformou-se e nunca mais a vi. Veio outra senhora, novinha, recém-formada, a Srª Dª Manuela, de quem gostava muito. Ainda hoje gosto e ela chama-me "a sua menina"!

Andei sempre na Escola Feminina de Oliveira do Hospital, onde, muitos anos mais tarde, instalaram a Casa da Cultura, tendo o cuidado de manter a fachada tal e qual era!

Não há coisas boas de recordar?

Uma Viagem no Tempo

Padre João

Tinha fama e dotes de orador. O padre João era muito conhecido e as suas homilias famosas pela loquacidade e riqueza. Pároco de várias aldeias beirãs, costumavam chamá-lo para abrilhantar as festas religiosas de outras paróquias. A sua voz ecoava pelas naves das igrejas ou capelas. Toda a gente gostava de o ouvir. Claro que, não sendo tolo, o padre João recebia sempre algum pagamento pelo serviço. De borla, só os cães e nem todos!

Em Lagos da Beira, aldeia do concelho de Oliveira do Hospital, havia todos os anos uma romaria dedicada a São Roque. Era realizada numa capela muito bonita, que ainda hoje lá existe. Uma capela com história. O seu projecto foi do arquitecto e cenógrafo italiano Luigi Manini, autor de grandes obras em Portugal. As mais emblemáticas serão o Palace Hotel do Buçaco e a Quinta da Regaleira em Sintra. Esta última pertenceu ao conhecido Monteiro dos Milhões, oriundo de Lagos da Beira e que mandou construir a dita capela.

Voltemos ao padre João. A sua fama chegou a esta aldeia e, num determinado ano, os mordomos encarregados da festa, entenderam abrilhantá-la com a presença e o discurso do afamado prior.

Ele lá veio. Ficou encantado com a pequena capela e com as imagens do interior, além do espaço circundante. Esmerou-se no discurso, teceu belas considerações acerca do lugar. Deixou-se cativar e cativou. Tudo muito bom!

Quando chegou a altura de receber, viu com espanto uma nota de 20 euros na mão de um dos mordomos. Habituado a receber muito mais, não se conteve:

— Só? Não lhes agradou o que eu disse? Errei em alguma coisa? – perguntou, num misto de preocupação e espanto.

O mordomo respondeu:

— Ah! Não, senhor padre. Gostámos muito. Só que o Senhor disse Roque uma vez e é nosso hábito pagar 20 euros por cada vez que essa palavra é dita.

Um pouco mais descansado, o padre João disse:

— Não sabia, mas está bem. Se é vossa norma, tenho de aceitar. Quero fazer uma proposta: gostei tanto da vossa terra, que faço questão de vir cá para o ano outra vez.

Assim ficou combinado e, no ano seguinte, o nosso amigo padre João lá rumou de novo àquela aldeia tão pitoresca, quanto original.

Na altura da homilia, levantou a cabeça, sorriu para todos os presentes e, na sua bela voz de tenor, começou:

— Meus irmãos, aqui estou de novo, nesta bela terra. Rica em nascentes, lagos e charcos. Quando passava na estrada não me contive. Tive de parar para apreciar a paisagem. Que beleza! De um e outro lado, vegetação a perder de vista. O verde a sobressair nas terras bem regadas pelas águas, onde vi peixes, girinos e rãs. Apurei o ouvido e comecei a ouvir vindos de todo o lado os sons do coaxar: roc... roc...roc... roc... roc... roc... roc... roc... roc... roc...

Parecia uma sinfonia, sem dúvida dirigida a São Roque. Estive ali parado e não me cansava de ouvir: roc... roc... roc... roc... roc... roc... roc...

Mais além, de novo: roc... roc... roc...

Foi quando o mordomo o interrompeu, dizendo:

— Por favor, pare, padre João. Já não temos dinheiro que chegue para lhe pagar!

UMA FOLHA

Estou só, mas não me sinto sozinha. Olho à minha volta e mergulho na paisagem. É belo tudo o que avisto. Os campos vestidos de Outono, todos aqueles tons matizados de cores de fogo inebriam-me.

Sento-me no banco, aquele mesmo onde tantas vezes, vivo as e das recordações. Viajo no tempo e vejo outros Outonos. Sempre uma tranquilidade feérica, um adormecer escondido nas vidas de tantos que, agora, já não vivem.

É por isso que gosto de lembrar. Consigo trazer à vida todos os que amei e amo. Alguns deles não chegaram sequer à fase outonal das suas existências.

Ao meu redor, erguem-se árvores de ramos bamboleantes, que o vento faz baloiçar. Não só. Parece que se abraçam uns aos outros num elo indestrutível. Protegem-se e apoiam-se, irmãos entre si e filhos, todos eles, da mãe coragem, que até morre de pé.

Olho o céu plúmbeo, cheio de nuvens de algodão cinzentas-escuras, amontoadas à toa em conjuntos indefinidos. Pesados. Já caíram as primeiras chuvas, mas sinto que vai chover mais. Grossas bátegas lavaram as calçadas geometricamente esculpidas e rugosas. Gotas límpidas encheram de brilho aquelas pedras tantas vezes pisadas. Gastas pelos passos de gente que passa, às vezes arrastando os pés.

Olho o chão antes nu. Agora, tapetes multicoloridos agasalham-no e é fofo o seu pisar. Apetece calcar docemente todas aquelas folhas para sentir a sua textura macia. Como gosto daquelas cores rubras! Como amo todos aqueles tons meio ensanguentados ou dourados!

Baixo-me. Uma entre tantas chama-me a atenção. Com ternura, quase reverência, apanho-a. Miro-a e remiro-a. Fecho os olhos, mas ela permanece na minha retina. Então, já não é uma folha. Vejo nela os meus queridos, todas as pessoas que amo e já não estão cá. Mas vejo e, acima de tudo, sinto-os comigo. Ouço os sons da cascata ali mesmo ao pé e parece-me escutar vozes e risos e alegria. Tudo concentrado numa folha que vou guardar para sempre!

Rodeada da natureza estonteante, como posso estar sozinha? O meu Outono chegou, mas ainda consigo visitar a Primavera. Basta uma folha!

CASA DE CIMA

Apeteceu-me de novo viajar no tempo. Apeteceu-me voltar à Casa de Cima, que foi demolida para, em seu lugar, ser construído o Palácio da Justiça. Lembro-me bem de todo o processo e da polémica que gerou. O meu querido amigo Fidalgo Cabral Metello detestou a ideia, tanto mais que o "mamarracho" (como ele dizia) ficou mesmo em frente do seu solar, a Casa de Baixo.

E apeteceu-me voltar lá, porque conheci aqueles pedaços da minha terra como as minhas mãos. Percorria todos aqueles lugares livremente... ali brincava... ali me divertia de forma sã e criativa. Corria, saltava... cansava-me e, depois, dessedentava-me com a água fresquinha da Fonte Nova, que já não existe. Ficava mais ou menos onde hoje se encontra o lago no largo do Palácio da Justiça.

Voltemos à Casa de Cima. Numa foto dos anos 30 do século passado, vêem-se mais pormenorizadamente as janelas de corte curvo e de pequeno avental, em granito. Vê-se ainda a parte exterior da Capela, dedicada a S. José, que dava o nome àquela rua. Vê-se a porta que era de madeira e apresentava já muitas frestas e estava pouco conservada. Eu gostava muito de espreitar pela fechadura para o interior e lá via ainda o altar e algumas imagens.

Aquela casa era linda e pertenceu a um importante senhor desta região, Engenheiro Caeiro da Mata. Nunca a habitou.

Viviam lá umas senhoras já velhinhas, muito religiosas.

À frente de casa, onde hoje é a fachada principal do Palácio da Justiça, havia um muro e as peixeiras vendiam lá o peixe em certos dias da semana. Por cima, era a paragem das camionetas da carreira e havia árvores frondosas e enormes.

Por ali viviam muitas famílias nas habitações em redor. Todo o conjunto formava uma espécie de quadrado e, dentro deste, um jardim interior.

Como já disse, tudo isto foi demolido nos anos 60 do século passado. Lembro-me bem das obras que pareciam não ter fim. Os canteiros de Nogueira do Cravo e Santa Ovaia trabalharam meses a fio as pedras para o Palácio debaixo de uma pequena tília que ainda hoje existe. Eu passava lá para ir para o Colégio e admirava o seu trabalho.

No entanto, tive pena da Casa de Cima e do seu envolvimento terem desaparecido da nossa convivência. Aqueles pedaços de vidas faziam parte da nossa vida.

Foi boa a viagem, não foi? Prometo voltar!

MUWASSAHA (POESIA ÁRABE)

A um arco redondo, seguia-se um túnel. Archotes iam iluminando o caminho. Só isso já me sugeria algo misterioso, encantado. O cheiro a humidade fazia adivinhar algo de onde brotava água. Uma fonte? Talvez a nascente de um rio que, mais longe, serpentearia por entre campos e vales verdejantes.

Até que, acabado o lusco-fusco do túnel, surgiu um largo. Olhei ao meu redor, entre estupefacta e maravilhada. Paredes de pedras sobrepostas, antigas, muito antigas rematando aquela clareira onde me encontrava. A vegetação caía em cascatas verdes por aquelas rochas evidentemente seculares ou talvez milenares. Havia um tanque cheio de água e enfeitado com pétalas de flores, onde se reflectiam luzes coloridas e faiscantes. Alguns canais com espelhos de água aqui, ali, mais além. E a fonte? Sim, também havia uma fonte com dois pináculos, um de cada lado. Manifestamente antiga e linda! Aliás, tudo ali respirava beleza e encantamento.

Mais archotes nas paredes, lâmpadas e lamparinas. Onde estava eu, afinal? Que lugar era aquele? De repente, uma música árabe suave e doce chegou-me aos ouvidos e aí percebi. Todo aquele cenário fazia lembrar as mil e uma noites. Dei comigo a procurar com os olhos a lâmpada de Aladino. Talvez por ali estivesse alguma princesa moura à espera que um rei cristão a tirasse do encanto. Deambulei por todo o espaço e comecei a ouvir vozes misturadas com os acordes musicais. Era poesia, poesia árabe dita por moçárabes. Não se ouvia muito bem, mas iam chegando até mim belas palavras, tão belas que só por si, me entonteceram pela inspiração poética que evidenciavam. O amor, os amores divagaram por ali, rodopiando pelo ar cada vez mais anoitecido.

Aos meus ouvidos atentos, iam chegando pequenas frases ricas de emoção: "O orgulho no amor – temei-o – é a sua vergonha, mas o prazer – aproveitai-o – é o seu ardor." … "dona da alma do jardim, é terno ramo, coração de zimbro, corça que eu amo"… "olhai quão grande é o amor apaixonado que é vício e delícia e fogo ardente."…

Toda aquela poesia me fez viajar no tempo. Senti-me uma moçárabe, envolta num véu diáfano, emoldurando o meu rosto moreno. Eu própria disse um poema do rei poeta Al-Mutamid, que "conheci" em Silves, há uns meses. Senti-me transportada até ao século X e – o que é mais curioso – reparei que estava em Lourosa, uma linda e histórica terra do meu concelho. Aquele lugar não me era estranho. Já lá estivera antes, mas de dia: Fonte Velha, assim se chama.

A música tudo inundava de magia… as luzes davam ao ambiente uma aura de encanto e mistério! De repente, quando as palavras dos poetas deixaram de ouvir-se, surgiram bailarinas esculturais bamboleando-se… volteando as mãos em gestos plenos de sensualidade. Pareciam esvoaçar pelo ar, deixando atrás de si um rasto de perfume encantatório.

Até que… acordei. Lembrei tudo com exactidão e não contive um suspiro de pena. Fora só um sonho! Eu não estivera lá. Uma indisposição impediu-me de cumprir o que, desde o princípio, me entusiasmara tanto! Tudo aquilo respira poesia e as pedras falam. Contam histórias da História, daquele tempo em que cristãos e árabes viviam em harmonia e havia tolerância.

E eu não estive lá. Ou estive? É que há muitas maneiras de estar!

UMA SOVA BEM MERECIDA

Era apenas uma garota de 11 anos, embora uma mulher no aspecto físico. Bastante desenvolvida, mas ingénua como uma criança. Vivia numa vila do interior, onde todos se conheciam e eram amigos.

Foi numa tarde de Verão que tudo se passou. Andava por ali na brincadeira com uma das irmãs e uma vizinha. Na rua, claro! Correrias inocentes, risadas cristalinas, que, naquela época, não havia muito com que se brincar!

Perto do local, situava-se uma adega, onde alguns homens trabalhavam. De entre eles, o filho do feitor. Helena conhecia-o bem. Era muito amigo do pai e mais ou menos da idade dele.

Notou – claro que notou! – que ele, senhor José, a olhava de forma estranha, quase como se a devorasse com os olhos. Era um olhar insistente e com um "não sei quê" que ela, na sua meninice, não conseguiu identificar. Mirava-a de alto a baixo, demorando-se mais em certas partes do corpo, principalmente nos seios que começavam a despontar sob o tecido leve do vestido leve. E nas pernas roliças bastante bem formadas...

Continuou a brincadeira com a irmã e a vizinha, Conceição e Vera, respectivamente, ambas mais novas do que ela. Tentou ignorar a presença de José, mas sentia o seu olhar pregado nela. E sorria, porque não compreendia bem o que era aquilo.

Ali perto havia um belo jardim pertencente a uma casa solarenga de que Helena muito gostava e conhecia muito bem. Quando José se abeirou delas e as convidou para irem até lá passear, acederam as três. E foram...

Tratava-se de um local paradisíaco, com lagos, tanques, árvores altas e frondosas e, mais para além, vinhas e terras cultivadas. Ao pé de um tanque maior, erguia-se uma tília altíssima, cuja sombra apetecia na canícula daquela tarde de Verão. Havia um banco por perto. Ouvia-se o jorrar da água da fonte, que caía no tanque. Só de a ouvir pareciam refrescar-se as gargantas sequiosas. Estava-se bem ali.

Estava-se, mas não tardou que o paraíso se transformasse quase no inferno. Pelo menos para a garota. Apercebeu-se que o amigo do pai não ligava nada às miúdas mais novas. Estas corriam e brincavam por ali descontraidamente. Toda a sua atenção e atenções se concentravam nela. Aproximava-se... sussurrava-lhe palavras ao ouvido, palavras que ela nem percebia... tocou-lhe nas pernas e tentou ir mais acima... Ela levantou-se de supetão e deixou-o ali sentado.

Helena procurou as outras para saírem dali, mas não as viu. Então, ele levantou-se, pôs-lhe a mão por cima dos ombros num abraço e pegou-lhe na mão. De repente, teve medo, mas o que podia fazer uma criança contra aquele homem tão alto e tão mais velho? Uma náusea de nojo e repulsa percorreu-a toda quando sentiu que ele tinha conduzido a sua mão para algo duro que ele tinha debaixo da braguilha aberta. Mesmo sem olhar (não conseguiu), intuiu de que se tratava. Soltou-se bruscamente e fugiu dali, correndo... correndo... Nem esperou que as outras miúdas se lhe juntassem! Estava demasiado assustada e nem viu que ele ficou parado como uma estátua e nem deu conta que a Conceição e a Vera a seguiram logo após. Mesmo sem perceberem o porquê...

Quando chegou a casa, um ataque de choro fê-la sacudir todo o corpo em espasmos de medo, de angústia...

A tia, quando a viu assim, perguntou:

— O que foi, filha?

Ela não se conteve e, dobrando o choro, respondeu:

— Foi o senhor José. Ele queria... ele queria...

Não conseguiu concluir a frase, mas a tia percebeu e alarmou-se. Chamou a mãe da menina e contou o que se tinha passado, ou o que poderia ter-se passado.

A jovem mulher ficou lívida de raiva e apreensão:

— Mas ele fez-te alguma coisa?

— Não, mãe, mas queria... queria... e eu fugi!

Viu a mãe ver-lhe as cuequitas brancas sem vestígios de nada que pudesse denunciar algo mais grave. Mas disse, abraçando-a e tentando acalmá-la:

— É melhor não dizermos nada ao teu pai. Não sei o que ele poderá fazer. Pode desgraçar-se!

Pois, só que o pai chegou naquele momento e claro que quis saber o que se tinha passado.

Posto ao corrente, Helena viu o rosto bonito do pai transformar-se num esgar quase de ódio. Viu-o dirigir-se à mãe e saírem os dois. Teve medo do que isso poderia significar. Chorou, sempre consolada pela tia e pela avó que, entretanto, tinha chegado. Estavam todas mortas de preocupação. O que estaria a passar-se? Parecia que os pais tinham ido a casa do senhor José. Fazer o quê?

Passado algum tempo que lhes pareceu interminável, chegaram acompanhados do falso e nojento ex-amigo do pai.

Pelo que percebeu, ele tinha negado tudo e o pai trouxera-o para uma espécie de acareação.

Levantou os olhos para ela, meio a medo e perguntou:

— Então não foi o meu filho que apareceu lá e esteve a brincar contigo?

Firme, a menina olhou-o bem nos olhos meio esbugalhados talvez pelo medo e respondeu:

— Não foi o seu filho. Ele nem lá estava. Foi o senhor.

Mal ouviu estas palavras, o pai de Helena virou-se para ele furibundo e começaram a chover murros e pontapés que, depressa, o deitaram para o chão. E a sova continuou. E só muito dificilmente ele conseguiu fugir dali, quando, com um pontapé, o pai de Helena o atirou para a rua.

Naquela noite, naquela casa, ninguém conseguiu conciliar o sono. Nos dias seguintes e durante muito tempo, aquele episódio marcou Helena, que se sentia olhada… analisada… apontada…

Passaram-se os anos, a vida tomou outros rumos, mas Helena nunca esqueceu!

POR TERRAS ENCANTADAS...

Dois dias afastada da minha terra natal. Viajei, viajámos rumo ao sul do País. Mal o sol acabara de nascer lá para os lados do Oriente, partimos. Esperava-nos uma viagem longa... longa...

Expectativas muitas e vontade de ver, conhecer, aprender... sempre aprender mais e mais.

Para mim, que adoro livros, escrita, fantasia, mistério, história, a vontade enchia-me a alma de luz. Quase intuí que a aventura ia ser grande e grandiosa! Mal eu sabia quanto!

Várias paragens ao longo do itinerário, para pôr em ordem aquelas coisinhas que não escolhem dia nem hora e que o corpo nos vai pedindo. Também aqui, mal eu sabia o que me esperava, sem dar por isso. Adiante... A paisagem foi-se alterando... deixámos a nossa Beira, o Ribatejo e aproximávamo-nos do Alentejo. As planícies a perder de vista, os montados, os montes e as suas casas baixinhas, árvores pintadas aqui e além, ninhos de cegonhas, o céu azul, a canícula...

Em Grândola, tirámos a primeira foto de grupo junto a um monumento evocativo dos alentejanos e, lá pelo meio, o rosto de Catarina Eufémia, a ceifeira mártir, símbolo da revolução. A lembrar Zeca Afonso e, sim, uma das senhas do 25 de Abril.

O tempo ia passando, a disposição era boa e chegámos a Almodôvar, um dos nossos destinos, perto da hora do almoço. Esta vila do Baixo Alentejo pertence ao distrito de Beja e tem muito que contar.

E foi aqui, depois de um almoço de migas alentejanas com porco preto, que eu dei conta do que me tinha acontecido, sem que me apercebesse. Aí, a aventura deixou de ser prazerosa, para se tornar num pesadelo. Tenho de confessar que me perturbou, que quase entrei em pânico. Valeu-me, valeram-me todas as atenções recebidas por parte de colegas e amigas de verdade, a quem agradeço do fundo do coração. É bom sentirmos que não estamos sós. Sem querer escalpelizar muito o assunto, direi apenas que, sem me dar conta, perdi ou furtaram-me a carteira com o dinheiro que levava e, pior do que isso, todos os meus documentos, cartões, tudo o que me podia dar a segurança da minha própria identificação e identidade. Senti-me como um sem-abrigo apátrida, um indigente… Houve que tomar certas medidas, entrar em diversos edifícios e instituições e providenciar o possível para debelar a situação. Eternamente grata, queridos amigos, que tudo fizeram para me consolar, dar ânimo… Sozinha, não teria conseguido dar a volta, mas, em Almodôvar, não consegui tirar partido das coisas lindas que fomos ver, nomeadamente o Museu da Escrita do Sudoeste. Culpa minha!

De novo, a estrada… até entrarmos no Algarve. Nova paisagem, novos cenários e Silves à vista. Aproximava-se o pôr-do-sol e, lá longe, o castelo! A sua cor avermelhada brilhava e quase se misturava com o céu ruborizado pelo entardecer. Comecei a sentir-me melhor, perante a perspectiva de algum descanso e alguma calma. A fachada do hotel, estilo mourisco, rodeada de vegetação luxuriante e algo misteriosa deu-nos as boas-vindas. Foi bom entrar no quarto com a minha mana mais velha e serenar um pouco. Entretanto, a noite caiu e saímos em direcção à cidade do rei-poeta Al-Muthamid para comer qualquer coisa.

Ainda cedo, regresso à Colina dos Mouros (nome do hotel) para dormir, descansar e sonhar com novas aventuras na terra dos Árabes, tão presentes em cada recanto daquela cidade do distrito de Faro, que se adivinhava tão bonita e rica!

O sono chegou.

Depois de uma noite retemperadora, passada na Colina dos Mouros, esperava-nos Silves. Sentia-me mais animada e disposta a usufruir daquela terra que eu pressentia ser uma maravilha. Ainda eu não sabia bem o quanto!

Do hotel, atravessámos a ponte sobre o rio Arade e desembocámos na Praça Al-Muthamid. O poeta recebeu-nos de braços abertos por entre pequenas laranjeiras, estátuas, repuxos, escadas, escadinhas... O chão avermelhado pelo grés, tão característico em todo o lado. Vestígios mouros fizeram-nos viajar até ao tempo do rei-poeta, nascido em Beja, rei de Silves e de Sevilha e que, bem novo, morreu em Marrakech. Foi um tempo de prosperidade e riqueza, onde a cultura tinha um papel importante. Sob a sombra das laranjeiras, ao som da água aspergida pelos repuxos, lemos alguns poemas em sua homenagem. Quase se sentiu a presença do rei!

Seguimos a pé pelas ruas e ruelas, sempre de tom avermelhado. O guia esperava-nos... visitámos o Museu Municipal de Arqueologia, onde apreciámos objectos antiquíssimos, verdadeiras preciosidades do passado e até uma cisterna árabe (algibe) onde ainda existe água muito no fundo. E as explicações sucederam-se junto à porta de Loulé, uma das que dava acesso à Almedina (cidade) e ao castelo. A guardá-lo, imponente guerreiro: D. Sancho I, o primeiro conquistador de Silves! Linda aquela cor que parece ruborizar o ar. Não é à toa que se lhes chama terras do grés!

Seguiu-se o almoço e restaurantes típicos não faltavam pelas ruas de Silves! À tarde, pelas 15:00, fomos recebidos no Salão Nobre dos Paços do Concelho, um maravilhoso edifício do século XIX, remodelado nos anos trinta do século passado. Mais uma vez, o estilo árabe presente nas paredes, nos tectos, nas portas e numa abóbada maravilhosa encimada por uma clarabóia.

A Presidente da Câmara Rosa Cristina Palma deu-nos as boas-vindas e fomos presenteados com algumas lembranças. Felizmente que a nossa Directora teve a belíssima ideia de levar uma linda peça de cobre e também alguns livros e peças oferecidos pelo nosso Município!

A Sé naquele tom avermelhado, mesmo ali pertinho do castelo, o chão, as paredes, as casas estilo árabe, os topónimos, tudo na cidade a transportar-nos para o passado, em que no Algarve ainda dominavam os Mouros. Embora tenhamos aprendido na escola a não gostar deste povo, devemos-lhe muitos inventos, sobretudo no domínio da agricultura, da numeração e até de muitos vocábulos. Como sabemos as palavras começadas por "al" têm origem árabe.

Outra característica da cidade, que nos encantou: inúmeros ninhos de cegonhas, em postes, árvores, chaminés, torres... Se é verdade que são elas que trazem os bebés, penso que a população tende a aumentar!

Também o lince ibérico tem em Silves a sua reserva natural e está a reproduzir-se normalmente. Uma espécie que chegou a considerar-se em vias de extinção!...

Era chegada a hora da partida e, cansados, mas animados e mais ricos de conhecimentos, iniciámos a viagem de regresso.

Passámos em Almeirim, onde fomos jantar. Deliciámo-nos com a bela e tradicional sopa da pedra (sabem a lenda?) e com os caralhotos, um belo pão típico da terra.

Chegámos a Oliveira do Hospital às 02:15 da madrugada, depois de uma visita inesquecível a terras de mouras encantadas, de poesia e mistério!

(Viagem efectuada pelos alunos da Universidade Sénior de Oliveira do Hospital)

Por Terras Encantadas...

PIRISQUITA

Sabem o que é uma pirisca? É uma beata. Não, não é dessas a que também chamam "ratas de sacristia", dessas que passam a vida na igreja a rezar. Claro, por serem muito religiosas! Apesar que também se diz que "quem muito reza, de alguma coisa se teme"!

Esta beata, que também se chama "pirisca", é um pedaço de cigarro que não foi totalmente fumado. É sempre bom aprender!

Desde criança que eu sei o que é. E de que maneira!

Sempre conheci o meu pai a fumar. Aliás, naquela altura, era bom que os homens fumassem! Dava-lhes classe e um certo toque de virilidade! Confesso: o meu pai era bonito, mas eu achava-o ainda mais "gato" com o cigarro na mão. Encantada, seguia o dito da mão até à boca e via-o transformado em fumo, saindo como de uma chaminé. Fascinante! Se calhar, até pensava que mais ninguém era capaz de tal façanha! Só mesmo o meu pai!... Pelo menos, lá em casa era só ele. Bem, lá em casa ele era o único homem. Aquilo devia ser apanágio só de machos latinos e bonitos como o meu progenitor.

Um dia, melhor dizendo, uma noite, depois de um serão em família, saíram todos da sala. Todos, excepto eu. E tudo por causa de uma pirisca que vi abandonada no cinzeiro.

Não ia perder a oportunidade. Tinha de tentar fazer alguma coisa com aquela maravilha que o meu pai deixara ali, mesmo à mão de semear. Logo que a última pessoa saiu, levantei-me e dirigi-me até àquele pedaço de cigarro por acaso ainda meio fumegante. Esperando que me ouvisse, dirigi-me a ele:

— Estás aqui, pirisquita? Então, vou-te fumar!

Se melhor o pensei, melhor o fiz. Peguei-lhe, mesmo sem ouvir a resposta, mas não houve resistência. Levei a pirisca à boca e sorvi. Ainda vi a ponta iluminar-se, mas um ataque de tosse profundo e embaraçoso turvou-me a vista. Aliás, acho que me turvou tudo. Senti-me tão mal que pensei que ia morrer. Chorei e pedi socorro, que não se fez esperar.

Se calhar, não compreendi logo toda a especificidade do tabaco, muito menos me falaram dos seus malefícios. No entanto, serviu-me de lição.

Dez reis de gente a dar-se ares de fumadora! Bem feito! – assim me disseram e me contaram.

Nunca gostei de fumar!

PESADELO

Ontem, à noite, mais uma bomba explodiu por ali. Destruiu tudo na sua passagem impiedosa. Matou pessoas, que, em vão, tentaram proteger-se da inclemência com que foram açoitadas.

Agora, o cenário é tétrico. As casas transformaram-se num amontoado de ruínas. Pedras e mais pedras espalhadas pelo chão coberto de sangue e lágrimas. Lágrimas de quem viu morrer, mesmo à sua frente, pais, filhos, irmãos, vizinhos... Lágrimas de quem se sente impotente perante todo aquele caos. Não, ninguém merece!

Sobretudo as crianças não merecem. Ficaram órfãs de tudo e nem sabem muito bem o que lhes aconteceu. Às vezes, choram agarradas umas às outras, mas não são ouvidas. Têm fome e frio e sede e ninguém escuta os seus queixumes. O que fizeram de mal para serem castigadas assim?

Tinham pouco, mas, agora, não têm nada. Mesmo assim, esperam.

Mesmo assim, protegem-se umas às outras.

— Alguém virá! – pensa.

O menino sujo e andrajoso pensa que ainda aparecerá um bom samaritano que o acolha, a ele e ao irmãozito. Pés descalços sobre o chão pedregoso e inóspito, levanta pó a cada passada. Procura algo, mas não encontra. Os olhinhos inocentes turvos de tristeza já nem conseguem chorar. Da sua boquita, saem sons inaudíveis, murmúrios de aflição.

Encosta-se a uma parede e acarinha o menino mais pequeno. Abraça-o fortemente e, aconchegados, conseguem adormecer. O sono veio, mas não a tranquilidade. Não há sonhos para estes meninos tristes, vítimas de uma guerra injusta, cruel, insensata. No pesadelo, vê os pais a morrerem à sua frente e os corpos serem arrastados, deixando um caminho de sangue. Vê pedras e mais pedras a despenharem-se das casas, pessoas a fugir e tudo a ficar destruído. Ouve o bramido das bombas e o som de tiros ali mesmo ao lado. Ouve gritos de terror e choros, muitos choros. Um cheiro a putrefacção invade-lhe as narinas.

Acorda, mas o pesadelo continua. Tudo aquilo é real, bem real. Ele não percebe a razão daquela guerra. Nem fez nada de mal, para merecer tanto mal. A seu lado, o irmãozinho continua a dormir. Encosta-o suavemente à parede e resolve ir procurar algo para comer ou para beber. Levanta-se e, mais uma vez, arrasta os pezinhos pelo chão duro e pontiagudo. Sente as pedras rasgarem-lhe a pele, mas continua a andar.

É aí que vê alguém à sua frente. Um alguém vestido andrajosamente, mas com uma cara bondosa. Um alguém que lhe estende a mão e o acarinha. Um alguém que pega no mais pequeno ao colo e os leva dali. Ele não sabe quem é a pessoa, nem para onde vai, mas não lhe larga a mão carinhosa. Se os leva dali, deve ser para melhor… pior não pode ser!

No meio de um cenário de guerra, às vezes aparece a bondade e a generosidade, aparece um alguém que ajuda e protege. O menino sente que é isso. Andaram… andaram… até que chegaram a uma espécie de esconderijo, pobre mas aconchegante. Depois do pesadelo, aquilo pareceu-lhe um palácio, um milagre.

Não se sabe – ninguém sabe – o que se terá passado com aqueles meninos. Talvez outro bombardeamento os tenha levado para junto dos pais. Ou talvez ainda continuem por ali…

Não posso deixar de pensar quão injustas são as guerras, que flagelam regiões inteiras, tudo destruindo à sua passagem. Uma tristeza profunda me invade, um sentimento atroz que me faz tremer de revolta. E lembro aquele outro menino que também viu matar a mãe e disse para o algoz:

— Quando chegar ao céu, vou contar tudo a Deus!

Pesadelo

OS TRABULOS DAS COUVES

Os métodos de ensino foram mudando através dos tempos. Quando frequentei a escola primária, estudava-se privilegiando mais a memória do que a compreensão. Fui boa aluna, porque era estudiosa e memorizava com facilidade.

Devo dizer que muitas noções só as compreendi verdadeiramente, quando aprendi a ensinar. Frequentei o magistério e, nessa altura, estava tudo a mudar. Felizmente! A lógica, a compreensão, a concretização primeiro e, só depois, a abstracção e a memória. Já foi assim que ensinei durante 32 anos. Não sei como tudo se processa agora, mas até penso que se foi do oito ao oitenta. Nada se memoriza! Tudo fica colado a cuspo! Isto pelo que me é dado observar em algumas crianças com quem lido mais de perto!

Mas... eu quero recuar no tempo e recuar muito! Imaginem como tudo se passava no tempo em que a minha mãe frequentou a escola. Corriam os anos 30 do século passado... Ela era muito interessada e trabalhadora. Tinha uma ânsia imensa de aprender. Quando não compreendia algo, era um tormento!

Curioso: a professora dela foi a minha primeira mestra! Reformou-se nesse ano. Lembro-me vagamente dos elogios que ela teceu à minha mãe, a sua Fernanda, quando esta me foi levar à escola. Muito boa aluna, sim senhora!

Aliás, não raro, ouvi a minha mãe dizer: "Eu era pobrezinha, mas era a melhor aluna!"

Naquele dia, a pequenita saiu da escola muito triste. Quase em lágrimas chegou a casa, a mesma onde eu iria nascer passados anos, doze pelo menos. A minha avó estava sentada na soleira da porta a migar caldo verde. Lembro-me bem dela a fazer esse trabalho. Parecia uma máquina! Fazia um molhinho com as couves, que iam saindo em fios fininhos, meticulosamente cortados com a faca manuseada com mestria. Adorava vê-la fazer aquilo, que ainda me ensinou. Aprendi, mas não conseguia resultados tão bons. Depois, também surgiram as máquinas de ralar, mas não era a mesma coisa!

Quando viu a mãe, a Fernandita começou a chorar. Cheia de ternura, a minha avó perguntou:

— O que tens, filha? O que se passou?

Ela, com os olhos rasos de água e olhando para o chão, respondeu:

— Minha mãe, eu não sei contar. Não percebo como é que se conta. Na minha escola, há meninas que já sabem até 100 e eu ainda não entendi.

Então, aquela mulher/mãe poisou o alguidar do caldo verde já ralado. Pegou nos trabulos das couves e disse:

— Anda cá, filha, que eu vou explicar-te!

Não sei como lhe terá feito compreender, mas o certo é que a minha mãe ouviu com atenção. Limpou os olhos e concentrou-se no que lhe era explicado. À medida que entendia, nascia-lhe no rosto uma nova luz, a do entendimento. Depressa, as lágrimas foram substituídas por um sorriso inocente de felicidade. E disse:

— Ó mãe, já percebi! Já sei!

Foi assim, com os trabulitos das couves que aprendeu a contar. Não foi na escola, nem foi a professora. Foi aquela pessoa maravilhosa que, sendo analfabeta, tinha a mais pura das inteligências. Sendo analfabeta, usou um truque de didáctica para ensinar: a concretização. Sendo analfabeta, soube ser mestra e fê-lo com um método extremamente correcto e eficaz.

Que incomensurável orgulho eu tenho nos meus ancestrais! Então, a minha avó, essa jamais morrerá! Sinto-a sempre comigo!

Os Trabulos das Couves

Os Bilhetinhos

Desde que me conheço gosto de escrever. Talvez desde que aprendi. Verdade seja dita que a minha professora me incentivou. Fazia boas redacções e era gabada por isso.

A leitura era outra das minhas predilecções. Infelizmente, não havia muitos livros à disposição, nessa altura. Quando "apanhava" algo que se lesse, era ver-me a descodificar aquelas letras compondo palavras, que pareciam chamar por mim. Fosse o que fosse, bom e menos bom!...

Lembro-me tão bem! O chão da casa era de madeira. De vez em quando, tinha de ser esfregado, para tirar a sujidade acumulada. Era quase um ritual. Usava-se sabão amarelo. Com os joelhos numa joelheira, molhava-se o soalho e, depois, com uma escova, esfregava-se energicamente. Passava-se o pano molhado para tirar o excesso de espuma e secava-se, de seguida. Que lindo ficava! E o cheirinho...hum!

Para que não se sujasse enquanto húmido, espalhavam-se jornais pelo chão. E lá andava a pequena Lucinda Maria, a menina das tranças pretas, debruçada ou de cócoras, a ler tudo o que estava escrito naqueles papeis impressos com letras pretas. Mais tarde, acontecia tratar-se de jornais franceses, que o meu amigo Sr. Cabral lia muito! Era uma maneira de praticar a nova língua que andava a aprender!

Comecei por falar no gosto pela escrita. Já lá vamos. É que eu tinha a mania de, por tudo e por nada, escrever bilhetinhos. Eram recados ou pedidos que, normalmente, fazia à minha mãe. Em vez de lhe falar, comunicava através de papelinhos que deixava em locais estratégicos.

Lembro-me de algo que, uma vez, aconteceu. Saí da escola primária com apenas 10 anos, mas tinha colegas bem mais velhas, algumas com 14 anos. Uma vez, dei conta (todas demos) que uma delas andava menstruada. Como não sabia o que se passava, entrei (entrámos) em pânico. Pensámos que ela ia morrer. Cheguei a casa apavorada e contei à minha jovem mãe. Claro que ela me sossegou e, mais, explicou-me tudo muito bem explicadinho.

Passado algum tempo, começou a costurar-me uns paninhos brancos muito engraçados com umas fitinhas e uma aplicação de feltro. Claro que me explicou para que eram e me ensinou tudinho! Pois eram os pensos higiénicos de então! Era o meu primeiro enxovalzinho, que adorei. Andava mortinha por que a menarca aparecesse.

O dia não se fez esperar... tinha feito 12 anos recentemente. Fiquei contente, mas não sabia onde estavam os paninhos. Então, escrevi um bilhetinho, que rezava assim: "Minha mãe: Já sou mulher de verdade! Preciso que me diga onde está o enxoval. Um beijinho da sua filha: Lucinda Maria".

Fui pôr-lho num lugar bem à vista e fiquei à espreita. Vi-a pegar-lhe e sorrir... aquele sorriso que só as mães têm, aquele sorriso de uma jovem senhora que ficou contente: a sua menina crescera e era uma mulherzinha!

Chamou-me e eu abracei-a. Já não foi preciso ensinar nada. Eu já tinha percebido.

Os bilhetinhos ainda tinham outra faceta e outra destinatária. A minha maior amiga era a Céuzinha, que me chamava Lucindinha. Não nos tratávamos por tu, imaginem como eram as coisas naquela altura! Éramos boas alunas, muito estudiosas, atentas e bem-comportadas. Os nossos pais igualmente exigentes e, curiosamente, com o mesmo nome: Artur.

Estudávamos muitas vezes juntas e brincávamos muitas vezes juntas. Claro que nem sempre podia ser! Então, o que combinámos? Todos os dias escrevíamos um bilhete uma para a outra, normalmente quando estávamos a estudar e se aproximava época de exercícios, chamadas orais ou exames. Eram papelinhos muito enfeitados, onde dizíamos o que já tínhamos estudado, em que página do livro íamos, o que faltava estudar, se nos sentíamos confiantes ou não...

De manhã, ela passava por minha casa e íamos sempre juntas para as aulas. Quando nos encontrávamos, trocávamos as missivas. Guardava-se no meio de um livro e, normalmente, eu lia-o não nas aulas, mas já em casa descansadinha e à hora do almoço. Penso que ela fazia o mesmo. E garanto: era um prazer!

Começou assim a minha "carreira" de autora. Bilhetinhos!...

Os Bilhetinhos

Os Sapatos Feios

Vou contar-vos a história de uns sapatos. Para já, só digo que não eram feios... eram horríveis! Primeiro quero falar das circunstâncias que os cercaram e também quem mais sofreu com a sua fealdade.

Antigamente, não era fácil encontrar calçado já feito... roupa já feita e à venda nas lojas. A minha tia-avó Natividade fazia camisas de homem e roupa interior de ambos os sexos, desde cuecas, ceroulas, camisolas interiores, corpetes, combinações, camisas de dormir... Era extremamente perfeita no seu mister, muito meticulosa e, por isso mesmo, bastante procurada por muitas famílias bem cá da terra. Também era vagarosa, mas "depressa e bem, não o faz ninguém"!

A minha tia Suzana modista considerada e de bom gosto, muito pretendida pelas senhoras que até lhe ofereciam as "Burdas" e outras revistas de moda. Eu adorava ver e vê-la a costurar. Ultimamente, tinha-se especializado nos vestidos de noiva e conheço muitas pessoas que foram à Igreja vestidas por ela. Eu fui uma delas.

A minha mãe trabalhava muito bem em tricot e fazia imensas camisolas à mão, além de também costurar. Não sei como (e agora, mesmo que lhe perguntasse, ela não saberia responder) conseguiu uns moldes para fazer soutiens com um tecido especial e que davam muito trabalho, com muitos pespontos, mas muito eficazes e resistentes. Ela usava e nós usávamos e garanto que serviam bem o seu propósito. Havia uma senhora cá de Oliveira que só gostava dos soutiens da minha mãe e, de vez em quando, encomendava-lhe uma série deles. Isto mesmo depois de já os haver à venda!...

As minhas primas Mabília e Olímpia eram óptimas, sendo a primeira modista e a segunda, trabalhava em malhas. Estas, além de tudo, eram donas de uma criatividade incrível, de um bom gosto intrínseco e invulgar. Os filhos da prima Olímpia, Zé Maria e Pedro, quando eram pequenos, além de bonitos, andavam sempre com roupa lindíssima e fora do vulgar, tudo obra da mãe e da tia.

As posses não eram muitas e a necessidade aguça o engenho. Conta-se que, uma vez, uma delas foi convidada para um determinado evento. Havia que usar um vestido novo e diferente. Então, qual foi a ideia da prima Mabília? Desmanchou totalmente um já usado e costurou-o novamente até ficar completamente irreconhecível! E brilhou no tal evento e ninguém achou que não fosse novo!

Que grande valor tinham estas mulheres de antigamente! Estas recordações enchem-me a alma de júbilo!

E os sapatos? Vamos lá.

O meu vizinho era sapateiro e dos bons. Teria eu uns 7/8 anos, não sei "por que carga de água", mandaram-lhe fazer uns sapatos para mim. Tirou-me a medida ao pé e nem sei quem escolheu os materiais e o feitio. Quando os vi, fiquei estarrecida! Eram mais feios do que uma bota da tropa: com atacadores, solas de pneu, amarelados e sarapintados como uma salamandra, pesados e faziam um barulhão, quando andava. Ficou destinado que os estrearia no Domingo seguinte para levar à missa. Ficou destinado, mas eu comecei logo a ruminar uma maneira de me livrar dessa.

Os meus pais eram ainda jovens e gostavam muito de passar as manhãs de Domingo na cama, muito entretidos não sei a fazer o quê. Ou talvez soubesse!

A minha mãe veio preparar-me para a missa, tendo-me calçado os "belos sapatos" novos. Voltou para a cama, onde o marido a esperava, ansioso.

Aí, pus em prática a minha ideia genial. Em vez de sair, comecei a percorrer o corredor em frente do quarto, para a frente, para trás uma e outra vez, batendo com os pés no chão, exagerando até o "barulho" que os sapatos faziam. E cantava:

— Um, dois, esquerdo, direito, encolhe a barriga, estica o peito!

Alto e bom som e repetidamente. Eu sabia bem que lhes estava a estragar o "arranjinho". Eu sabia que me sujeitava a uma bofetada ou mais. Eu sabia que podia ser obrigada a ir para a Igreja calçada daquela maneira horrível!

Devo tê-los vencido pelo cansaço! É que a minha mãe também não gostara dos ditos. Por isso, não me castigou, nem me obrigou. Nunca mais os calcei. Uma coisa garanto: se o pé não me crescesse, ainda hoje os usaria. A sua durabilidade era à prova de qualquer caminhada ou exercício ou intempérie!

Então, mandaram fazer outros. Desses gostei: beges, com uma pala sem atacadores e borracha virgem clarinha por baixo. Quando os estreei para levar à missa, não houve fitas. Deixei os meus jovens pais "namorar" à vontade e, pouco tempo depois, nasceu a terceira menina.

Acabei por ter sorte com a minha rebelião! Esquecer? Isso é que era bom!

Os Sapatos Feios

O TACHINHO DE ALUMÍNIO

Era uma vez um tacho. Pequeno, de alumínio e já um pouco envelhecido, ainda servia. E de que maneira! Era especial e tinha poderes mágicos!

Bem, não sei se era ele ou quem cozinhava! O certo é que a comida nele feita era de comer e chorar por mais!

Já tinha muitas amolgadelas e a tampa nem assentava bem. Não importava. Era o tacho do pai. Portanto, a mais importante peça do trem de cozinha lá de casa. Aliás, para o pai era sempre tudo especial, fosse o que fosse.

Também um garfo de alumínio estava reservado para o chefe de família. Era um garfo meio tosco, desengonçado, mas que, segundo ele dizia, fazia com que a comida lhe soubesse melhor.

Quem cozinhava lá em casa era a avó. Uma belíssima cozinheira, diga-se de passagem. Mesmo com parcos ingredientes, fazia cada pitéu! As suas mãos eram mágicas com os tachos e panelas. E fazia tudo com prazer e gosto. Cozinhava para as suas meninas e estava sempre pronta para improvisar algo bom assim, do nada... por magia! Como magia lhe saía da alma, quando contava aquelas histórias do antigamente. As netas ouviam fascinadas. A vida dela não foi nada fácil. Tinha sofrido muitas agruras. Talvez por isso, sentia-se mais feliz... valorizava tudo! Era simpática e querida por todos. Gostava de todos, mas agradar ao pai era uma prioridade!

Às vezes, uma das meninas via algo para comer e pedia. Não raro, ouvia: "Isso não. É para o teu pai"! Pode parecer menos bom da parte dela. Seria, se a avó não arranjasse maneira de compensar. Arranjava, sim! E lá estava a magia de novo!...

Não convém que esqueçamos o tacho velho e amolgado. Afinal, é ele o protagonista da história.

O pai tinha uma profissão que fazia com que, muitas vezes, não estivesse em casa à hora de jantar. Claro que não era esquecido. Aí entrava o nosso amigo. A avó deixava sempre comida para ele e, muitas vezes, era confeccionada naquela peça quase museológica.

Famoso era o arroz de bacalhau que lá cozinhava! As meninas viam-na fazer o refogado, deitar o bacalhau, a água e o arroz. Primeiro tinha de ser escolhido e livrado de algumas pedras ou grãos menos bons. Não raras vezes eram elas que o escolhiam. A água era o dobro da medida do arroz e este era lavado em várias águas. Outras vezes, ela própria o escolhia, numa travessa que colocava no parapeito do janelito (era assim chamada a janela da cozinha). Claro que não se comprava em pacotes de quilo, como hoje. Era vendido a granel naquelas mercearias antigas, tão cheias de encanto!

Depois da água, ia o arroz para o tacho. Tudo ia adquirindo uma tonalidade especial. Quando estava no ponto e isso só a avó sabia, tirava o tachinho do fogo, tapava-o e embrulhava-o em papel de jornal uma e outra vez. Ali ficava posto de parte à espera da chegada do pai. Era quase um ritual. Dizia que era para ficar mais sequinho e se manter quente.

As meninas brincavam na sala e a mãe cosia ou tricotava. Esperavam a chegada do pai. Ansiosamente... estavam mortinhas para ver como estaria o cozinhado.

Que engraçado! Como se dava valor a pequenas coisas! Lá está, o rigor da vida e os poucos entretenimentos que havia faziam com que valorizassem tudo. Valia a pena esperar!

Ouviam a porta... que bom! Já sabiam o que ia acontecer. A mãe levantava-se e ia ter com o pai. Depois dos procedimentos de higiene, lá chegava ele à sala. As meninas levantavam-se para cumprimentá-lo. Ele não era muito expansivo e, sorrateiramente, elas sentavam-se e esperavam.

Daí a pouco, lá chegava o tacho e não vinha sozinho. Colocado sobre um pano, já sem tampa e com o célebre garfo de alumínio, era depositado pela avó nas mãos do pai. Sim, não era utilizado prato.

De olhos esbugalhados, as netas viam-no ir tirando arroz do tacho e ir comendo. Devia estar tão bom! No rosto do pai ia transparecendo o prazer na degustação! E olhavam cada grão soltinho, de um tom doirado, juntamente com o bacalhau voarem do tacho até à boca. Ainda por cima, o pai era alto e bonito. Não comia com sofreguidão, nem voracidade. Degustava devagar cada bocadinho que enrolava na língua. Mastigava e deglutia tudo bem amassado. Tinha uma forma de comer elegante, vagarosa! Uma garfada atrás da outra, até que... nada!

Era então que o pai se levantava, visivelmente satisfeito, e dizia:

— Estava mesmo bom! Nunca se desfaçam deste tacho!

A menina mais velha pensava: "Seria mesmo do tacho? Já estava tão velhote!" Ela achava que toda a magia estava nas mãos da avó. Ou, então, era tudo junto!

Um dia, o pai ainda tão novo deixou de poder comer pela própria mão. A doença prostrou-o numa cama até partir. A avó que cuidou dele até ao fim, partiu pouco tempo depois.

O tacho ainda por lá andou, mas já ninguém cozinhava nele.

Sabem, eu sou a filha desse pai e a neta dessa avó. Era uma das meninas, a mais velha.

Recordo e uma enorme saudade invade-me a alma. Embaciam-se-me os olhos. E passo a mão pelo rosto e ela vem molhada.

Mais Uma Recordação

Disse tantas vezes como era o meu Pai, que já o conhecem. Não vou repetir que ele era lindo, de olhos azuis, alto, com uma figura imponente e um porte distinto. Não vou dizer que tinha um grande sentido de humor, que era muito gostado pela maioria das pessoas. Nem vou falar que era vaidoso, andava sempre aprumado e com uma gabardina velha, dobradinha debaixo do braço. Era só para fazer pose, para dar charme! E conseguia! Tinha um aspecto tão distinto que o chamavam Engenheiro.

O senhor Augusto, que contava a electricidade e era um homem muito engraçado, chamava a minha mãe de senhora Engenheira e a nós de Engenheiritas. Que simpático era o Senhor Augusto, forte e bonacheirão!

Certo dia dos anos cinquenta do século passado, a minha mãe entrou na loja Júlio dos Santos, onde o senhor Adelino, baixo e bem parecido, embora um tanto circunspecto, atendia ao balcão uns senhores desconhecidos, mas com ar importante. Pelo menos, foi o que ela pensou, ao ver os salamaleques com que o senhor Adelino os tratava. Bem, ela chegou, saudou os presentes e eles nem se dignaram virar a cabeça para ver quem tinha entrado. Eram demasiado senhores para um membro da ralé, embora a minha mãe também fosse dona de uma bonita figura.

Nisto, quem entrou na loja? Pois, exactamente: o senhor Augusto. Deu as boas tardes para todos e, virando-se para a minha mãe, cumprimentou:

— Boa tarde, senhora Engenheira.

Estas palavras tiveram sobre os clientes, encavalitados no pedestal da sua importância, um efeito magnético. Imediatamente, viraram as cabeças na direcção da minha mãe, olharam-na de alto a baixo e até deixaram que ela fosse atendida na vez deles.

E quando ela saiu? Só faltou estenderem uma passadeira vermelha, mandar vir a música e foram tais as vénias que até parecia que estavam a ver a Rainha!

Como uma simples palavra pode inverter as situações, quando se dá assim importância ao estatuto. Não devia ser assim, mas era e, infelizmente, continua a ser.

Olhe, senhor Augusto, esta engenheirita não o esqueceu, viu?

O Nosso Orgulho de Meninas

Os meus pais casaram muito novos, a mãe com 16 anos e o pai com 20. Sou a mais velha de quatro irmãs, mas durante alguns anos fomos só duas: a morena (eu) e a loirinha (a minha irmã). Segundo sempre ouvi dizer, éramos muito bonitas.

Desde que comecei a entender alguma coisa da vida, lembro que nutri sempre uma grande admiração pelos meus progenitores. Achava-os lindos e tão jovens! Quando entrei para a escola primária, falava sobre eles com as minhas colegas. Comparávamos as idades e aí, eu inchava de orgulho: os meus eram sempre os mais novos! Que vaidade sentia por isso! E não era para menos! – penso eu!

Fiz a 1ª e a 2ª classes e, depois, a minha loirinha veio juntar-se a mim. Temos dois anos de diferença.

Ela era muito diferente, não só no aspecto físico. Muito calada... muito reservada... eu bastante mais espevitada e teimosa que nem um burro, como usa dizer-se. Fomos criadas com muitos cuidados, muitos mimos, muitas atenções por parte da bisavó, da avó, de uma tia-avó e, principalmente, da mãe. Aquela jovem que tanto admirava e estremecia. Era tão bom!

A nossa avó também era ainda muito nova. Quando eu nasci, teria pouco mais de 40 anos.

Como disse, nós éramos muito apaparicadas e protegidas. Nunca andávamos sozinhas, mas também não "púnhamos o pé em ramo verde". O pai, apesar de jovem, era muito exigente e controlador. Penso que, mesmo assim, eu gostava. E a mana também!

Certo dia, a avó foi buscar-nos à escola, na hora do almoço. Escusado... naquela altura, o trânsito era pouquíssimo e não corríamos quaisquer riscos. Lá está: era mais para controlar mesmo!

As colegas, quando viram a avó, dirigiram-se-nos:

— Então, é a vossa mãe?

Antes que eu respondesse, a minha irmã mais calada, mas também mais assertiva, retorquiu, peremptoriamente:

— Ah! Não. A nossa mãe é uma novinha!

E esta resposta deixou as outras meninas de boca aberta. E esta resposta ficou na história da nossa família! Para sempre!

DIA DA POESIA

Não, hoje não é dia da poesia. Simplesmente, porque, para mim, todos os dias o são.

O que é a poesia? Algo que faz parte de mim. Uma forma de expressão artística, que sempre privilegiei. Gosto de ler. Gosto de escrever. Gosto de sonhar.

A poesia não se lê. Degusta-se. Já Natália Correia dizia que "a poesia é para comer"! Acima de tudo, ela sente-se no mais recôndito do nosso ser. Cada palavra é saboreada como uma iguaria. Cada verso é uma carícia que nos afaga a pele macia. Cada estrofe é um beijo que penetra na nossa alma e a faz sentir-se num jardim florido. Quando chegamos ao fim do poema, sentimo-nos enlaçados num abraço doce como o mel.

A poesia é um sentimento, que só alguns privilegiados têm o condão de experimentar. Quando isso acontece, é um êxtase, quase um clímax. Ela é algo carnal, físico. Logo, é como fazer amor, sentir um orgasmo de plenitude!

A poesia é um sonho e, através dela, entramos no mundo da magia. Somos transportados até ao infinito dos nossos desejos mais inconfessáveis, mais secretos. Embriagados de emoção, viajamos no espaço e no tempo. Fechamos os olhos e, de repente, estamos com quem não vemos há tempo. Damos as mãos. Sussurramos palavras aos ouvidos amantes de quem amamos. Sentimo-nos felizes com esta reciprocidade, porque quem amamos, também nos ama. Mesmo sendo só no sonho!

A poesia é um mar revolto, que cheira a maresia. Tenebroso, porém belo! Quando a sentimos, naufragamos, mas um porto de abrigo surgirá, uma tábua de salvação nos levará a beijar a praia. É só querermos, porque, às vezes, a poesia acontece! "Aconteceu-me um poema!" – dizia Fernando Pessoa.

A poesia é um oásis no meio de um deserto. Areia, areia e, subitamente, algo luxuriante surge e não é uma miragem. Sedentos, bebemos daquela água cristalina feita de palavras e ficamos bem. "O que dá beleza ao deserto, é sabermos que algures existe um poço!" – dizia Antoine de Saint-Exupéry no seu magistral livro "O Principezinho". Não é poesia, mas é uma ode à vida, aos sentimentos, ao amor e a tantos outros valores que os homens esqueceram. Infelizmente!

A poesia é uma flor que desabrocha mesmo num terreno inóspito. Bela e triunfante, inebria-nos com o seu perfume sedutor. Faz-nos sentir num jardim, em que as cores se misturam e matizam todo o espaço em redor.

A poesia é uma caixinha de surpresas onde guardamos tudo o que nos é caro, tudo o que nos é precioso. Por isso mesmo, lhe confiamos todos os nossos anseios, alegrias e tristezas. Arrecadamo-la com sentido de posse no mais profundo do nosso coração. Recorremos a ela, quando a nossa alma é ferida. Cuida de nós e devolve-nos a tranquilidade. Recorremos a ela, quando a felicidade nos invade e aí, vemos as sete cores do arco-íris num céu cada vez mais azul e límpido.

No fundo, a poesia é amor, aquele sentir diferente que nos faz ferver o sangue, num pulsar desenfreado como um cavalo percorrendo a pradaria. No prado dos sonhos, vejo sempre esse animal imponente, num trote gracioso, que me sugere o que escrever.

Já dizia Florbela Espanca: "Ser poeta é ser mais alto"! Ela até era pequenina, mas a sua grandeza estava nos poemas que escrevia. Todo o poeta é um artesão das palavras, que tece, borda, esculpe, pinta, burila... Sou apenas uma aprendiza, mas escreverei até que a alma me doa. Ou talvez escreva mesmo porque a alma me dói!

Eu não compreendo como pode não se gostar de poesia. Para mim, é a condensação de muitas artes, porque em todas, ela pode existir. Vejo-a assim. Sinto-a assim. Sonho-a assim.

Dia da *Poesia*

O Padre e o Sacristão

Era uma aldeia bucólica e agradável aquela! Por entre serranias e rodeada de pinhais miraculosamente escapados à praga dos incêndios. Nem um pequeno riacho faltava para cantarolar entre as fragas, saltando obstáculos e formando pequenas cascatas! Muito acolhedor todo aquele ambiente!

O padre da freguesia sentia-se ali como peixe na água. Aliás, talvez até melhor que o dito, porque era pescador. Sendo assim, os peixinhos do rio não podiam descansar muito com ele. Era um bom garfo e gostava de comer e beber todas aquelas delícias que a terra dava. Por sorte, lá na aldeia havia boas cozinheiras e, quase todos os dias, era convidado para comer numa ou noutra casa.

Tinha mais paróquias, mas aquela era a sua preferida. Vivia lá, numa casa cedida por um rico lavrador. Não tinha criada, nem precisava. Uma santa senhora muito religiosa (sim, daquelas a quem chamam ratas de sacristia) tratava-lhe de tudo e tudo se mantinha num brinquinho!

Que rica vida tinha o padre Joaquim! Já o sacristão... Era um pobre coitado, sempre de bolsos vazios, com mulher e uma prole que não parava de aumentar. Nisso, era fogoso e valente. Trabalhava de sol a sol. Tocava o sino e ajudava nas missas, mas os proventos não chegavam. Sobrava sempre mês depois de gasto o dinheiro que ia recebendo. Pois, com aquela filharada!

O Nelo, como o chamavam, era espertalhão e toda a gente gostava dele. Simpático, mantinha conversas tardes inteiras e nunca se acabavam as graçolas e anedotas que ia contando, até quando trabalhava. Dava-se bem com o padre e quase se podia dizer que se conheciam como ninguém.

Na altura da Páscoa, havia sempre a "desobriga", termo que indicava que todos os paroquianos tinham de se confessar, para obedecer aos mandamentos da Santa Igreja. Confessar-se ao menos uma vez por ano, pela Páscoa da Ressurreição é um deles.

Quando o padre Joaquim destinava um dia para isso, o Nelo era sempre o primeiro.

Assim aconteceu naquela tarde. Com o padre já dentro do confessionário, ajoelhou-se o sacristão e começou a dizer os seus "pecados".

Estava ele a puxar pela cabeça, para não dizer nenhum que não fosse conveniente, quando o sacerdote lhe perguntou:

— Ó Nelo, parece-me que andas a roubar a caixa das esmolas. É verdade?

Do lado de fora, nem uma palavra se ouviu. O padre repetiu:

— Ó Nelo, parece-me que andas a roubar a caixa das esmolas. É verdade?

De novo, o silêncio. De novo, o prior repetiu... repetiu... repetiu...

Não obtendo resposta, pôs a cabeça de fora e gritou:

— Tu não me ouves?

O sacristão, muito sério e compenetrado, ripostou:

— Não ouvi nada, senhor padre. Deste lado, não se ouve nada mesmo!

O sacerdote disse então:

— Deves estar a brincar, só pode! Vamos trocar de lugares: entra e eu fico do lado de fora. Pergunta-me qualquer coisa... Já vemos se se ouve ou não!

Assim fizeram. Muito consciente do seu novo papel, o Nelo perguntou:

— Ó padre Joaquim, parece-me que o senhor leva para casa parte das garrafas de vinho que lhe são dadas para a Eucaristia. É verdade?

E repetiu a pergunta uma e outra vez. Então, o prior, meio atrapalhado, levantou-se, abriu o confessionário e disse:

— Olha, tens razão. Realmente, não se ouve mesmo nada!

Consta que a vida na aldeia continuou pacata. Quanto ao padre e ao sacristão, davam-se cada vez melhor!

O Padre e o Sacristão

SONHADORA

Sempre foi idealista... cheia de sonhos. Cristina era bonita, de olhos cor de avelã e cabelos escuros, como as asas de um corvo. Adorava ler e todos os tempos livres eram para, quase compulsivamente, mergulhar no mundo da leitura. Aí sentia-se como peixe na água. Era mesmo o que mais gostava de fazer. Escrever também... Pena que, em tempo de aulas, não tinha muita disponibilidade. Só os livros de estudo... e gostava!

Quando chegavam as férias de Verão era uma maravilha! Não a consolava só o calor, não! Todos os bocadinhos podiam ser aproveitados. Os dias grandes... as noites mais curtas... que bom!

Vivia numa pequena vila do interior, rodeada de montanhas. Campos primorosamente cultivados pelos agricultores que Cristina tanto admirava! É que os seus avós também trabalhavam a terra e ela percorria a propriedade, "Os vales", como era chamada, de ponta a ponta, observando tudo com muita atenção. Havia um grande tanque, onde a avó lavava a roupa, que, depois, estendia a secar. Ela ajudava. Outras vezes, ia ver o avô nas regas. Como estava calor, bastante, era preciso assegurar que as plantinhas recém-nascidas não passassem privações de água. O Sol era impiedoso, embora também benéfico. Dava energia e fazia com que todos se sentissem melhor. O avô, que era um homem maravilhoso e simpático – como ela gostava do avô paterno! – tirava água dos poços, com uma picota, também chamada cegonha. Na altura, não sabia o nome. Só mais tarde, tomou conhecimento e aprendeu ainda que aquela geringonça tão espantosamente prática, mas um pouco penosa, foi uma invenção dos árabes. O avô não a deixava aproximar muito... receava que ela caísse no poço. Era perigoso. A uma certa distância, via-o mergulhar o balde pendurado num comprido pau e, depois, retirá-lo a transbordar. A seguir despejava-o nos regos previamente feitos e que se espalhavam pelo meio das couves, das batateiras, dos pés de feijão... Pareciam rios serpenteando por entre as frágeis hastes, que agradeciam e pareciam sorrir.

Cristina também gostava muito das árvores de fruto, principalmente dos pessegueiros, cujas florinhas cor-de-rosa já frutificavam. Foi na quinta dos avós que, pela primeira vez, comeu nectarinas. Achou graça ao nome que o avô lhes deu: pêssegos carecas... Ele também era careca, mas não devia ser por isso! – pensou ela na altura.

Quando a canícula de Verão apertava, refugiava-se numa pequena choupana, ao fresquinho. As pessoas chamavam-lhe pouchana, precisamente uma metátese da palavra correcta. Isso nem interessava... o que fazia lá? Às vezes, sonhava... era uma princesa e vivia num palácio encantado. Nos salões, dançava com o seu príncipe... que fora buscá-la à pobre choupana onde vivia. Mas... a maior parte das vezes, lia e aí... ainda era melhor: viajava, conhecia pessoas, lugares, praias... o mar, outra beleza tão distante... Ali, nem rio havia... só mais para sul do seu concelho... água, nos poços e no tanque, mas aí também coaxavam rãs que ela adorava ver saltar por entre as plantinhas aquáticas que, aqui e ali, enfeitavam a superfície líquida e transparente.

As tardes davam para tudo no Verão. Tinha vezes que ia até à casa de uma amiga da sua idade. Jogavam as cartas na cozinha ou no pátio, onde estava sempre fresquinho. A amiga tinha livros. Eram sempre os mesmos, mas nenhuma das duas se importava com isso. Liam-nos como se fosse a primeira vez. Escurecia tarde e, às vezes, só quando caía a noite, voltava para casa. Houve alturas em que chegou a levar ralhetes, porque o jantar já estava à espera. Certa ocasião, até se esqueceu do tempo e o pai foi buscá-la e deu-lhe uma bofetada. Sentiu-se muito triste e humilhada, diante das amigas. Também pensou que não tinha merecido. Só quando passou pelo relógio da torre da Igreja, verificou que eram quase 22 horas... e não tinha ainda jantado!

À noite, depois de comerem e arrumarem a cozinha, os vizinhos sentavam-se nos degraus das casas a conversar e a olhar para as estrelas. Contavam-se histórias de outros tempos. Cristina ouvia com atenção e interesse... e ia brincando com a irmã às escondidas, ao agarrar, à sardinha... tudo brincadeiras inocentes, mas que as entretinham. É que, nessa altura, não havia televisão, nem computadores, nem telemóveis...

Quando se juntavam às soleiras das portas, também viam passar os agricultores que regressavam das fazendas, com as enxadas às costas. Certa noite, em pleno Agosto, a Lua Cheia iluminava tudo. Refrescara um pouco, mas ainda soprava uma brisa tépida. Ao longe, surgiu alguém cambaleante, visivelmente embriagado. O homem foi-se aproximando e reconheceram-no. O pai de Cristina era uma pessoa muito considerada e de quem toda a gente gostava. Tinha um sentido de humor invejável. O agricultor, ao passar, cumprimentou-o, dizendo, com uma voz embargada e alterada pelo álcool:

— Boa noite, senhor Braga, mais a companhia.

Prontamente, do alto do seu metro e oitenta e do seu porte distinto, o pai respondeu:

— Boa noite, senhor José, mais a sua cadela.

Cristina não tinha visto nenhum animal, mas sabia que, a uma bebedeira valente davam outros nomes e, um deles era cadela. Oh! Como eram saborosos aqueles Verões! Como eram inocentes e puras as brincadeiras! Como sabia bem apreciar as maravilhas da natureza! Como era bom viver e sonhar no meio de toda aquela genuinidade!

A menina foi adolescente, depois jovem… mas, ainda hoje, recorda com carinho todas essas coisas e essas pessoas que já partiram. E, quando lembra, uma lágrima teimosa escorre-lhe dos olhos cor de avelã.

A Casa Misteriosa

Naquela vila do interior, havia uma casa. Na verdade, havia muitas, mas aquela era especial. Eu achava-a diferente. Uma aura de mistério envolvia-a como um véu bordado de magia.

Grande e de pedra... grande e bonita! Trepadeiras de vinha virgem forravam as paredes e quase cobriam as janelas, aquelas janelas de vidros pequeninos mais ou menos quadrados. Várias entradas, várias portas e até uma varanda envidraçada, a que chamam agora marquise.

Porque a minha tia frequentava aquela casa e o meu avô era o guardião da chave (uma espécie de caseiro) ia lá muitas vezes. Recordo-me que, em cada uma delas, descobria coisas novas. Ou imaginava...

Era e sempre fui uma menina sonhadora. Aquela casa parecia ter esconderijos, passagens secretas, portas escondidas, alçapões. Em algum lugar, talvez até estivesse escondido um tesouro! − pensava eu. Lembro-me de um quarto que tinha um armário a tapar uma porta. Onde iria dar? O que esconderia? Nunca cheguei a descobrir, essa é a verdade. Mais tarde, quando li os livros da Enid Blyton, para todos aqueles enredos e aventuras, a casa era quase uma referência. Tão idênticos alguns cenários!

Perto, havia um fontanário, que deu o nome àquela construção antiga: Casa da Fonte. Tão repleta de histórias e até de História! Afinal, foi habitada por pessoas de grande importância para a vila! Quem não conhece o apelido Ribeiro do Amaral? Pois, foi morador na casa, assim como o primeiro Presidente da Câmara, depois da Implantação da

República. Aliás, foi ele quem anunciou aos oliveirenses o acontecimento no dia 7 de Outubro de 1910! Não esquecer!

A maior parte do ano a casa não tinha ninguém. Em contrapartida, nas férias enchia-se de gente. Pessoas lindas vinham passar temporadas, sobretudo no Verão. Havia gente crescida e havia crianças. Nessas alturas, nas paredes de pedra ecoavam risadas e a casa ganhava nova vida.

Eram duas senhoras lindas, com os respectivos maridos e filhos. Havia um senhor mais velho, muito amistoso e simpático, de quem o meu avô gostava particularmente. A minha tia levava-me com ela, quando ia lá e isso acontecia várias vezes. Recordo-me bem de tudo e de todos. Uma das jovens senhoras tinha um casal, um rapaz e uma menina mais ou menos da minha idade. Esta era a minha companheira de brincadeiras: correrias e distracções que inventávamos. Imaginação fértil a nossa! Lembro-me de algo relacionado com o quarto da porta escondida, mas não sei dizer qual a brincadeira. Afinal, já foi no século passado: anos cinquenta. Aquela menina era uma amiga, que me fazia soltar a timidez e uma certa introspecção, que me caracterizavam. Ia lá, sobretudo para brincar com ela e tentar decifrar os mistérios que a casa continha. Ou que eu achava que continha!

Confesso: havia duas pessoas que me intimidavam e me faziam sentir pequenina e insignificante: o pai e o irmão da minha amiga. O pai era uma pessoa calada e um pouco taciturna. O irmão, quase adolescente, era muito introspectivo e nem olhava para mim. Eu pensava que ele não gostava sequer de me ver lá. Houve até um episódio, em que essa aversão ficou bem explícita numa atitude dele para comigo. Nunca compreendi a razão por que me deu uma bofetada. Senti-me rebaixada e recordo que as lágrimas me assomaram aos olhos. Ele foi admoestado e eu defendida por todos, mesmo todos.

De qualquer modo, isso não diminuiu a minha admiração e carinho por aquela família maravilhosa, que vinha cá passar os Verões.

Já quase todos partiram para aquela viagem sem regresso. Assim como já partiram o meu avô e a minha tia. Restam os mais novos que, entretanto, seguiram as suas vidas, casaram e têm filhos.

E a casa? Lá continua, mas já não pertence à família. Infelizmente, agora já não tem vinha virgem a trepar pelas paredes. Infelizmente, já não respira o mistério e a magia que eu tanto admirava. Já não há árvores de fruto, nem videiras, nem arvoredo.

Restam as recordações, as minhas e não só. Mesmo sendo agora uma sombra na selva urbana, continuo a vê-la como um emblema do passado. Um marco da e na minha terra!

É assim a magia da escrita: perpetuar no tempo tudo o que vai desaparecendo!

O Primeiro Presépio

Apesar da humildade da minha família, os Natais de infância eram plenos de tradição e amor. Os meus jovens pais faziam tudo para que às meninas não faltasse nada. E, se faltasse, cultivava-se a ilusão de que nada faltava. Éramos felizes!

Depois, havia em Lisboa uma fada-madrinha chamada Alzira e um grande amigo, o fidalgo Francisco Manuel Cabral Metello. Chegavam encomendas cheiinhas de coisas boas, até brinquedos.

Tudo se passava no maior secretismo, de modo que as meninas não desconfiassem de nada. Acreditavam piamente ser o Menino Jesus a trazer tudo aquilo que recebiam apenas no dia 25 de manhã.

Quase não dormíamos com a excitação, ansiosas para que amanhecesse. Durante alguns anos, a única ornamentação foi a árvore de Natal. Um pinheirinho bem certinho e redondo que só víamos de manhã, enfeitado durante a noite com algumas fitas e algodão a fingir de neve. Nada de luzes, mas muita luz nos nossos olhos estupefactos. De onde teria vindo tudo aquilo? – pareciam interrogar.

Lembro-me de um ano que o pinheirinho estava ornamentado com toda uma série de objectos de cozinha em miniatura e feitos de lata. Nunca esqueci: um fogão, panelas, tachos, cafeteiras, pratos, talheres... tudo tão bem feitinho! Muitas brincadeiras se fizeram com todas aquelas maravilhas!

Uma coisa que sempre me (nos) intrigava era os nossos pais adivinharem as prendas que havíamos recebido.

A primeira coisa que fazíamos era ir mostrar-lhas e era genuína a surpresa que manifestavam!

Quando eu tinha para aí uns 12/13 anos e já éramos 3 irmãs, tudo aconteceu como de costume. Pegámos nos presentes e corremos a mostrar os tesouros. Com a surpresa espelhada nos rostos, a mãe e o pai disseram:

— Então, não estava lá mais nada? Vão lá ver!

Fomos, mas voltámos na mesma. Perante a insistência, regressámos à sala e, olhando à volta, a certa altura os meus olhos esbugalharam-se de espanto. Numa mesa do lado, porque não cabia ao pé das outras prendas, estavam várias e muito lindas figuras para um presépio. Foi enorme a alegria!

De tarde, a minha tia Suzana, irmã do meu pai, veio ajudar-nos a montá-lo num cantinho da sala. Foi o primeiro ano.

Nos seguintes, seguia-se o ritual. Primeiro íamos ao mato, lá para os lados da Poça do Moinho, apanhar verduras e musgo bem verde e fofo. Chegávamos cansadas, mas o entusiasmo não esmorecido. Com cavacas, pedras, papeis fazíamos a estrutura que cobríamos com os musgos e a vegetação. Os caminhos eram feitos com farinha ou serradura, os rios com papel de prata, mais uma vez o algodão era a neve.

A partir daí, todos os anos íamos acrescentando figuras e o presépio ia aumentando e tornando-se mais interessante. Os três magos sempre distantes iam avançando um pouco diariamente e só no dia 6 de Janeiro chegavam à gruta. Não sei porquê, eu punha sempre o negro atrás dos outros. Racismo? Penso que não. Era demasiado pura para pensamentos feios desses!

Devo dizer que eram imagens muito lindas e nada toscas. Anos mais tarde, já professora, achei por bem levá-las para fazer o presépio da escola na Rapada, onde dava aulas. Sabem o que aconteceu? Roubaram-no. Nunca soube quem!

A minha mãe zangou-se muito comigo, por ter disposto de uma coisa que não era só minha.

A intenção era alegrar os meus meninos e foi até uma boa acção. Infelizmente, o larápio não sentiu assim… Deve ter confundido sentimentos: em vez de ser amigo dos amigos, foi mais amigo do alheio. Lá está: nem sempre o Natal é Natal!

O Primeiro Presépio

O Bolo de Noiva

Aquele lugar era chamado Cabo da Vila. Ficava numa das extremidades daquela terra bonita e hospitaleira. Uma vila acolhedora do interior bastante desenvolvida para a época. Rodeada de serras, que a protegiam, pertencia ao distrito de Coimbra.

Naquele lugar, havia uma casinha modesta, onde vivia uma família. Duas meninas ainda novinhas de 3 e 5 anos eram o "ai, Jesus" não só dos pais, mas da bisavó, avó, tia-avó e ainda um tio solteiro.

Viviam-se os anos cinquenta do século passado. O tio Alexandre não tinha feito voto de celibato. Namorava uma rapariga de Vendas de Gavinhos e resolveu casar-se. As posses não eram grandes de parte a parte. Reuniram-se esforços e tudo se fez para ajudar o novo casal.

Até as meninas, Lucinda e Guiga (diminutivo de Guiomar), andavam radiantes com a perspectiva de irem a um casamento. Nunca tinham ido a nenhum. A mãe já lhes tinha preparado as roupas lindas: uns vestidinhos de veludina azul-escura e uns casaquinhos maravilhosos tricotados à mão, azuis com risquinhas de angorá branco. Mal podiam esperar para vestir aquelas lindas roupas! Ia ser uma festa!

Nas últimas semanas antes do casório era grande a azáfama naquela casa! Até o vestido de noiva foi feito pela mãe e tudo o mais para o casamento do irmão. A sorte que tinham de ter aquelas mãos de fada na família!

Na véspera da boda, foi a vez de fazerem os doces. As meninas observavam tudo curiosas e atentas. Foi com admiração que viram fazer o bolo de noiva. Tinha dois andares e foi todo coberto com uma pasta branca que devia ser bem doce! Depois, foi posto no topo um par de noivos feito de barro. Até dava vontade de lamber os lábios e até lhes crescia água na boca! Hum!!!

Com todo o cuidado, a mãe foi colocar aquela maravilha bem no centro da mesa da sala e fechou a porta. Ali, ficava em segurança.

Pensava ela. As malandrecas tinham planos. Mesmo sabendo que não o deviam fazer, a curiosidade foi mais forte.

Foi fácil apanhar todas as mulheres distraídas! Demasiado atarefadas, não deram conta que as duas irmãs não estavam por ali.

A Lucinda e a Guiga deram-se as mãos e pé ante pé, sorrateiramente, escapuliram-se. Onde terão ido? Claro que foram para a sala, onde estava o bolo dos seus encantos. Abriram e fecharam a porta com todo o cuidado e elas lá dentro...

Só muito depois, a mãe deu por falta delas. Viram no quintal... nada! Correram os quartos... nada! Até que alguém se lembrou da sala. Só podia ser!

A mãe abriu a porta devagarinho e as meninas não deram conta. Estavam muito entretidas e o estrago já estava feito. Ambas percorriam com os dedos a cobertura branca e lambiam-na deliciadas. A mãe ainda ouviu a mais pequena dizer, na sua linguagem meio arrevesada:

— Ó Luchinta, Luchinta... até chupo!

Foi aí que a mãe se fez presente e viu bem o que se passava. O bolo todo cheio de dedadas e quase vazio de cobertura. Teria que resolver a situação e deve tê-la resolvido, pelo que me contaram.

Quanto às duas "heroínas" talvez tenham levado umas palmadas, mas o prazer que tiveram já ninguém lho tirou!

E, ao outro dia, lá foram todas bonitas ao casamento do tio! Só então estrearam as roupas novas, mas o bolo de noiva já o tinham provado. Hum! Se tinham!

O Bolo de Noiva

O "CALISTRO" DO AVÔ ABEL

Era humilde, muito humilde aquela casa. Nela moravam os meus avós paternos, o avô Abel e a avó São. Lembro-me de tudo e de cada pormenor. Gostei sempre de a frequentar e de passar lá uns bocadinhos. Apesar de modesta, tinha características que me encantavam. Desde pequenita…

A avó era loira, alta e magra, com uns olhos azuis que nem sempre reflectiam bonomia. Às vezes, eram mais da cor do mar encapelado e bravo. Tinha um feitio um pouco agreste, mas era generosa e dava-se aos outros como ninguém. Muito trabalhadora. Eu gostava muito de a ver pentear-se. Tinha uns longos cabelos da cor do trigo, que entrançava com mestria e, depois, prendia atrás.

Lá em casa também vivia a tia Suzana, antes de casar. Era uma bonita jovem, muito pretendida. Costurava e bem! Levava-me muitas vezes com ela às casas onde ia costurar!

Claro que o avô era o meu preferido e eu adorava-o. Também tinha olhos azuis, mas era suave e risonho o seu olhar. Tinha dois bancos, mas não era banqueiro. Ainda bem! Exercia a sua profissão de carpinteiro com habilidade e perfeição. Muito gostava eu, a sua primeira neta, de vê-lo trabalhar. A plaina corria ligeira e os pedaços de madeira iam ficando mais harmoniosos e lisos. Do outro lado caíam aparas e serradura. Pedia-lha sempre para fazer os caminhos no presépio, pelo Natal!

A avó e o avô trabalhavam na agricultura. Cultivavam umas terras que se chamavam "Os vales". Era muito terreno. Lembro-me bem de lá ir ter com eles. Encantavam-me as picotas, a "pouchana" (metátese de choupana), o tanque grande onde a avó lavava a roupa... Tudo!

Do trabalho agrícola dos meus avós resultavam produtos biológicos, que serviam para a sua alimentação e de alguns animais que possuíam. Claro que também havia videiras, que constituíam uma pequena vinha. Os cachos eram pequeninos e saborosos. Deles resultava um vinho muito fraquinho, puro sumo de uva, cuja confecção era da total responsabilidade do meu avô.

Agora, imagine-se! A pequenita Lucinda adorava beber aquele vinho. De tal modo que, quando ia lá a casa, pedia ao senhor Abel Braga:

— Ó avô, dê-me só uma "chinguita" do seu vinho!

E ele, rindo, dirigia-se a um local onde guardava um pequeno tesouro, que era só para mim: um cálice pequenito a que eu chamava "calistro"! Deitava o precioso néctar, meio cor-de-rosa e dava-mo, com um sorriso de orelha a orelha:

— Toma, bebe, mas não digas nada à tua avó!

De um trago, lá passava a "chinguita" pela minha garganta e lá ficava o "calistro" vazio.

Não pedia mais, mas aquele ritual muito próprio e secreto, era, para mim, um deslumbramento! E que sabia às mil maravilhas... lá isso sabia! Por alguma razão, ficou na minha lembrança!

Enquanto escrevia, quase ouvi a voz pachorrenta do avô Abel... quase o vi deitar a "chinguita" no "calistro" e, mais, quase saboreei o precioso vinho rosé!

Nos Meus Tempos de Menina...

Hoje celebra-se o Dia da Ascensão de Jesus ao céu. Simplesmente ter-se-á elevado sozinho. Este acontecimento deu-se 40 dias depois da ressurreição. Assim se festeja esta Quinta-feira, mas, antes era muito mais solene.

Nos meus tempos de menina, era dia santo e havia várias cerimónias na Igreja, cerimónias a que eu assistia muito compenetrada e cheia de encantamento.

Era um dia tão sagrado que os antigos diziam: "Se os passarinhos soubessem que é Quinta-feira de Ascensão, não saíam do seu ninho, nem punham os pés no chão". Chegava a ser sacrílego as pessoas trabalharem, mesmo no campo.

O Padre Laurindo, nosso Pároco durante muitos anos e desde 1943, era cumpridor e levava todas as crenças, tradições e deliberações da Igreja muito a sério. Cumpria e fazia cumprir.

Era também pároco de S. Paio de Gramaços. Ia lá fazer as celebrações... o trajecto era feito a pé. Nunca teve carro. Foi um asceta e um sábio até ao fim.

Nos meus tempos de menina, ouvia contar que, em certa Quinta-feira de Ascensão, vinha de S. Paio de Gramaços e passou por alguns campos cultivados. Num deles, viu uma família conhecida e todos eles trabalhavam com as enxadas nas mãos. Nem terão dado pela sua passagem.

Mas ele ficou verdadeiramente encolerizado e alterado. Antes de começar as cerimónias na nossa Igreja, dirigiu-se aos paroquianos e contou o que tinha visto. Terá dito até de quem se tratava (eu sei, mas já quase todos partiram, embora tenham descendentes). Muito zangado, como se os nossos conterrâneos tivessem praticado um crime!

Nos meus tempos de menina, este era um dos meus dias preferidos. Vivia as cerimónias com muita intensidade. E achava lindo!

Naquele tempo, a tela representando a Exaltação de Santa Cruz (o orago da Igreja Matriz) estava por trás do altar-mor. Então, a certa altura da celebração atiravam pétalas de rosas multicoloridas e muito cheirosas e punham pombinhas brancas a voar. Milagre! Eu via as pétalas saírem por trás da tela e sentia o odor encher o ar. Eu via as pombinhas saírem por trás da tela e esvoaçarem pelo tecto da Igreja! Nem me passava pela cabeça que estivessem lá pessoas a fazer aquela encenação. O que via e sentia era algo transcendental e miraculoso! E abria a boca de espanto e o coração sentia-se pequenino perante tal grandiosidade!

Nos meus tempos de menina, era assim!

NA CIDADE DOS DOUTORES

Coimbra sempre foi apelidada de "A cidade dos doutores", embora muitos dos "ditos" não o sejam. De qualquer modo, a sua Universidade é das mais antigas da Europa. Fundada por D. Dinis em 1290, tudo o que a envolve é tradição e ancestralidade. Foi este rei que casou em Trancoso com D. Isabel de Aragão, hoje conhecida como Rainha Santa, considerada a padroeira da cidade. Foi também chamado o rei lavrador, por ter dado um grande impulso à agricultura, mandando semear pinhais, que impediam que as areias invadissem os campos cultivados. Foi ele que determinou o uso da Língua Portuguesa nos documentos da corte. Também mandou construir o Convento de Odivelas, onde está sepultado.

Coimbra, cidade dos estudantes, das Repúblicas, das tertúlias, do Mondego, dos amores de Pedro e Inês, das canções e da saudade que não larga os corações de quem lá viveu.

Na cidade dos doutores sempre houve cafés, esplanadas que eram frequentados por estudantes e também por médicos e outros senhores já formados.

Acontece que, num certo café, havia um empregado que tinha uma ligeira corcunda. Esse lugar era frequentado por grupos de doutores e professores-doutores quase sempre os mesmos, que se reuniam ali para beber as suas cervejinhas.

Entre eles, havia um médico que tinha a mania de chamar "marreco" ao tal empregado. Não por maldade, mas por brincadeira. O que é certo é que o rapaz não gostava nada, porém não se manifestava. Afinal, era o senhor doutor que assim lhe chamava.

Meses e meses seguidos, o senhor doutor fazia o seu pedido:

— Ó Marreco, traz-me lá uma cerveja fresquinha!

E o pobre rapaz obedecia. Convenhamos que não era muito simpático da parte do doutor, mas... Ele queixava-se ao patrão e tudo ficava por ali.

Certo dia, o dono do café encheu-se de coragem e pediu ao médico que não chamasse aquilo ao rapaz, porque ele não tinha culpa do defeito físico e, além do mais, até era bom funcionário e ficava sempre muito arreliado com o tratamento.

O doutor compreendeu. No dia seguinte, quando chamou o empregado para o pedido do costume, disse:

— Ó rapaz, traz-me lá uma cerveja bem fresquinha e eu prometo que nunca mais te chamo "marreco"!

E o empregado, prontamente:

— Ai, senhor doutor, ainda bem! Já agora, eu também prometo que nunca mais lhe mijo na cerveja!

E esta, hem?

(Quem me contou esta história foi o meu querido Fernando, que já partiu.)

"ÁGUA VAI!"

As casas de banho nasceram no exterior e o movimento urbano de as acomodar no interior dos apartamentos desencadeou protestos de cariz higienista.

À época, as cidades não estavam equipadas com modernas redes de esgotos e como toda a gente sabe as fossas sépticas entopem (às vezes até transbordam, o que é uma enorme chatice) e carecem de uma manutenção regular.

Acresce que a democratização do autoclismo é uma revolução relativamente recente. As casas de banho onde nos aliviávamos "à caçador" não estavam apetrechadas com esse moderno mecanismo.

Há tempos, as mesinhas de cabeceira continham um compartimento especialmente concebido para albergar um penico.

O uso do penico, agora restrito à hora do cocó dos bebés (por causa da desproporção gritante entre o diâmetro das sanitas e dos rabinhos deles) era generalizado a gente de todas as idades e condições na época em que as casas de banho moravam no exterior das casas.

Se alguém acordava durante a noite com vontade de satisfazer as suas necessidades fisiológicas de carácter líquido (ou até mesmo sólido, imaginem!) tinha o penico à mão (na mesinha de cabeceira ou debaixo da cama) que lhe poupava o incómodo de ter de sair de casa para se aliviar.

Depois, pela manhã, o penico era esvaziado, nem sempre da melhor maneira.

A enganadora expressão "água vai" ficou do tempo em que servia de aviso ao pessoal que seguia na rua para a iminência de despejo de líquidos – que nem sempre eram apenas água. Podia muito bem tratar-se do despejar do penico.

Esta expressão idiomática ainda hoje se emprega, em determinadas circunstâncias que não as anteriormente explicadas.

Exemplos:

— Vieste à terra e nem disseste água vai! – alguém conhecido que esteve numa localidade e nem disse nada, nem avisou que iria, nem foi cumprimentar a pessoa que está a queixar-se.

Isto trouxe-me à ideia algo que se passou com o meu filho, quando era adolescente. Um pouco rebelde, diga-se de passagem.

Num certo dia, saiu de casa sem avisar. Mais tarde, quando chegou, eu disse-lhe:

— Saíste de casa e nem disseste "água vai"!

Deve ter respondido algo, que não recordo. O acontecimento foi esquecido.

Passados dias, ele saiu de novo sem dizer nada. Já na rua, chamou-me. Fui à janela e perguntei:

— O que queres?

E ele:

— Ó mãe, água vai!

Não pude deixar de rir, porque não estava à espera de tal coisa, é evidente!

Mesmo nas Barbas da GNR

Costumo dizer que até nas circunstâncias más há sempre algo bom. Precisamos é tirar partido delas e não desistir nunca!

Há dias, na viagem de estudo da Universidade Sénior, aconteceu-me um percalço. Perdi a carteira com dinheiro e com os documentos todos. Houve que tomar algumas providências e uma delas foi participar o acontecido às autoridades. Foi o que fiz mesmo no fim da visita a Almodôvar. Entrei no posto da GNR e lá expliquei o que se tinha passado. Fui atendida com gentileza, mas também muito vagarosamente. Repeti vezes sem conta os mesmos dados e o Senhor Guarda lá foi digitando a participação.

Não fui sozinha... acompanhou-me a minha amiga manita mais velha (para quem não sabe, Dª Teresa Serra). Mais tarde e perante a demora, apareceram outros colegas. E eu, aflita, por estar a fazer esperar todos, por estar a atrasar a chegada a Silves, nosso destino. Mal eu sabia o que se estava a passar e, simultaneamente, o que estava a perder!

Dentro do autocarro, impacientavam-se as meninas. Fartaram-se de esperar até que... do outro lado da rua, algo lhes chamou a atenção. Uma nespereira carregadinha de frutos maduros parecia pedir que a livrassem da carga.

Universidade Sénior? Mas isso não é de gente mais velha? Depois, estavam ali mesmo nas barbas da GNR... e iam roubar nêsperas? Claro que aquelas veneráveis senhoras seriam incapazes de tal coisa!

Eis senão quando... umas quantas começaram a sair do autocarro. Uma delas, ágil e leve como uma pluma, sem pensar duas vezes trepou à árvore e foi colhendo aqueles frutos madurinhos. Mãos cheias de nêsperas passaram de mão em mão e foram sendo devoradas com algum gosto e apetite. Que docinhas!

— Nunca comi nêsperas tão boas! – disse alguém que, entretanto, entrou no posto.

Não percebi muito bem o que se estaria a passar. Só sei que mais duas ou três senhoras entraram e pediram se podiam ir lavar as mãos. Com algum espanto, os guardas anuíram.

Quando finalmente, acabou a participação e chegámos ao autocarro, já não havia nêsperas para comer. Nem sei se terão ficado algumas na nespereira!

Contaram, depois, que o carro da GNR tinha chegado quando a "idosa" senhora andava encavalitada na árvore. Ou seja, foi apanhada com a boca na botija! Penso que ainda se riram da situação, embora pudessem ter sido acusadas de furto.

O que é certo é que alguém registou o momento e o local do "crime", assim como a "criminosa" senhora!

E eis como o meu infortúnio acabou por gerar instantes de consolação! Nada é inteiramente mau e, assim, senti-me menos culpada por tê-los feito esperar tanto!

INOCÊNCIA

— Minha mãe, vou contar uma coisa que a vai deixar muito feliz!

Aquela menina, a Fernandita, chegou a casa muito alegre. Naquele dia do fim dos anos trinta do século passado, tinha feito uma descoberta. Era uma criança pobre que vivia numa vila bem prazenteira, mas em que a riqueza é que era a excepção. A maioria das pessoas vivia com dificuldades, uma vida de bastante trabalho e poucos proventos.

Lá em casa da Fernandita passava-se isso mesmo. Ela era uma menina sensível e esperta. Sentia-se tristinha, porque via a mãe sempre preocupada, com falta de dinheiro, embora se fartasse de trabalhar. E tinha mais dois filhos para criar. A família ia ajudando, mas a verdade é que ninguém podia muito. Os dias arrastavam-se, uns atrás dos outros e aquela mãe já nem sabia a que deitar a mão. Às vezes, chorava de impotência. Ainda nova, muito perspicaz e umas boas mãos para a cozinha, lá ia tentando dar a volta.

Por isso, ficou expectante, quando ouviu a filha dizer aquilo. Interrogou-a com o olhar e ela respondeu:

— Vossemecê anda sempre a precisar de dinheiro, não é? Pois agora já não é preciso.

A mãe fitou-a com um olhar interrogador. Pensou: o que terá ela descoberto?

A menina continuou:

— Minha mãe, vi agora mesmo na mercearia da Senhora Elvira. As pessoas levam o que querem, ela aponta num livro e não é preciso dinheiro.

Riu-se toda satisfeita. Ficou surpreendida com a emoção estampada no rosto da mãe. Ainda mais quando viu duas lágrimas correrem-lhe pela face. O que se passaria?

Abraçou a mãe, beijou-a e disse-lhe:

— Ó minha mãe, não ficou satisfeita? Porquê?

A jovem mulher retribuiu o abraço. Secando aquelas gotas furtivas, tentou sorrir. Cheia de paciência, explicou à filha o significado do livro, o chamado "livro dos calotes". Embora pequenita, pareceu perceber. Estreitou-se aquele abraço e, agora, foi a menina que não conseguiu evitar a decepção que sentiu. Mas... ambas tinham esperança de que tudo iria melhorar. Afinal, tristezas não pagam dívidas! – elas sabiam.

A Fernandita é a minha mãe querida, que, ela própria, teve uma vida difícil, mas a quem nada falta agora. Não precisa preocupar-se com dinheiro. A cabecinha dela sucumbiu a tanta arrelia, tanto trabalho, tanta tristeza! Embora estejamos separadas, por causa da malvada pandemia, sabemos que está bem e isso é o mais importante. Até já foi vacinada contra a Covid19!

A jovem mãe era a minha avó materna, uma das pessoas mais importantes para mim. Partiu cedo, mas ainda pôde sentir que as netas iriam ser mais afortunadas.

É assim a vida, tantas e tantas vezes ingrata e madrasta para quem não merece!

A verdade é que, agora, continua a haver "calotes" e até coisas piores, mas o tal livro deixou de existir.

DR. FRANCISCO CORREIA DAS NEVES

Viajar pelo meu passado e não encontrar este ilustre oliveirense é impossível. Se houve alguém que amou a nossa terra, foi ele! Dedicou-lhe muita da sua atenção e do seu estudo. Falou dela, pesquisando-a e enaltecendo-a. A sua extensa bibliografia constitui um acervo de que todos nos podemos orgulhar! Um verdadeiro tesouro!

Um dos primeiros livros que escreveu "Os verbos dos arguinas" é uma delícia! Degusta-se a sua leitura com agrado e até nos entusiasma a aprender aquela gíria tão característica dos pedreiros de Santa Ovaia e de Nogueira do Cravo. A primeira edição saiu no ano de 1956, mas já foi reeditado, posteriormente.

Era ainda muito jovem, mas Oliveira do Hospital já falava nele. Comecei a crescer e ainda menina, ouvia o meu pai dizer que era um estudioso, uma inteligência! Foram colegas de escola e foi sempre um aluno exemplar. Não perdia tempo com inutilidades ou farras... A vida dele era o estudo.

E é a imagem que tenho dele quando comecei a vê-lo e a saber quem era. Eu adorava ir até à quinta cultivada pelos meus avós paternos! Situava-se nos Vales, um local para mim impregnado de magia, com árvores de frutos, tanques, poços com picotas, campos cultivados e até uma "pouchana", metátese de choupana, claro está.

Para me deslocar até lá, tinha de passar pelo Casal, onde ficava a casa do Sr. José Regedor, seu pai. Quando o vi pela primeira vez, estava ele a ler um livro, à sombra de um barracão. Depois dessa, muitas outras vezes o avistei por ali, sempre acompanhado por um volume, que consultava atentamente. Nada o distraía e não levantava sequer os olhos. Mesmo sendo aquele lugar tão rico de bucolismo e calma. A banda sonora era o canto dos pássaros e o correr das águas nos regos e nos pequenos riachos! E ele continuava a leitura!... Isso era fascinante para os meus olhos de menina e trazia-me à lembrança o que ouvira ao meu pai acerca daquele senhor.

O seu percurso de vida foi exemplar e, ainda em vida, foi homenageado várias vezes e de várias maneiras. Foi muito bom que isso acontecesse!

Nasceu a 03 de Setembro de 1929; faria, portanto, 90 anos.

Licenciou-se em Direito em 1953 pela respectiva Faculdade da Universidade de Coimbra e em 1955 concluiu o Curso Complementar de Ciências Histórico-Jurídicas na mesma faculdade, a que apresentou uma tese sobre "a prisão preventiva". Entretanto no cumprimento do serviço militar obrigatório e de manobras, ascendeu ao posto de tenente miliciano do Exército.

A 17 de Outubro de 1955 tomou posse do cargo de Delegado do Procurador da República da Comarca de Serpa, funções que veio a exercer também nas Comarcas de Cuba e Alcobaça, sucessivamente. Quando desempenhava estas últimas, em 1959, foi nomeado, em comissão de serviço, Inspector da Polícia Judiciária da Subdirectoria de Lisboa tendo vindo a ser louvado pelo Governo, por portaria do Ministro da Justiça, publicada no "Diário do Governo", II Série, de 9 de Maio de 1960, pela actividade de investigação do homicídio do ex-capitão Almeida Santos, que ficou conhecido por "crime do Guincho" e veio a servir de tema de fundo para a novela " Balada da Praia dos Cães" de José

Cardoso Pires e para o filme homónimo do realizador Fonseca e Costa.

Em 1961, depois das provas de concurso no Supremo Tribunal de Justiça foi nomeado Juiz de Direito e colocado na Comarca de Santa Cruz (Madeira), mas, entretanto, era nomeado, em comissão de serviço, Secretário do Ministro da Justiça.

Retomada a carreira, foi depois Juiz da Comarca de Cuba (Alentejo), e , em 5 de Dezembro de 1965, a seu pedido, passou à situação de licença limitada, e foi advogar em Beja, terra da sua mulher, cuja actividade viria a exercer durante 30 anos.

Entretanto, foi eleito Deputado da Assembleia Nacional, pelo Círculo de Beja, para a Legislatura de 1963/73, onde fez parte do chamado grupo dos "novos" e teve actuação e intervenções diversas.

Foi ainda durante vários anos Professor Convidado da Universidade de Évora e do Instituto Politécnico de Beja.

Desde novo foi colaborando em jornais e revistas e publicou vários trabalhos nas áreas da Poesia, Direito, Etnografia, Linguagem e História, que se vêem indicados na relação bibliográfica, tendo sido atribuído, em Fevereiro de 1964, o prémio nacional "Melhor Colaboração" pelo Secretário Nacional de Informação, Cultura Popular e Turismo (SNI) à sua crónica "Terra verde, verde vinho..." (sobre o Minho), publicada no Jornal " A Comarca de Arganil", de 19 de Setembro de 1963.

Titular das Medalhas de Mérito dos Municípios de Beja e Oliveira do Hospital.

Faleceu a 21 de Outubro de 2017, com 88 anos.

Ano tenebroso para o nosso concelho esse em que partiu! Fui solicitada para ir falar dele na Rádio Boa Nova, o que fiz com muito orgulho e também com muito pesar. As almas dos oliveirenses ainda sangravam de dor pela inclemência dos incêndios, cuja devastação ele já não viu. Lembro-me de ter dito, em directo: "Se é que se pode encontrar na morte algum tipo de consolação, a dele aconteceu quando já não pôde ver a sua amada terra dizimada!" Dediquei-lhe um poema que li aos microfones da Rádio e que se encontra publicado no meu último livro: "UM ANO... 365 POEMAS". *

Troquei com ele correspondência durante alguns anos e recorria a ele e aos seus livros, quando queria aprofundar algo sobre a História do nosso concelho. Foi talvez a primeira pessoa a cuja crítica submeti a minha poesia e lembro-me perfeitamente do que me escreveu, na altura: "Todos os seus poemas merecem publicação. São bons, literariamente correctos, sempre com um conteúdo didáctico e uma rima rica"!

Como esquecer uma pessoa assim? Não, eu não esqueço, nem esquecerei. O Dr. Francisco é também "daqueles que por obras valerosas se vão da lei da morte libertando..." – como dizia Camões.

Termino com a única expressão que me ocorre: Bem haja, meu ilustre amigo!

COM TÃO POUCO!?...

Pergunto-me, muitas vezes: o que é ser feliz? A felicidade plena não existe. Não creio que exista. "Nascemos para ser felizes" – é uma frase feita e dita quantas vezes só por dizer.

No entanto, é preciso tentar e, acima de tudo, é preciso não desistir. Mesmo sendo-se pessimista como eu, mesmo vendo-se sempre o copo meio-cheio como eu, há algo de que estou convicta: tudo é ainda possível! A felicidade, seja como for, pode estar mais próxima do que imagino. Creio que já esteve mesmo atrás da porta e não abri. Creio tê-la visto espreitar pela janela e esqueci-me de deixá-la entrar. Talvez pensasse que não era para mim… não sei a razão.

Nasci num lar humilde, mas íntegro. Nasci de dois pais muito jovens, de que me orgulho. Eram tão bonitos! Fui uma menina muito amada. O amor que sempre me rodeou compensava bem a escassez de outros bens. Aliás, nem cheguei a notá-la.

Diziam-me que era bonita e eu acreditava. Tinha uns belos cabelos negros que a minha mãe entrançava com diligente carinho. Os meus olhos cor de avelã eram muito expressivos. Curiosos, tão curiosos! Falei cedo e muito bem; era uma admiração ver uma menina tão pequena a falar com tal desenvoltura!

Queria saber tudo, estava sempre atenta. Brincava e entretinha-me com as coisas simples daquela época. Passeava pelos campos com a bisavó Elisa. Tudo era belo e descobria magia nos mais simples pormenores da natureza. Para mim, eram por(maiores) e davam-me tanta alegria!

Era uma criança feliz! Sim, nunca me fizeram falta as coisas mais ricas, até porque poucas havia. Tinha tanto amor, para que queria mais? Sentia-me bem e toda a gente gostava de mim.

O meu pai era o ídolo. Olhava-o com o encantamento de uma menina simplesmente menina. Penso que não sofria do complexo de Electra, mas quase. Era uma apaixonada pelo meu pai. Alto, bonito, um pouco impenetrável, os seus olhos azuis reflectiam o céu da minha admiração.

Calculem que o meu pai, com aquela sua postura firme e algo distante, costumava brincar comigo! Eu era a menina dos seus olhos e ele sabia demonstrá-lo. Eu notava.

Trabalhava e pouco estava em casa. No entanto, aos Domingos à tarde, brincava com a menina das tranças pretas. Como? Vejam só: eu assumia o papel de sua mãe e ele era o meu filho. Passávamos uns pedaços de tempo muito agradáveis, em que, sem darmos por isso, fazíamos teatro. Não pensem que me enganava nas deixas! Não pensem que me perdia no papel! Mesmo sem ponto, até porque as falas eram inventadas por cada um de nós, naquela mesma altura. Claro que não me lembro muito bem o que dizíamos, mas lembro-me que adorava.

Naquela tarde magnífica, o sol brilhava e nós, eu e o meu filho (pai) estávamos no quintalzito lá de casa. Tudo brilhava ao nosso redor, tal era a alegria que emanava dos meus olhos aveludados. Dava ordens ao menino grande e era tão bom ser obedecida! Ai, aqueles olhos azuis como se iluminavam ao olhar-me! Como se iluminaram, quando se levantou e se dirigiu a mim, dizendo:

— Minha mãe, agora está na hora do futebol e eu quero ir. Dá-me licença?

Muito compenetrada, a mãe (eu) respondeu:

— Sim, filho, podes ir, mas porta-te bem e não te demores muito tempo.

O meu filho (pai) saiu dali, foi a casa talvez arranjar-se, deu-me um beijo e despediu-se. Vi-o seguir o caminhito, abrir o portão de madeira e dirigir-se pela canada acima. Quando quase desaparecia da minha vista, algo veio à minha cabeça e chamei-o:

— Filho!

Ele parou. Voltou-se para trás e os olhos da cor do céu olharam-me, entre surpresos e expectantes. Muito compenetrada, respondi:

— Não vês como está quente, filho? Devias levar um qualquer chapelito por causa do sol!

Os lábios dele abriram-se num sorriso, o seu olhar brilhou mais intensamente e eu senti-me a criança mais feliz do mundo. Com tão pouco!

Com *Tão Pouco!?...*

Como a Vida Engana!...

Naquele dia de Maio, ela sentia-se feliz, tão feliz! Arranjou-se com esmero, viu-se ao espelho. E gostou do que viu. Mais velha, sim, mas os olhos brilhavam como dois sóis no seu rosto ainda sem rugas.

O tempo estava radiante como ela e ela sabia que ia ver pessoas que já não via há muito tempo. Essa expectativa fazia-a sentir-se animada e antecipadamente feliz!

Logo que chegou, viu alguém a quem disse adeus e esse alguém lhe sorriu. Bom augúrio! Só mais tarde, viu quem mais desejava ver. Foi algo indescritível aquele reencontro! Curioso é que ele pareceu encantado com ela, quando se beijaram. Há quanto tempo não se viam!

Claro que reviu muitas outras pessoas, conviveu e conversou com muitas outras pessoas! Foi bom aquele regresso ao seu tempo de adolescente!

No entanto, para quê enganar-se? Só ele lhe interessava... só ele fez o seu coração tremer de louco... só ele a fez pensar no amor!

Apaixonou-se perdidamente e ainda hoje recorda cada palavra, cada gesto, cada atitude que partilharam! Ele foi incrivelmente meigo, carinhoso e os olhos dele faiscavam desejo. Uma mulher sente essas coisas... é o tal sexto sentido!

Durante dias, meses, anos até, viveu uma espécie de sonho. Ou melhor, sentiu que os seus sonhos estavam, finalmente, a concretizar-se. Amou, amou sem medida e acreditou piamente que era correspondida. Ele soube cativá-la! No fundo, ela quis que ele a cativasse.

Mesmo que, durante este tempo, ele se distanciasse de vez em quando, voltava, voltava sempre. E ela acreditava de novo e aceitava de novo e continuava sempre a viver aquela ilusão. No fundo, sabia, mas queria acreditar. Como sofreu! Como amou! Como se sentiu feliz!

Finalmente, teve que admitir que tudo fora um logro, um engano torpe, uma armadilha! Só quando ele se afastou definitivamente e nunca mais voltou... Pelo contrário, em vez de amá-la, como dizia, até parecia que não gostava dela. Magoou-a, depreciou-a... pior, ignorou-a! Sem um adeus, sem uma explicação, com a cobardia própria dos predadores que abandonam a presa quando já estão satisfeitos!

Nunca soube – ainda hoje não sabe – o que mais lhe doeu: se o engano, se o silêncio dele! Só sabe que continua a pensar nele, que jamais o esquecerá, que ele viverá para sempre no seu coração.

Pensa muitas vezes naquele dia de Maio, o dia do reencontro! Pensa no que se disseram, pensa no olhar dele a devorá-la até às entranhas! Lê todas as mensagens (e foram muitas) que dele recebeu, recorda todos os telefonemas (e foram muitos), recorda tudo como se ele ainda estivesse ali e fosse vê-lo a qualquer momento!

Dá consigo, muitas vezes, a amaldiçoar aquele dia. Ah! Se não o tivesse reencontrado, se continuasse esquecida dele! Sabe, tem a certeza, que não sentiria a sua alma magoada, o seu coração a sangrar. Como sente!

No fundo, sabe – não pode mentir a si própria – que continua a amá-lo, que jamais deixará de amá-lo!

O Castelo de Avô

Entrei na máquina do tempo e preparei-me para a viagem. Seria longa, mas, ao mesmo tempo, rápida. Eu sabia. Andar tantos séculos para trás é mais fácil do que parece, quando a imaginação nos conduz. Depois, o meio de transporte tem o conforto de uma almofada fofa e macia. Basta encostar a cabeça e...

Acabo de chegar ao século XII. Olho em redor. O local é lindo e reconheço-o, embora no presente esteja bastante modificado. Um rio serpenteia por aquele vale verdejante, rio esse onde desagua ali mesmo uma ribeira. Não vejo ponte pelo que se deve passar a vau. Será que vem daí o nome daquela terra? É que estou mesmo em Avô, antiga e vetusta aldeia. Verdejante e bela como as águas que lhe dão vida!

Ora, eu sei que D. Afonso Henriques andou por aqui e gostou tanto do lugar que o ofereceu a sua filha ilegítima D. Urraca Afonso, enamorada do neto do seu escudeiro/mestre Egas Moniz, com quem se casou. Este chamava-se Pedro Afonso Viegas e combateu nas lutas contra os Mouros.

E lá está ele, na colina rochosa, o castelo de Avô, que o primeiro rei de Portugal doou ao casal. É uma robusta fortificação, com as suas muralhas, as ameias e adarves tudo em granito. A porta é de madeira maciça e não tem qualquer fosso.

Como se pode deduzir, esta terra é bem antiga e foi pouco depois, mais propriamente em Maio de 1187, que D. Sancho I a trocou com a irmã pelo senhorio de Aveiro. Logo

113

de seguida, deu a Avô carta de foral, passando os habitantes a ser foreiros do rei.

O que se terá passado, entretanto? Não é fácil saber concretamente. Quantas liças este castelo não presenciou? E não só contra os mouros... O que se sabe é que foi destruído, talvez até mais do que uma vez.

Anos mais tarde, D. Dinis, que reinou entre 1297 e 1325 mandou-o (re)construir, talvez sobre as ruínas do outro.

Sendo assim o que resta do único castelo existente no concelho de Oliveira do Hospital será do tempo de D. Dinis, um castelo medieval. Lá estão restos daquelas rochas, que foram muralhas, daquelas pedras que foram ameias e a porta e os degraus... Mesmo não tendo grandes certezas, ali vive-se passado. Quase se sente a atmosfera aguerrida rodeando as liças que ali se terão passado. Quase se ouvem os gritos dos guerreiros ecoando naqueles muros de séculos e séculos!...

Hoje, que já não se passa a vau, porque há uma ponte, Avô continua a ser uma terra linda e que já teve castelo, mesmo que dele pouco reste! Mas resta algo... e lá está para que o possamos ver, evocando o passado.

Acabou a viagem, mas ficou o regozijo e o prazer sentido. Pois é, mesmo que não tenha sido tudo exactamente assim, há lendas e tradições contadas através dos tempos.

Deixo-vos com uma verdadeira relíquia: há uma foto representando o castelo em 1871. Mostra a face sul-poente de Avô com o castelo ao cimo e, junto à entrada, a Capela de S. Miguel. Esta foto resultou da ampliação de uma que A. Augusto Gonçalves tirou numas férias de Natal passadas em Avô e que ofereceu ao grande historiador sampaense Professor Doutor António Garcia Ribeiro de Vasconcelos.

CAMA

Aquela cama tem uma história. É de ferro e bastante antiga. Já passou por várias gerações e foi restaurada algumas vezes. Já teve colchões cheios com palha ou folhelho.

Quando a mãe partiu para aquela longa viagem, abriu mão de quase tudo, mas fez questão de ficar com a cama de ferro. A sua sensibilidade transportou-a para as muitas vivências que ali tinham sido protagonizadas pelos seus ancestrais. Claro que os irmãos não se importaram nada. Para que queriam eles um móvel velho? Só para Suzete não era assim, não era uma coisa qualquer. Ela sabia.

Sempre foi ávida de histórias, de saber acontecimentos do passado. Ouvia e registava. Às vezes, até os escrevia!

No meio de toda a dor provocada pela partida da pessoa mais importante da sua vida, precisamente quem lhe deu a vida, sentiu-se feliz por ficar com a cama.

Apressou-se a levá-la e a mandá-la restaurar. Foi pintada de branco e aquele ramo ao meio da cabeceira tão colorido e aquelas flores até pareciam ter cheiro. Um perfume que encanta e inebria. Comprou-lhe um colchão óptimo, até ortopédico. Decidiu que passaria a dormir lá, logo que chegasse.

Nesse dia, Suzete sentiu um misto de expectativa e apreensão. Mas tudo foi superior ao que ela ansiava. Ficou linda e ficou linda naquele quarto onde dormia só. No fundo, sabia que a cama e todo o passado que carregava e que ela conhecia, iria fazer com que ela não mais dormisse sozinha.

Isso aconteceu naquela primeira noite. Antes de adormecer, fez uma viagem ao passado, aos vários passados daquele lugar, que, agora, era seu. Lá faleceram algumas pessoas que nem conheceu, mas também a avó que conheceu muito bem e tanto amou! Junto daquela cama, assistiu aos últimos momentos de vida daquela velhinha, a mesma que lhe contava todas as histórias que adorava ouvir. Segurou-lhe nas mãos enrugadas e manchadas de amor, até que as sentiu frouxas como uma flor a murchar. As lágrimas saltaram-lhe dos olhos, mas logo afastou a tristeza. Sentiu que a avó estava ali, a seu lado e a acariciava...

O pensamento levou-a para outra história, esta de vida e esperança. Foi ali, naquela cama, que a mãe foi concebida, com todo o amor que uniu os seus avós maternos! Lembrou-se da maneira com que a avó lhe contara o episódio. Não, não foi um mero acto sexual... houve entrega, afecto e quase a percepção de que estavam a fazer um filho. Provavelmente, muitos outros antepassados lá foram concebidos, mas a sua mãe era diferente. Sempre sentiu assim e, agora, mais do que nunca.

Como as camas também se fizeram para dormir, chegara a hora de adormecer. Só que, naquela noite, ia ser diferente. Aconchegar-se-ia nos sonhos com a esperança de que, para si, tudo ia mudar para melhor.

Sentia que nunca mais estaria só. A cama dava-lhe essa garantia. Utópica? Talvez, mas, se nós quisermos, a utopia pode fazer parte da nossa realidade. Adormeceu feliz.

BOLO-REI

O bolo-rei é um dos doces tradicionais da quadra natalícia que se prolonga até ao Dia de Reis. Tem a forma de coroa precisamente para recordar os magos do Oriente (que não eram reis, mas sim astrónomos).

É feito de uma massa branca e fofa misturada com passas, frutos secos e frutas cristalizadas.

Imprescindível em qualquer consoada que se preze, em Portugal começou a vender-se na Pastelaria Nacional de Lisboa, no séc. XIX. Correu risco de deixar de consumir-se, aquando da Implantação da República e até lhe inventaram outros nomes para evitar o uso da palavra rei. O que é certo é que foi assim que vingou até hoje!

Antigamente, no interior do bolo, encontravam-se também uma fava seca e um pequeno brinde, embrulhados em papel vegetal. Quem encontrasse uma fava na fatia que comesse, teria o dever de pagar o próximo bolo-rei. Por outro lado, se calhasse o brinde, a pessoa que o encontrasse seria bafejada com "boa sorte".

Quando era miúda, torcia para que me saísse o brinde e adorava aquilo, embora soubesse que não tinha grande valor. Ou talvez não soubesse, porque eu achava-o sempre lindo e guardava-o com desvelo.

Depois, por volta de 1999, deixaram de aparecer, quer a fava, quer a prendinha.

Portanto, sempre que se compra e se come um bolo-rei deixei de pensar sequer nessa possibilidade.

Mas... às vezes, as surpresas acontecem. Há dias, comprei um bolo-rei. Sabe-me sempre melhor nesta altura do que mais tarde. Encetei-o e tenho vindo a comer uma fatiazinha de vez em quando.

Anteontem, lá no meio da fatia surgiu a fava seca embrulhada. Quase a trinquei pensando tratar-se de uma amêndoa. Pronto, lá terei que comprar o bolo para o ano! – pensei para comigo, até porque estava sozinha, não tinha com quem falar.

E até esqueci o facto, mas não deitei fora a fava. Guardei-a numa gaveta.

Hoje, quando parti outra fatia – surpresa! – vi algo diferente. Não, não era nenhuma noz, nem fruta cristalizada. Adivinhem! Pois, é isso mesmo, lá estava o brinde, um anjinho branco a olhar para mim. Giro mesmo!

Fui buscar a fava e fotografei os dois. Quis contar-vos esta viagem ao passado, que se repetiu no presente e que me deixou feliz! Agora, já não sou criança, mas foi quase de uma alegria infantil que se encheu o meu coração.

Pensei: "Afinal, aquela menina que gostava dos brindes do bolo-rei é capaz de viver ainda dentro de mim"!

E os meus olhos saudosos brilharam mais!

Aquela Imagem!

Chovia torrencialmente, naquele fim de tarde. Um fim de tarde tão triste que até o céu chorava. Uma praça enorme e completamente vazia. As pedras do chão brilhavam aqui e ali... pareciam luzes a emergir da calçada. Cenário impactante e diferente naquele anoitecer em Roma! Respirava-se uma emoção profunda e tudo parecia convidar ao recolhimento!

Vivia-se a Quaresma. Sim, aquela época em que se prepara a Páscoa. Evoca-se a paixão e crucificação de Jesus Cristo e, depois, a sua passagem da morte para a vida. A sua ressurreição!

Habitualmente, aquela praça está repleta de gente, que quase se acotovela e reza e medita e faz barulho! Naquele entardecer, isso não acontecia. Não se via vivalma. O silêncio sepulcral ecoava por entre todas aquelas colunas e estátuas. Arrepiante a Praça de São Pedro em Roma, em plena época quaresmal!

A noite já estendia a sua manta de brumas sobre todo aquele ambiente. Algo iria passar-se, algo iria acontecer.

De repente, uma figura se avistou. Um homem só, alquebrado e de olhos no chão percorria todo aquele espaço. A pé e sob a chuva inclemente. Todo vestido de branco, avançava lentamente, coxeando um pouco. Parecia levar sobre os ombros algo pesado. Parecia carregar todos os males do mundo e o seu dorso curvava-se cada vez mais. À medida que se aproximava de um altar instalado no centro da praça, notava-se o seu semblante. Traduzia bonomia e tristeza, uma tristeza infinita o Papa Francisco!

Verdadeiramente impressionante! Era a imagem da mágoa e da dor! Mesmo quem não acredita, sentiu todo o simbolismo da paixão naquela figura carismática, mas tão cheia de humildade! Pela primeira vez, um Papa encarnava Cristo de corpo e alma. Nem precisava falar para nos apercebermos do seu sofrimento e do amor que a sua aura emanava! Ali não havia fingimento ou teatro. Ali havia genuinidade e o verdadeiro sentimento de partilha e união.

Pareceu tão longo aquele caminho! Carregou a Cruz com estoicismo e sempre em frente, até subir os degraus para o altar onde orou e de onde abençoou o mundo. Era esse o seu propósito. Rezar por este mundo assolado pela pandemia, este mundo onde há gente que sofre e morre às mãos de um inimigo invisível e traiçoeiro! Vivemos momentos de profunda reflexão. Todos sofremos. Todos estamos isolados. Todos nos sentimos sós. Todos navegamos no mesmo barco.

No entanto, a visão daquele homem idoso e fragilizado pelas perdas de tantas vidas ali mesmo naquela cidade, onde é o centro do Catolicismo, foi tão inspiradora! Ninguém, ninguém mesmo, até os ateus mais empedernidos, ficou indiferente àquela imagem. Um Papa sem pompa, sem riqueza e tão grande na sua simplicidade! É deste exemplo que precisamos. É de alguém próximo que todos necessitamos. Afinal, Cristo pregou o amor, a fraternidade, a união. Submeteu-se ao sofrimento e foi assassinado por defender os mais nobres ideais de paz e perdão.

A praça de S. Pedro em Roma é de riqueza e fausto. Contrasta com o cenário degradante e pobre onde Jesus foi imolado, como o cordeiro da Páscoa.

Naquela noite, não estava assim. Vazia e despida de tudo. Vazia e triste.

Indiferente ao que o rodeava, o Papa Francisco chorou a morte, para invocar a vida.

Não foi o homem que esteve ali, não foi o Papa que percorreu aquela calçada. Foi Cristo que, mais uma vez, levou a Cruz até ao Calvário e se deixou matar por AMOR! É esta a arma secreta com que podemos vencer todas as iniquidades... porque o mundo está em guerra e temos de lutar!

Apesar da falta de cerimónias e celebrações, ou talvez por isso mesmo, nunca a Quaresma foi tão Quaresma, nunca a Páscoa foi tão Páscoa!

Deixemos entrar a verdade nos nossos corações! Aquela imagem não pode apagar-se da nossa memória!

Vivamo-la!

Aquela *Imagem!*

ARGUINAS GIDOS

Com mãos calejadas, acarinham as pedras. E fanfam-lhes verbos gidos. Outras vezes, cantam-lhes cantigas, como se as embalassem.

Vieram de longe, lá das terras do concelho de Oliveira do Hospital. A sua arte deu-lhes fama. São conhecidos os pedreiros e canteiros de Nogueira do Cravo e de Santa Ovaia. Deram-se o nome de arguinas e é assim que os chamam. Outras vezes, argaus. Outras vezes, argalos.

São mestres do que fazem e muitos ajudaram a construir grumeias por esse Portugal. A sua marca ficou em muitas varandas, janelas, portas e paredes. Às vezes, autênticas rendas bordadas nas arraias (3). E o granito é uma rocha dura... não é assim tão fácil de trabalhar como o calcário ou pedra lioz! Chibau! Fazem-no com amor, mas também porque precisam de rustir e sustentar as famílias. A saudade é muita e as dificuldades também.

Não é fácil deixarem as suas terragosas e rumarem para longe dos seus. Pois, a vida é difícil e têm que trabalhar. Para lá da Estrela, gostam do modo como se comportam. São boa gente e, se têm a sorte de ter um bom calhau, tudo corre melhor ainda!

Não raras vezes, há quem se chegue a eles com curiosidade pela maneira como falam com as pedras. Ficam ali a ver e a ouvir. Talvez queiram copiar ou aprender! Ah! Mas eles trocam-lhes as voltas. Ouvem, ouvem... mas não entendem nada. E, depressa se afastam a pensar: "que raio de linguagem é aquela?".

Até nisso os arguinas tiveram arte e engenho: inventaram uma maneira de comunicar, que só eles sabem!

Quando vêem alguém pistar-se no trilho, é quando falam mais descansados. Sabem que ninguém os irá perceber. Até podem dizer:

— Este lhego é mais feio que os meus calcúrrios!

E podem atirar-lho à cara, que ele fica na mesma. Até pensa que é um elogio! Riem, riem... dos semblantes estrufêgos daqueles que os abordam! Assim, o mister torna-se mais divertido e ajuda a passar as quilosas do luzeiro.

Quando cantam, as suas vozes soam num ritmo calmo e cadenciado. Fazem-no para coordenar esforços e poderem deslocar as pedras para a parede. Assim conduzidas, depois de bem alisadas com o pico e a maceta, parece que as arraias se tornam mais leves! Ouve-se: "Ó pedrinha corre, á-ó... Ó pedrinha ligeira, á-ó..."

Quando chega a choina, comem qualquer coisa, nem sempre com muita abastança. Talvez por isso, os nogueirenses até inventaram um Pai-Nosso:

"Segunda, fartura; Terça, ainda dura; Quarta, já minga; Quinta, faminta; Sexta, passaremos e Sábado, para casa iremos."

Depois de rustirem, vão descansar, nem todos. Alguns vão até às baioteiras beber vinho e, às vezes, ficam chumarros. Apanham uma grande cabra!

Conta-se que aconteceu lá para os lados da Covilhã. Houve uma zaragata e os nossos arguinas viram-se metidos nela, sem saberem a razão por que ela começou. Foi então que um santovaense, para apaziguar os ânimos e reunir todos, gritou:

— Santa Ovaia à parte!

Tudo isto se terá passado há muitos anos, mesmo muitos. Ou até talvez seja uma lenda! O que é certo é que ainda hoje se emprega esta expressão, referindo-se a essa terragosa do nosso concelho.

Andavam por lá muito tempo e o seu modo de falar foi-se tornando mais rico e tendo cada vez mais verbos. Influências de Espanha, porque trabalhavam bem perto da raia beirã, muitas vezes também na Galiza. As invasões francesas juntaram outros verbos, esses mais afrancesados. Ou então, inventavam as palavras conforme as suas características ou finalidades.

O trabalho não pára. Só mesmo um bocadinho, quando se pista no trilho uma lhega gidaça. Nessa altura, fazendo de conta que estão a cantar à pedra, dizem: "Ó pedrinha corre, á-ó...Bem queria esta lhega gida na pildra de moiano, á-ó... Ó pedrinha, foca o badejo, á-ó... Tudo isto os entretém e a sua malícia está bem patente.

A moça segue o caminho, saracoteando-se, sem fazer ideia do que eles fanfaram. Não lhe fazem mal. São é do tempo em que se assobiava e se lançavam piropos às mulheres bonitas, mesmo aqueles que têm a sua caneira em casa à espera.

Nesta profissão, há sempre um morrão, encarregado de esfagunhir o gandiço que todos hão-de rustir ao meio luzeiro.

Dão-se bem e têm orgulho no seu trabalho e, de quando em vez, juntam às canções esta quadra:
Alfaiates não são homens,
Homens são os carpinteiros,
Mas p'ra maior valentia
Venha a malta dos pedreiros!

E assim trabalham... e assim exercem o seu mister, o seu ganha-pão! São considerados pela sua arte, embora a humildade seja seu apanágio. A humildade dos grandes...

Voltemos ao presente. Agora, já poucos arguinas existem, embora ainda haja quem trabalhe a pedra, por estes lados. A evolução tirou genuinidade às tarefas. Tudo quer ser doutor, sem se dar conta que o verdadeiro valor não está no Dr atrás do nome.

E os verbos? Restam alguns descendentes de arguinas que os preservam e outras pessoas que se interessam e os aprenderam. Mas poucos. Vamos deixar que este linguajar acabe e se perca na imensidão dos tempos? Não. Temos uma oportunidade única de divulgar este importante património do concelho de Oliveira do Hospital e torná-lo conhecido no País todo!

Vamos a isto, ó gente da terragosa niva!

(arguina-pedreiro; terragosa-terra; rustir-comer; luzeiro-dia; morrão-servente; esfagunhir-fazer; niva-natal; gandiço-comer; pistar-aparecer; lhega-moça; grumeia-casa; gidaça-bonita; arreia-pedra; calhau-patrão; chibau-sim; pildra-cama; fanfar-falar; baioteira-taberna; chumarro-bêbedo; estrufêgo-feio; calcúrrio-tamanco; quiloa-hora; macareno-feio)

AINDA SOU DO TEMPO...

Quando estudei, dos 10 aos 15 anos, tive de frequentar o Colégio Brás Garcia de Mascarenhas. Afamado pelo rigor do ensino e pela disciplina, era procurado pelos pais de alunos não muito estudiosos, mas que acabavam por "entrar nos eixos".

Não era oficial. Por isso, os vários exames eram feitos em Coimbra. Os rapazes no liceu D. João III e as raparigas no Infanta D. Maria. Exames rigorosíssimos!

Ainda sou desse tempo. Com 10 aninhos rumei a Coimbra para fazer o exame de admissão ao liceu, como se chamava na altura. Não se dispensava da oral. As carteiras individuais eram postas a uma distância considerável umas das outras e éramos vigiadas e controladas. Quase não podíamos respirar! Se deixássemos cair uma borracha, tínhamos de pedir licença para apanhá-la.

Era assim naquele liceu Infanta D. Maria! Todos eram unânimes em afirmar que no dos rapazes, tudo era mais brando! Mas ali... havia choro e ranger de dentes. Havia desmaios e dores de barriga. Em suma, havia medo.

Posso dizer que eu, embora novita, me sentia confiante e bem preparada e, por isso, embora nunca fosse de grandes manifestações de alegria, também não chorava. Sobretudo, confiava cegamente nos meus professores: Senhora D. Maria Luísa Vasconcelos e Senhor Lúcio Rosa Dias Coelho. Jamais partirão da minha memória e do meu coração. Lembro-me de alguns pormenores desse exame. Apesar de ter sido sempre melhor a Língua Portuguesa, foi a matemática que tive 20 valores na prova escrita. O meu pai ficou tão feliz que me ofereceu um gelado de limão, daqueles que havia dantes feitos de refresco congelado. E que bem me soube! Se calhar foi a nota que lhe deu mais sabor!

Na prova oral, fiz um brilharete na prova de leitura. Sabem aquela sensação de começar a ler e fazer-se silêncio absoluto na sala? Só ouvia o eco da minha própria voz!

Com 12 anos e já frequentando o Colégio, fui fazer o exame do 2º ano (hoje 6º de escolaridade). De novo, Coimbra, de novo liceu Infanta D. Maria, de novo disciplina rígida, como se estivéssemos na tropa. Novidade: aí, podíamos dispensar de fazer oral, se tivéssemos 14 ou mais de média. Nunca me manifestava muito, quando saía dos exames, o que levava a minha mãe a dizer-me: "Fulana e Sicrana saíram a dizer que foi tudo uma maravilha e tu nunca dizes nada!", ao que eu respondia: "Deixe lá, mãe, os resultados se verão!"

Passados dias dos exames, a vizinha da minha tia começou a dizer que a filha (que tinha feito exame comigo) dispensara da oral. Estranhámos, porque ainda não tinham saído os resultados. E eu simplesmente não me pronunciava. Quando chegaram, foi uma alegria: eu dispensara da oral com média de 16 valores, distinção. Os professores estavam loucos de alegria. Foi um ano muito bom para o Colégio! Parece-me estar a ver o Dr. Falcão, o Dr Carlos Gomes, o Dr. Carlos Campos, muito felizes a dar-nos os parabéns! E a vizinha da minha tia? Ah! Realmente não foi à oral, porque reprovou na escrita. Quando era assim, dizia-se que "passava por baixo da porta"!

Mas os exames não ficaram por aqui. Com 15 anos e, depois de três anos de muito estudo, fui fazer o chamado na altura 5º ano do liceu. Era feito por secções: a de letras e a de ciências. E lá rumei a Coimbra, acompanhada pela minha mãe, sempre o meu esteio, o meu anjo da guarda. E lá estive de novo no Liceu Infanta Dona Maria. Manteve-se o rigor, a disciplina, o medo, a apreensão... tudo igual a antes. Exames difíceis, muito difíceis naquele ano! Raros eram os alunos que completavam com bons resultados o 5º ano!

Não perdia um bocadinho: estudava, estudava... Eu sabia bem como seria complicado reprovar! O meu pai não compreenderia jamais!

Quando chegaram os resultados, não houve a alegria do 2º ano, longe disso. Muitas reprovações, principalmente na secção de Ciências, poucas dispensas da oral. Eu dispensei apenas a letras com média de 14 valores e fui à oral de Ciências com média de 12. Um balde de água fria para o meu pai; ele queria que eu tivesse dispensado da oral às duas secções!...

Confesso: sempre fui melhor na parte escrita. Tinha professores que nos amedrontavam com as professoras do Liceu Infanta Dona Maria, que eram umas megeras e que maltratavam as examinandas. Confesso: ia cheia de medo, mas nem por isso deixei de estudar, cada vez mais.

Afinal, até foram boazinhas para mim! Não reprovei e passei sem deficiência. Consegui fazer o 5º ano de uma só vez!

Ainda sou do tempo em que as coisas se passavam com todo este rigor. Não havia nada a questionar; o que ficava escrito ou dito é que ditava os resultados! Tudo era incontestável!

E agora? Deixo a pergunta!...

Ainda Sou do Tempo...

A Nossa Vulnerabilidade

O mundo mudou. Há muito que pedíamos uma mudança. Pedíamos mais amor, mais união, mais consciência ambiental e cívica, mais igualdade, mais fraternidade. Dizíamos mal de tudo e estava tudo mal. Pintávamos tudo de negro e não éramos felizes.

O mundo mudou. Sim, mas mudou demais e para pior, muito pior.

Agora, vivemos mergulhados no medo de perdermos o que, antes, achávamos pouco. Mas tínhamos. Ou íamos tendo…

Agora, estamos confinados, impedidos de ver e sentir quem amamos. Perdemos a liberdade. É como se estivéssemos acorrentados, num gueto de desespero e dor.

Agora, a saudade é uma constante em cada momento. Saudade das pessoas, saudades do que tínhamos e, às vezes, não desfrutávamos.

Agora, a solidão invade-nos e a tristeza amarfanha-nos a alma. Não sabemos o que fazer ao tempo que nos sobra e, simultaneamente, nos foge…

Agora, as notícias arrasam… ferem de morte os corações quase perdidos. E o mais dramático é que sabemos que vai piorar! Não se vislumbra uma luz ao fundo do túnel.

O que nos resta? A esperança, talvez. Mesmo essa se vai desvanecendo a cada dia que passa.

Desengane-se quem pensou e disse que a pandemia ia mudar mentalidades, nos ia tornar mais conscientes do nosso papel enquanto humanos. Desengane-se quem pensou e disse que iríamos ser mais unidos e mais irmãos. Pelo contrário, cada vez se destila mais ódio e incompreensão. Cada vez há mais desejos de vingança e ninguém perdoa a ninguém. Ninguém desce do seu pedestal de sabedoria bacoca, para aceitar uma correcção ou uma opinião contrária à sua.

O que somos nós, afinal? Minúsculos grãos de areia num Universo enorme e desconhecido. Somos feitos do pó das estrelas, como disse Carl Sagan. E voltaremos a ser pó, cinza e nada... como escreveu Florbela Espanca. Somos frágeis e perecíveis. A vida é um "ai" que mal soa, como poetizou João de Deus.

Há quem se anestesie com crenças, religiões e quejandos. A mim, ocorre-me citar o astrofísico franco-canadense Hubert Reeves, quando diz que "O homem é a mais insana das espécies. Adora um Deus invisível e, ao mesmo tempo, mata uma natureza visível, sem perceber que ela é o próprio Deus que adora." ... mais ou menos isto.

Será que estamos a ficar mais conscientes da nossa demência e vulnerabilidade?

Afinal, o mundo mudou. E continuará a mudar.

ABUSO DE PODER

Tenho três afilhados, duas raparigas e um rapaz. Bem, na verdade, só tenho duas afilhadas. O meu afilhado não é, porque nem sequer foi baptizado. Mas é meu afilhado desde que nasceu. Amo-o como sobrinho, amo-o como filho e sempre fui a sua madrinha.

Aparentemente, acabo de escrever uma série de disparates, algo contraditório e quase indecifrável. Só aparentemente!...

Eu explico. Quando nasceu o filho mais velho da minha irmã mais nova, ela pediu-me para ser sua madrinha. Acedi radiante. O João Rafael era um bebé maravilhoso, muito meigo e simpático. Se já o amava, passei a amá-lo muito mais. Sempre o considerei meu afilhado e agi sempre em conformidade com essa condição. Para mim, era como um filho. Carinhosamente, chamava-me titi. Era o tratamento com que me diferenciava das outras tias.

O tempo foi passando. Houve alguns problemas com o casamento da minha irmã e o menino nunca foi baptizado. Não era muito importante. Para mim, ele era especial. Havia entre nós uma cumplicidade muito agradável. Ia comigo às compras, levava-o à escola e trazia-o de volta. Era a titi do Rafael e tenho a certeza que ele também gostava muito de mim. Podia contar muitos episódios engraçados que se passaram connosco. Além do mais, cedo demonstrou uma sagacidade e inteligência invulgares. Percebia tudo muito bem e aprendia com facilidade. Não vou contar, porque me alongaria demasiado.

A minha irmã voltou a casar e, anos depois, teve uma menina e outro rapazinho. O Rafael já tinha uns 10 anos, quando nasceu a irmã. Sempre apoiou incondicionalmente a mãe.

Aconteceu que, quando resolveram baptizar os irmãos, lembraram-se de fazer o baptismo dos três. Seria em S. Paio de Gramaços, onde residiam e ainda hoje residem.

A minha irmã foi falar com o pároco da freguesia. Em relação aos irmãos, tudo bem, mas, ao falar no Rafael, ele perguntou quem iria ser a madrinha. Claro que a mãe respondeu que seria eu e disse-o, não contando com a infeliz resposta do padre. Ele conhecia-me bem e sabia bem que eu era divorciada. Então, disse:

— Não aceito essa senhora para madrinha. Tem de procurar arranjar uma pessoa com a vida mais certinha do que ela.

Esta resposta inqualificável caiu como uma bomba. A minha irmã, indignada e percebendo o que ele queria dizer, ainda ripostou:

— Então, Sr. Padre, o meu filho não será baptizado, porque dificilmente encontrarei uma pessoa com a vida mais certinha do que a minha irmã. Claro que a minha vida não era certinha por eu ser divorciada!

Ainda pensaram em várias hipóteses, irem a outro padre, outra pessoa assumir o meu papel, etc. etc.

Só que aí entrou a personalidade já bem formada e convicta do Rafael, que, do alto dos seus quinze anitos, foi peremptório:

— Eu não quero que outra pessoa seja a minha madrinha! A titi sê-lo-á sempre e eu não me baptizo!

Que radicalismo bacoco o deste padre ultrapassado! Que falta de sensibilidade! Uma atitude inqualificável e que nem sequer era resultante de uma lei da Igreja! Isso só poderia ser se eu vivesse maritalmente com outra pessoa, coisa que não acontecia. Negar a uma pessoa a possibilidade de ser madrinha, apenas por ela ser divorciada? Eu podia ser uma malfeitora, uma prostituta, uma criminosa e, se não fosse o meu estado civil, teria sido aceite. Ai, se o Papa Francisco soubesse, não aprovaria certamente! Às vezes, penso que o maior inimigo da Igreja é ela própria, o clericalismo e os exageros de alguns seus servidores (?).

Vim a saber mais tarde e por outros padres a quem pus o problema que se tratou de um abuso de poder. Ele não tinha o direito de fazer o que fez.

Sei que esse padre é do OPUS DEI (Obra de Deus), uma prelatura pessoal da Igreja Católica, fundada em 1928. Prima pelo fundamentalismo e conservadorismo, conceitos muito arreigados, regras severas que os fiéis a ele aderentes têm de seguir. É por estas e por outras que se perdem cada vez mais pessoas verdadeiramente religiosas.

É por essas e por outras que o meu afilhado é ateu. Mas... eu continuo a ser a sua madrinha!

A Chefe da Turma A

Era assim naquela altura! As posses não eram muitas e não pude realizar o sonho de uma licenciatura, para ser docente, sim, mas do ensino secundário. De Português, Literatura... algo que tivesse a ver com a minha amada Língua Portuguesa. E com livros, outra paixão!

Tinha apenas 18 anos, quando entrei na Escola do Magistério Primário da Guarda. Desde os 15, idade com que completei o 5º ano, tinha sido escriturária numa empresa. Não me sentia realizada... ali, tudo o que eu mais gostava iria estagnar! Sentia que estava a perder o que mais apreciava: estudar, aprender, aperfeiçoar e, depois, partilhar conhecimentos, ensinando.

Depois de um exame de admissão à escola, preparado numa quinzena de muito estudo, lá chegou o primeiro dia de aulas. Eu era a nº 21 da Turma A, só de raparigas. Não conhecia absolutamente ninguém.

A primeira aula seria com o Director, Dr. Melo, uma figura imponente que chegou à sala e nós sentadas, direitinhas e em silêncio. Apresentou-se e fez-nos apresentar. Iria ser nosso professor de Pedagogia. Notava-se que devia ser muito rigoroso, muito exigente. Confesso: gostei!

A certa altura, procedeu-se à eleição da chefe de turma. Como? Cada uma dizia o nº da pretendida e ele anotava no quadro. Começou a votação e comecei a ouvir: 21 – 21 – 21 – 21 – 21... até chegar a mim; eu disse 25 e de novo, 21 – 21 – 21... até ao fim. Ou seja, fui eleita chefe da turma A por unanimidade e a subchefe foi a nº 25, que tivera só o meu voto.

Logo que pudemos, falámos e trocámos impressões. Por que razão acontecera aquilo? Sem me conhecerem... acharam-me mais ajuizada, mais compenetrada, também mais velha. Talvez parecesse, mas estava longe de ser. Pelo contrário!

Não se arrependeram. Os laços foram-se estreitando e viram que eu era boa aluna, mas amiga de ajudar, sempre a dar um jeitinho em tudo o que de mim precisassem.

Guardo muito boas recordações desses dois anos. Ganhei até hoje bons amigos e amigas!

Por sorte, o Sr. Director gostava de mim e considerava-me talvez pela minha postura sempre muito certinha, adulta e, de modo nenhum, dada a comportamentos menos próprios.

Tive disso várias provas ao longo do tempo.

Passados uns meses, a Escola recebeu a visita do Ministro da Educação da altura, Professor Veiga Simão. Quando esperávamos a sua chegada, vi a certa altura umas alunas do 2º ano, todas bastante engraçadas, aparecerem com um ramo de flores. Obviamente era para oferecerem ao visitante. Lembro-me que, na altura, pensei: "pois, para entregar o ramo, o Senhor Director escolheu as alunas mais bonitas e mais velhas". Compreendi perfeitamente e não me surpreendeu nada.

Ah! Mas acabou por surpreender, porque, pouco depois, ouvi a voz do Dr. Melo dizer bem alto:

— Onde está a chefe do 1º A?

Um pouco sem jeito e sem imaginar o que ele queria, aproximei-me. Entregando-me o ramo, disse:

— Quando o Senhor Ministro entrar no meu gabinete, a menina entra e entrega-lhe as flores. Fique por aí.

E eu fiquei, bastante envergonhada, escondida atrás das flores. Lá cumpri a minha missão e recebi dois beijinhos do Professor Veiga Simão.

Nunca esqueci mais esta prova de simpatia para comigo. Não sei a razão, mas caí mesmo nas graças do Sr. Director! Nunca me meti em problemas de espécie nenhuma e, talvez por isso, nunca levei nem sequer um ralhete dele e tive sempre muito boas notas a pedagogia.

O exame final tinha provas escritas e provas orais. Estas constavam, sobretudo, da apreciação dos exercícios escritos. Só me lembro que e mais uma vez, o Senhor Director iniciou o meu exame oral, dizendo:

— O que lhe posso dizer acerca do seu exame escrito é que está bem do princípio até ao fim. Nem uma vírgula a mais, nem a menos. Perfeito!

Acreditem: isto que acabei de contar é a mais pura das verdades!

A Chefe da Turma A

A GRIPE ASIÁTICA

— Olá, minha mãe, hoje é um dia especial!

— Porquê, filha?

— Não sabe que dia é?

— Ah! Pois, hoje é 15 de Abril e faço anos.

— Pois, é isso mesmo. Parabéns, minha Mãe!

— Então, porque não vens cá dar-mos?

— Oh! Eu bem queria, mas não podemos sair, lembra-se?

— Ah! Pois, querida, é isso. É uma tristeza! Nunca vivi uma coisa assim!

E a conversa telefónica continuou... Eu, realmente, nunca vivi nada assim! Mas... a minha mãe... algo semelhante. Lembro-me de ouvi-la contar. Foi em 1957, portanto eu era pequenina. Houve uma epidemia da chamada gripe asiática.

Terá começado no norte da China, em Fevereiro e os médicos sabiam que se expandiria a todos os continentes.

No dia 9 de Agosto de 1957, o navio Moçambique, proveniente de África, entrou na barra do Tejo para atracar no porto de Lisboa. Trazia a bordo passageiros doentes. Naquele dia, a epidemia de gripe foi importada. Provocada por um novo vírus que anteriormente não tinha circulado em Portugal, encontrou a população de Lisboa e do País inteiramente desprotegida.

A rapidez da sua propagação até atingir o pico, na segunda semana de Outubro, foi semelhante à duração do tempo até ao seu final. Tomaram-se medidas semelhantes às que vivemos agora. Morreram muitas pessoas. A maior incidência foi nas cidades de Lisboa e Porto, mas claro que também chegou à "província"!...

É evidente que os meios de comunicação estavam longe da eficácia e rapidez que têm hoje. Portanto, as notícias não chegavam com a celeridade e regularidade actuais.

A vida, por aqui, era difícil. Eram parcos os rendimentos e as famílias numerosas viviam de forma assaz rudimentar, com recursos mínimos.

Lembro-me de ouvir contar. Lá em casa, o rei era o pai (o meu), a única fonte de rendimento. Daí, toda a subserviência que lhe era dedicada. Naquela altura, eu era muito novinha. Mais tarde, isso começou a revoltar-me e valeu-me algumas bofetadas, só porque não me conformava. E expressava a revolta... e enfrentava o chefe. A minha mãe sempre disse que, das quatro filhas, só a mim, ele bateu. Não por outra coisa que não esta! Sempre fui assim, afinal!

Em Oliveira do Hospital, tínhamos um anjo protector, um médico tipo João Semana, chamado Dr. Virgílio Ferreira. Foi o meu parteiro e era um amigo sempre presente. Deve ter-nos valido também e muito durante a gripe asiática.

Claro que também chegou àquele lar, onde viviam sete pessoas: o pai, a mãe, a avó, a bisavó, a tia-avó e duas filhas pequenas.

Lembro-me de ouvir contar. Um dia, vindo do trabalho, o meu pai chegou a casa e nada, nem ninguém o esperava. As mulheres e as crianças todas de cama com febre alta e bastante prostradas. Já tinham sido vistas, diagnosticadas e medicadas pelo senhor doutor Virgílio. Só não tinham comido nada, nem feito fosse o que fosse para receber o chefe de família, como era costume.

Ora, o meu pai era muito macho e não sabia fazer absolutamente nada das tarefas domésticas. Calculo a atrapalhação com que ficou! Como iria resolver aquela contrariedade? Bem, segundo ouvi dizer, fez a única coisa que sabia fazer. Dirigiu-se à cozinha, ferveu água numa grande cafeteira de alumínio e deitou-lhe chá. Depois, açucarou-o, distribuiu-o por canecas e levou-o às doentes. Claro que foi também o seu jantar. Como, nestes casos, a hidratação é importante, até devemos ter-nos sentido reconfortadas! Depois, não sei bem o que se passou. Penso que fomos melhorando e sobrevivemos. Sim, disso tenho a certeza.

Aquela crise epidémica ficou na História e prolongou-se até ao ano seguinte. Que eu saiba, repetiu-se noutras alturas mais à frente.

Na conversa telefónica com a minha mãe, no passado dia 15 de Abril, em que completou 87 anos, isto foi recordado e ela disse:

— Se não me falasses nisso, não me lembraria. Coitado do teu pai: não sabia fazer mais nada!

A Insónia do Principezinho

Já tinha visto o pôr-do-sol há imenso tempo. Como sempre, enterneceu-o o espectáculo deslumbrante que pôde presenciar. Aquelas cores de fogo com que se pintava o céu faziam-no sempre tremer de emoção. Mais uma vez, não conseguiu conter as lágrimas, mas eram de puro êxtase e felicidade. Lembrou-se do que a raposa lhe dissera uma vez: "Não chores por não ver o pôr-do-sol, porque as lágrimas não te deixarão ver as estrelas"! Ele amava aquele entardecer afogueado e rubro. Ele amava toda a beleza com que o sol se despedia, para ir iluminar outras paragens! Quando não conseguia ver, chorava, mas também chorava, quando via.

Naquele dia, vira e foi lindo. Aliás, foi um dia de muitas emoções, de muitas descobertas, de muitos risos. Aquele seu riso cristalino ecoara pelo deserto, fazendo lembrar campainhas, como dizia o aviador.

Chegara a noite, com a lua e as estrelas, iluminando o céu escurecido. Eram mais do que horas de se deitar e dormir. Foi o que fez. Deitou-se.

Pois, mas dormir não conseguiu. Deu voltas e mais voltas, mas o sono tinha partido. Estava cansado… estava exausto mesmo e não adormecia. Recordou tudo. Lembrou-se da sua rosa, única no mundo para ele. Lembrou-se do poço que, nesse dia, encontrara e até das palavras ditas pelo amigo: "O que dá encanto ao deserto é saber que, algures, existe um poço"! Reviveu o instante em que lhe apareceu, rastejando, aquele animalzinho minúsculo, chamado serpente, que lhe disse ter muito poder. Arrepiou-se. Logo passou o mal-estar, quando pensou na sua amiga raposa, que era sábia e que sempre o ensinava e lhe dizia coisas bonitas. Como ele gostaria que ela ali estivesse, para o acarinhar e lhe dar conforto!...

Ouviu um ligeiro ruído atrás dele e depois, algo rodopiando por entre as ervas. Olhou e encarou com regozijo os olhitos espertos da raposa, com a frondosa cauda avermelhada a dar a dar. Ela aproximou-se dele e perguntou:

— Não consegues adormecer, meu menino loiro?

— Não. - respondeu ele, com os olhos muito abertos.

— Estás com insónia? - inquiriu ela de novo.

— O que é insónia? - falou ele, assustado, com medo que fosse algo muito mau.

— É isso mesmo. É quando nos deitamos e não conseguimos dormir. Acontece muito com os homens. - explicou ela.

— Ah! - disse ele - E que hei-de fazer?

— Eles costumam contar carneiros, mas eu vou fazer melhor. Fico contigo e, sentindo-te acompanhado, adormecerás num instante. Queres?

— Se quero! Até estava a pensar em ti, quando chegaste. - disse o menino.

Sentiu a presença da raposa, que se encostou a ele, de mansinho. A cauda felpuda era como uma carícia. Os olhos foram-se fechando lentamente e, não tardou, estava a dormir. Entrou no mundo dos sonhos em paz e tranquilidade.

A DONA DO RETRATO

Esta minha paixão por tudo o que diz respeito à antiga Casa de Baixo tem uma razão, melhor dizendo, tem várias razões. É uma relação quase umbilical, transmitida por várias gerações da minha família. A minha avó dizia que entrou lá na barriga da mãe, como ela ia lá transportando no ventre a minha mãe. Depois, todas nós quatro irmãs percorremos aqueles corredores ainda antes de nascermos. E eu concebi lá o meu filho, que ainda lá entrou em pequenino. Compreendem?

Há dias, lembrei-me do retrato da irmã do Senhor Cabral. Ignoro, mas penso que está lá, devia estar, pelo menos. Cheguei a vê-lo na casa do Monte Estoril, mas também esteve cá. Havia vários rituais naquela casa. Um deles era dar nomes às salas e aos salões. Pois, aquele retrato estava na chamada Sala Verde, por cima de um sofá de veludo, semelhante ao que é mostrado na pintura.

Já não conheci a Dª. Maria Luísa, mas ouvi falar dela. Era uma senhora linda e extremamente generosa. Casou com um senhor muito rico, mas não tiveram filhos. Ele, sim, teve uma filha de outra senhora. E calculem: eu conheci-as. Estive algumas vezes sentada com elas a ver televisão com o Sr. Cabral na sala de jantar. Vinha cá passar dias a Dª Maria Helena Pinto Barreiros, bonita, com um penteado giríssimo e era extremamente simpática com as meninas (nós).

Voltemos à Senhora Dª. Luísa. Faleceu em 1945, quando a minha mãe tinha 12 anos. Lembrava-se dela e lembro-me de contar algo, que não olvidei. Encarou o cancro com estoicismo e, naquela altura, não havia as condições de tratamento de hoje.

Quando vinha a Oliveira, ocupava todo o andar de cima do solar. Eram os seus aposentos. Eu própria lá vivi e lá ficaram roupas, livros, escritos, desenhos e trabalhos meus, que não voltei a ver. Entenderam que não deviam dá-los, até pela maneira precipitada com que se apoderaram da chave da casa. Sinto-me revoltada, quando penso como foi! Uma grande injustiça, uma grande falta de sensibilidade!

Dizia eu... A última vez que veio à nossa terra, já estava muito doente. Andavam a construir um poço cisterna, que ainda existe na quinta contígua aos jardins belíssimos do solar. A minha mãe lembrava-se de a terem levado num carrinho de mão, já muito magrinha e debilitada, pois quis ver a construção do poço. Era muito amada.

É no Cemitério dos Prazeres que está o Jazigo da Família e todos lá estão sepultados: o pai, falecido em 1939, a irmã, em 1945, a mãe, que deve ter sido em 1954/55 e ele próprio, que partiu em 1979.

Voltando ao belíssimo retrato, repara-se na pose, na beleza da senhora e também na indumentária e no penteado, típicos dos anos vinte, próprios da chamada "belle époque".

Tenho pena de não saber mais da vida desta senhora, a "mana", como o senhor Cabral chamava! Deve ter sido alguém muito à frente do seu tempo – parece-me!

ATÉ À ETERNIDADE!...

Sempre fora assim. Desde pequena, a sua alma gritava insatisfação. Um idealismo que a fazia lutar contra moinhos de vento. Às vezes, nem sabia bem a razão.

Rebelde? Teimosa? Muito. Essas características valeram-lhe muitos tabefes da mãe e algumas sovas do pai. Só por isso, foi mesmo a única filha a quem ele bateu.

De resto, era uma menina bem-comportada, inteligente, estudiosa, boa aluna. Muito!

Ainda hoje tem orgulho nisso, talvez a única alegria que lhe resta do tempo que ficou lá para trás, perdido. Aquela inquietação sempre presente não a deixaram ser o que poderia ter sido... nem ter o que poderia ter tido.

Os tempos também eram outros. As regras de conduta muito restritivas não a deixavam voar. Sim, mas ela voava na mesma nas asas de uma pródiga imaginação, com os dons que foi evidenciando.

Os anos foram passando e nada correu bem na sua vida. Talvez a profissão que abraçou, sim. De resto...

Hoje, pensa que tudo ou quase tudo foi um erro. Amou quem não devia ter amado. Não foi amada por quem queria. Viu o seu castelo de sonhos desmoronar-se como areia numa praia deserta. Sentiu-se assim: vazia e desiludida!

O tempo não parou à espera dela e seguiu o seu curso. Afinal, é como um rio que corre livremente e não se detém até alcançar a foz.

Quando se deu conta... não viu nada. Nem sequer uma miragem num deserto sem oásis. Seca e árida foi como se sentiu. Anos e anos numa redoma fizeram dela o quê?

Anos e anos num casulo de penas transformaram-na em quê?

Finalmente, acordou do coma que, voluntariamente, induziu a si própria. Começou a viver. Infelizmente, aquele coração não aprendeu a palpitar pela pessoa certa. A poesia era o seu escape. A arte, a cultura eram a sua catarse.

No fundo, como não viveu, era como se continuasse menina. Aquela pureza, aquela ingenuidade fizeram-na sofrer de novo, embora de maneira diferente.

E o seu amor, o seu primeiro amor? Tinha-o perdido e perdeu-o de novo, desta vez para sempre. Nunca foi dele, nem ele dela.

Quando soube que ele estava muito mal, alguém lhe disse que o erro das suas vidas tinha sido não serem um do outro. Ele não foi feliz. Ela não foi feliz. Teve ganas de ir despedir-se dele, de ir vê-lo, de o abraçar e beijar, como nunca tinha feito. Já só foi ao seu funeral.

Mais tarde, quando até seria improvável, amou perdidamente alguém que surgiu do passado, alguém em quem não pensara sequer todos aqueles anos de clausura. Ele pareceu encantado com ela. Sentiu-se tão feliz! Viu nele tudo o que sempre tinha desejado para si. Seria possível que, já meio velhota, a vida ainda lhe desse essa oportunidade? Ela merecia e depositou naquele amor toda a quentura da sua alma de mulher. Acreditou. Não sabendo, acreditou que lhe falava verdade quando dizia amá-la. Ele foi o seu sonho, o seu melhor poema. Tudo mentira, tudo um logro! Decepções atrás de decepções... enganos, tantos enganos! Ela foi apenas mais uma das suas vítimas! – como alguém lhe disse. Fez tudo para esquecê-lo, tentou novos amores, mas o seu coração foi mais teimoso do que ela. A sua alma continuou sempre a lutar contra moinhos de vento. Como D.

Quixote, sempre saiu ferida e derrotada, mesmo sem admitir.

E agora? Agora, continua a amá-lo e amá-lo-á até à eternidade.

Até à Eternidade!...

As Côdeas do Queijo

O meu pai era caixeiro-viajante. Já falei nisso inúmeras vezes. Talvez não tenha dito que era muito apreciado em todos os lugares aonde ia. Muitos, de resto! Tinha clientes na Beira Alta e na Beira Baixa. Aqui, devido à distância, costumava pernoitar alguns dias em Unhais da Serra, uma bonita localidade, onde tinha vários amigos.

Às vezes, o meu pai levava a minha mãe e uma de nós. Calhou-me a mim essa sorte amiúde. E digo sorte, porque sempre fui muito curiosa e observadora. Gostava de saber a razão das coisas e de observar todos os pormenores. Depois, permaneciam na minha memória e ainda hoje recordo muitos deles.

Lembro-me de termos visitado uma terra chamada Paul. Tipicamente beirã, pertence ao concelho da Covilhã e ao distrito de Castelo Branco. Já na altura me despertou bastante interesse.

Normalmente, enquanto o meu pai atendia os clientes, a minha mãe passeava comigo por aquelas ruas características e mostrava-me os lugares de maior interesse, como a Igreja Matriz, lindíssima por sinal. E a Ribeira do Caia? Que paisagem maravilhosa!

No entanto, não posso negar que o que mais me entusiasmou foi o Santuário de Nossa Senhora das Dores e as sete capelinhas, com imagens em tamanho natural representando essas dores. E sabem de qual gostei mais? Pois foi da fuga para o Egipto!

Quando lá voltei com os alunos muitos anos depois, foi como se lá tivesse estado na véspera. Entretanto, aprendi mais coisas sobre aquele lugar tão lindo!

Aquando das Invasões Francesas, diz a promessa que, se Paul não sofresse qualquer dano, construiriam uma ermida no cimo do Monte da Fonte Santa. Mais tarde, durante o priorado do padre José Santiago, incentivou-se a população para a criação de uma comissão a fim de realizar a grande obra que teria como resultado o importante Santuário em honra da Nossa Senhora das Dores. Integra o conjunto um Centro Apostólico com grande capacidade para formação espiritual, pastoral e sociocultural. Este santuário, construído no ano de 1954, é considerado um dos mais belos de Portugal e é um local de peregrinação.

E depois? Depois, fomos ter com o meu pai e a senhora que ele acabara de atender levou-nos a casa e ofereceu-nos um pequeno lanche. Lugar de bom queijo Serra da Estrela, é claro que não podia faltar na mesa. Com toda a cerimónia foi partido e tiradas as côdeas, que ficaram no prato.

— Que desperdício! – pensei eu, que era do que mais gostava.

Mas pronto, não as pude comer – "noblesse oblige!", como dizem os franceses e que quer dizer mais ou menos: "há que cumprir o protocolo"! E eu que nunca gostei nem gosto dessas picuinhices!

Lembro-me que deixámos a sala e as côdeas não me saíam da cabeça. De tal modo que, aquando das despedidas já na rua e, apanhando-os distraídos, voltei sorrateiramente atrás e aconcheguei as cascas do queijo na minha mão pequenina. "Gato escondido com o rabo de fora"! – fui descoberta. A minha mãe ralhou, mas a senhora achou graça.

— Coisas de criança! – disse ela.

Está bem, mas souberam-me melhor do que o queijo!

Hoje sei. As côdeas também são queijo e tirá-las e não as comer é mesmo desperdiçar uma parte dele, que endureceu apenas. Depois, o queijo mais velho, bem curado é do que mais gosto e todo ele é duro e comestível.

Quando é fresco, ainda não tem côdea e não se come todo?

Há quem faça um círculo na parte de cima, uma espécie de tampa e coma à colher só o interior amanteigado. Outro erro que se comete!

Ainda há dias estive a ler sobre a maneira correcta de comer queijo Serra da Estrela e garanto que não é essa!

Afinal, mesmo sendo criança, já intuía que a casca do queijo não se deve desperdiçar!

As Côdeas do Queijo

Lares – Um Mal Necessário

Fiz um pacto comigo. Não quero sofrer desnecessariamente. Não quero deixar-me afectar por mesquinhices de gente má e invejosa. Não quero valorizar quem não merece, nem me merece.

Eu sei que sou demasiado sensível. Mudar não é fácil, mas tenho tentado. Só que, às vezes, a tarefa é demasiado hercúlea para a minha "meninez". Alguém, um dia, classificou assim esta minha maneira de ser, um pouco ingénua, talvez demasiado sincera. Nunca me preparei para a maldade que grassa e se dissemina pela sociedade. Já travei muitas batalhas, já venci muitas querelas, já ultrapassei muitos obstáculos. A minha vida não tem sido fácil e eu tenho sabido viver e ser.

Quando vou ao lar visitar a minha mãe, o meu coração confrange-se de dor e mágoa. Pelo que vejo... pelo que sinto... pelo que presencio... pelo que constato... Não é só ela, mas só ela é a minha mãe!

Esta ferida que foi a sua doença sangra e dói, dói tanto! Nunca pensei. O mal é que ouvimos falar nas doenças e temos muita pena, mas, inocentemente, pensamos que só afectam os outros. Eu sei que não, agora sei, mas não estava preparada. Tenho medo de nunca aceitar. A minha mãe a dizer coisas sem nexo, a fazer coisas impensáveis para uma pessoa como ela era. Já não é aquela pessoa lúcida, a quem eu pedia opinião, que me aconselhava, que estava sempre lá para nós, as filhas, os netos e os bisnetos!... Malvada doença que me rouba a minha mãe, que já cá não está, embora esteja! Está, mas não é. Vive noutra dimensão, quiçá noutra galáxia, num mundo diferente e impenetrável. Quando estou com ela, dou comigo a pensar: o que se passará naquele cérebro? Que confusão se instalou naquela cabeça? Às vezes, diz: "vejo tudo embaciado"! Eu penso: o cérebro da minha mãe é um nevoeiro cerrado, onde não se deve vislumbrar uma réstia de luz. Ou só muito esporadicamente…

Demência, Alzheimer, que carga negativa têm estes nomes! E a minha mãe sofre desta doença terrível que mata as células, que vai tirando a memória.

Hoje, a assistente social do lar disse-me: "A sua mãe está completamente descompensada"! E contou alguns episódios tristes, muito tristes. Aquelas palavras caíram como uma bomba na minha alma contrita. Fiz um enorme esforço para não chorar, mas acho que o meu olhar se turvou de tristeza.

Olho à minha volta. Vejo vários outros utentes, se calhar piores do que ela. E vejo a incompreensão e a intolerância que reina entre eles. São os primeiros a ralhar, a falar mal, a não compreender as fragilidades dos outros. Julgo que cada um deles, na sua demência, pensa que está bem e só os outros estão mal. Tratam-se com incompreensão, criticam-se sem se darem conta… A minha mãe, uma pessoa educada, lúcida, inteligente… também faz isso. Quando se manifesta negativamente acerca de alguém, eu só digo: "Ó mãe"! Mas ela não percebe e eu não percebo que não vale a pena dizer nada, porque ela não percebe.

Depois, saio daquele lugar com uma sensação de arrependimento e de tristeza profundos. Um lar é um mal necessário. Nada, mesmo nada substitui o calor da nossa casa, o afecto que se transmite a quem amamos mais do que tudo. Não é que sejam maltratados, não! As funcionárias são compreensivas e meigas, mas o carinho delas é como uma obrigação, não vem de dentro, porque aquelas senhoras e senhores não são os seus pais!...

Manifestamente insuficiente o pessoal não pode tudo, não pode ver tudo, nem acudir a todos. Acontece, assiduamente, que, num salão enorme com várias dezenas de pessoas, na sua maioria dependentes, com problemas de locomoção, sofrendo de demências, está apenas uma funcionária. Se tem de levar alguém à casa de banho, quem fica? Ninguém. Aí, os utentes que estão menos mal, intervêm junto de quem precisa de atenção. Nessas alturas, reparo que são intolerantes, ralham e até ameaçam os que, porque a sua cabecinha não funciona, procedem menos bem. Sinto-me revoltada e não gosto, pronto!

E sinto-me frustrada, impotente, arrependida... Sim. Não raras vezes, faço a mim própria esta pergunta: "Se uma mãe pôde cuidar de dois, quatro ou seis filhos, por que razão dois, quatro ou seis filhos não têm condições para cuidar de uma só mãe?"

É que não têm, porque ninguém lhas dá!

PARTO DIFÍCIL!

Corria o ano de 1953. Tanto tempo atrás! Mais do que isso, como eram limitados os recursos! Como eram retrógrados os conceitos!

Naquela família, estava prestes a nascer o primeiro filho. Claro que o parto seria em casa, como acontecia nas aldeias e vilas do nosso Portugal de então.

O pai estava ausente e a mãe já em sofrimento há algum tempo. Os minutos passavam... as horas esgotavam-se. No quarto, a parteira e uma irmã da parturiente. Esta gemia com dores e toda a gente parecia impotente para que a criança chegasse ao mundo com saúde e acabasse o sofrimento daquela mulher.

Os gemidos já eram tão intensos, que chegaram aos ouvidos dos vizinhos. Entre estes, estava uma jovem de vinte anos, que tinha já vivido há pouco tempo a experiência da maternidade. Apesar da juventude, bastante mais nova do que a senhora que ia ser mãe pela primeira vez, era uma pessoa resoluta e inteligente. Apercebendo-se do sofrimento da vizinha, dispôs-se a intervir e foi lá a casa.

Deparou-se com um cenário pouco agradável. Nem a parteira, nem a irmã sabiam o que fazer... as perspectivas não eram nada boas!

Então, dirigiu-se a elas e disse:

— Têm de mandar chamar o médico!

Responderam-lhe muito escandalizadas:

— Nem pensar! Sem o marido cá, não pode entrar cá nenhum homem! É impossível!

Perante esta reacção tão arreigadamente preconceituosa, o que havia de fazer a vizinha cheia de boa vontade? Ela apercebeu-se bem da difícil situação e temeu um mau desfecho.

Não desistiu. Saiu dali para se aconselhar com alguém. Por sorte, encontrou um cunhado da futura mãe. Contou-lhe o que se estava a passar. Ficou indignado e foi, imediatamente, chamar o médico. Não demorou muito a chegar. Passado algum tempo, os gemidos cessaram e, logo depois, ouviu-se o choro da criança.

— Que alívio! – pensou a jovem mulher que tinha ficado por ali expectante e ansiosa.

Logo se soube que era uma menina perfeitinha e rechonchuda, carequinha, mas muito bonita e, sobretudo, saudável.

Bem, essa menina foi minha companheira de brincadeiras durante muitos anos. Eu era a filha ainda bebé da jovem que quis ajudar. A minha mãe, sempre cheia de disponibilidade, sempre corajosa e muito evoluída... foi a fada-madrinha deste nascimento.

Nasceu carequinha e tinha pouco cabelo, mesmo quando já era maiorzinha. Mal acordava, ia logo ter comigo para brincarmos no quintal de minha casa. Um dia, andávamos na brincadeira e a minha mãe reparou em algo que a preocupou. Observou mais de perto e confirmou umas manchas avermelhadas no couro cabeludo da menina. Imediatamente, chamou:

— Ó vizinha, já viu umas manchas que a menina tem na cabeça? Tem de ir com ela ao médico.

Ela respondeu, prontamente:

— Ah! Eu sei o que é. Sabe, ontem o meu homem vinha com as veias grossas (alcoolizado) e vomitou-lhe para cima!

Portanto, as manchas eram de vinho e a criança ainda não tinha sido lavada.

Ignoro se a menina, hoje mulher, avó, pessoa de renome na sociedade, saberá destes acontecimentos que eu me lembro de ouvir contar. Foi e é muito inteligente, como o pai também era.

O certo é que, se não fosse a minha mãe, poderia nem estar cá. Para mim, é mais um motivo de orgulho na pessoa linda que me deu o ser!

Parto Difícil!

"Sol de Inverno"

Inverno rigoroso aquele! Chovia torrencialmente e a água amontoava-se aqui e ali, formando charcos, lagos, quase lagoas. As ruas transformavam-se em rios e levadas. Quem se atrevesse a sair, ficava alagado quase até aos joelhos.

O vento soprava furioso, zangado. Parecia querer devastar tudo e tudo levar à frente. Impossível aguentar aberto um guarda-chuva! Logo se contorcia em desespero e virava ao contrário (se "aforricava", como diziam lá na aldeia).

Não se pode dizer que João não estivesse habituado às intempéries da vida! Se estava! Apesar de tudo, era sempre optimista e não perdia a capacidade de sonhar. Era um pouco misantropo, introvertido, mas tinha ideias muito firmes, muito suas. Estudou e até tirou um curso. Isso foi quando ainda tinha família e pais que o protegiam e lhe davam tudo.

Mas... perdeu-os e, com eles, a segurança e a protecção. Era ainda muito jovem e sentiu-se atirado violentamente para uma realidade que lhe era adversa. Verificou que não tinha nada, nem dispunha de nada. Foram dias e dias de infelicidade, de desgostos e incertezas. Entrou em profunda depressão e quase enlouqueceu.

Esteve internado meses e meses ou talvez anos e anos. Nem sabia bem! O certo é que, quando saiu e se viu entregue a si próprio, ignorava o que fazer. Sim, o que fazer? Para onde ir? Onde viver?

Tudo tinha mudado, até a sua maneira de pensar. Recolheu-se numa casa meio em ruínas, quase um casebre...

o que lhe restava. Começou a viver em contacto com a natureza, que lhe dava tudo o que precisava. Falava com as plantas e os animais. Era pacífico e cordial para com as pessoas que via, quando ia à aldeia. Estas achavam-no extravagante, mas iam ajudando aquele senhor bonito, embora marcado precocemente pelo tempo. Chamavam-no Sábio. Só o viam com livros na mão e alguém dissera que ele era filósofo. Ninguém sabia que era licenciado em filosofia e até poderia dar aulas na sede da freguesia. Pois poderia, se não fosse tão avesso às burocracias, a todos os trâmites que era necessário seguir!

Lá, na sua casa arruinada, estudava e aprendia... estudava e aprendia. Depois, escrevia... transmitia para o papel os seus sentimentos de poeta/misantropo.

Sem que ele soubesse, havia alguém a quem a vida dele fascinava. Atraía-a a sua beleza exterior: cabelos grisalhos, desalinhados e compridos, uma barba hirsuta, mas cuidada. Ela sabia que ele tomava banho muitas vezes no ribeiro, debaixo da cascata. Era o seu "duche" natural! Aliás, tudo nele respirava natureza. E ela sabia... sentia-se atraída e queria conhecê-lo. Ela era a rapariga mais bonita da aldeia, a mais inteligente também. Fora uma pena não ter podido seguir os estudos. Tão sonhadora a Lúcia!

Um dia, encheu-se de coragem e escondeu-se na mata para espiá-lo. Viu-o sair do casinhoto e dirigir-se à cascata. Viu-o tirar a roupa e aspergir-se com a água cristalina, que caía em abundância sobre o seu corpo másculo e moreno. Sentiu um arrepio, talvez de frio, talvez de emoção, talvez de desejo. Não conteve um suspiro profundo. Esperou pacientemente, até que o viu sair do ribeiro, vestir-se e voltar para casa.

Fez o mesmo uma e outra vez... e a verdade é que estava cada vez mais impressionada, mais apegada àquele homem de que não sabia sequer o nome. Tão sonhadora a Lúcia!

Era Verão e o sol parecia queimar. Pensava como seria bom juntar-se a ele e deixar as águas escorregar pelo seu próprio corpo bem pertinho do dele! A verdade é que nunca teve coragem.

Até que... aconteceu a desgraça. Num dia de muito calor, um incêndio terrível assolou toda aquela região. Arderam casas, animais, bens... perderam-se vidas. Lúcia e a família saíram incólumes, mas o Sábio não teve a mesma sorte. A casa dele ficou reduzida a escombros. Parecia um cenário de guerra... da quase ruína fizeram-se ruínas mesmo! E agora?

Lúcia não se conteve e foi ver como ele estava ou se estava. Enquanto corria pela mata, o coração batia descompassadamente... e se ele já não estivesse? Nem queria pensar em tamanha atrocidade!

Não. Viu a negritude das paredes, viu as árvores despidas e hirtas, erguidas ao alto em desespero... e viu-o. A água não arde e ele tomava banho debaixo da cascata. Tentou esconder-se, mas sem resultado. Fechou os olhos e, quando os abriu, já ele estava à sua frente. Embaraçada, não conseguiu articular palavra.

João sorria e olhava-a entre curioso e fascinado. Teria morrido e estaria no céu? Voltou à noite anterior e viu o Inferno. Depois, sacudiu a água que lhe molhava os cabelos e perguntou, olhando-a longamente:

— Quem és tu? O que fazes aqui?

Lúcia baixou os olhos, corou intensamente e não respondeu. João pegou-lhe nas mãos trémulas e perguntou de novo:

— Quem és tu? O que fazes aqui?

Ela sentiu-se tão envergonhada! Soltou-se e começou a correr para longe... até desaparecer na mata.

João ainda tentou segui-la, mas ela parecia uma gazela. Sim, uma bela gazela de pernas esguias e bem torneadas e os cabelos negros ao vento quente daquele Verão tardio e implacável. Dirigiu-se, depois, ao que restava da sua casa: apenas uma barraca nas traseiras que, por sorte, não ardera. Por acaso, era ali que lia, escrevia e pintava. Era ali que passava a maior parte do tempo. Sentou-se e fechou os olhos cansados. Queria esquecer a noite terrível que passara e até como, de forma quase milagrosa, escapara à morte. Só não queria esquecer a gazela, aquela rapariga maravilhosa que lhe surgira à frente, quase uma visão. Tinha de ir à aldeia para tentar encontrá-la. Adormeceu e sonhou. No fundo, era um sonhador!

Foi ao povoado todos os dias, a partir daquele dia. Não a encontrou e a verdade é que não sabia como perguntar por ela. Mal sabia ele que Lúcia o espreitava sempre que podia! Mal sabia ele que Lúcia o via na cascata, sempre que podia! Mal sabia ele o fascínio que exercia sobre ela!

Passou o tempo. Agora, era já Inverno. E que Inverno rigoroso aquele! Não mais pôde tomar banho na cascata e as condições precárias em que vivia tornavam-lhe a vida pouco confortável. Estava a passar dificuldades cada vez maiores. O frio entrava pelas frestas do barracão e fazia-o estremecer de desânimo. No entanto, todos os dias ia à aldeia procurar a gazela misteriosa. Por mais que chovesse, por mais que ventasse ou trovejasse, todos os dias, impreterivelmente, se embrenhava na mata e ia até ao casario, mais abaixo. Percorria as ruas... olhava as janelas... espreitava as portas... perguntava... nada! Mas... continuava a sonhar! Não sabia bem a razão, mas quase intuía que ela seria a luz que iria iluminar a sua vida para sempre!

Naquela tarde, a chuva caía em grossas bátegas e chegou à aldeia todo encharcado e cheio de frio. Na praça, tudo estava alagado. Não se via vivalma! Pudera, com um tempo assim quem se atreveria a sair de casa? Olhou em redor e resolveu abrigar-se num alpendre ali perto. Ah! Se ele soubesse!

Meio escondida pelas cortinas da janela, Lúcia viu-o dirigir-se a sua casa. Viu como ele estava molhado e, notoriamente, a precisar de algum conforto e carinho. Ela viu.

Encostado à parede, a tiritar de frio e talvez com febre, João fechou os olhos. Não queria incomodar ninguém, mas sentiu uma presença. Devia estar a delirar. Abriu os olhos e viu caído sobre ele o olhar mais puro e belo que jamais vira! Viu estenderem-se para ele duas mãozinhas brancas e trémulas! Ouviu uma voz melodiosa que lhe disse:

— Sou a Lúcia. Entre que eu e a minha mãe trataremos de si!

Lúcia, aquela que vem da luz. Era a gazela. Naquele momento, quase desmaiou de tanta alegria. Pareceu-lhe que a chuva parou e um raio de sol trespassou-lhe a alma. Sentiu que a sua vida iria mudar.

Finalmente, ele encontrou o seu Sol de Inverno!

"Sol de Inverno"

AS MÃOS

Gosto de mãos. Encantam-me e inspiram-me. Observando-as, sinto-me transportada para outro mundo. Talvez um mundo inexistente, utópico, irreal, mas, com certeza, diferente.

Só por si, as mãos não são nada mais do que partes do corpo. Com efeito, é o cérebro que comanda os seus movimentos. Há quem não as tenha e faça coisas inacreditáveis de beleza e bondade! Há quem as tenha e não faça nada, nem belo nem bondoso. Por trás da operacionalidade das mãos, está o sentimento de quem as movimenta. Para o bem ou para o mal.

Gosto de mãos, muito e por tudo e de todas!

Enternecem-me as mãos róseas dos bebés, percorrendo ávidas os seios das mães, de quem sorvem a essência da vida. Mas... também há mãos morenas de criancinhas pobres que se levantam em vão, num pedido! Crianças que nem sabem que o são, que vivem em cenários de guerra, onde tudo falta, menos a tristeza. Essas mãos, quantas vezes sujas e maltratadas entristecem-me. Fazem-me sentir impotente e frustrada. Mergulham a minha alma num mar de revolta estas mãozinhas infantis e vazias de tudo!

Há as mãos dos artistas, que podem ser até feias, de dedos tortos, grandes demais ou pequenas demais, mas não importa. Delas brota a beleza das obras que fazem com mestria. Admiro-as e penso sempre que eles, os donos daquelas mãos, estão mais perto do céu. Só por terem esses dons e, sobretudo, se os souberem usar para o bem e os partilharem!...

Às vezes, os cantores também interpretam com as mãos. Sinto-me encantada quando elas voltejam e se levantam em exaltação ou se baixam num desalento ou parecem tremer de tristeza e mágoa. Uma vez, alguém me disse: "As mãos fazem parte do meu canto"! Penso que sim e tornam-no mais expressivo e sentido.

Sinto uma gratidão enorme para com aquelas mãos vulgares e incaracterísticas, não importa como são, mas o que fazem. Aquelas mãos dão amor e carinho. Dão-se em bondade e generosidade. Estiveram e estão sempre prontas para ajudar quem precisa.

Não posso deixar de falar e ficaram para o fim, porque talvez sejam as mais importantes. As mãos de gente que já viveu muito. Marcadas por trabalhos árduos, pesados e difíceis, são as que mais me dizem. Manchadas de amor e de todo o carinho que deram, estão agora dependentes. Precisam desesperadamente de atenção. Gastas? Talvez desgastadas pelos anos, que as sulcaram e as entortaram, sem pejo. Velhas? Já viveram muita vida, sim, mas enquanto não ficarem inertes, ainda lhes corre nas veias o sangue. Ainda se lhes nota o pulsar do coração que, mesmo fraco, as prende à vida. São as mãos da experiência, do saber empírico, da generosidade escondida, a verdadeira. Observo-as e admiro-as!

É por isso que, quando estou com a minha mãe, gosto de pegar-lhe nas mãos. Aperto-as e guardo-as nas minhas como um tesouro, que não quero perder. Preenchem-me e sei que, quando não puder mais fazê-lo, a minha alma vai ficar vazia!

AO SABOR DA BRISA

— Está mesmo tudo trocado! – pensava Leonor – Já nem as estações do ano são como eram!

Sentada no seu lugar preferido da varanda, olhava a natureza. Toda aquela paisagem lhe dizia muito e fazia-a recordar outros tempos. Melhores? Piores? Verdadeiramente, nem uma coisa nem outra. Só se sabe – e disso há certezas absolutas – que o tempo corre sem se deter. Não espera e segue o seu rumo, sem ligar a nada, nem a ninguém.

Cada tempo tem o seu tempo. Cada etapa da vida é como as estações do ano. É curioso! Leonor sempre fez essa comparação, mas como agora, parecia tudo ao contrário!...

Uma ligeira brisa acariciou-lhe levemente o rosto. De olhos fechados, devaneava. Abriu os olhos e olhou as árvores do jardim. Realmente, os seus ramos meio despidos, baloiçavam um pouco, ao sabor daquela aragem agradável. Reparou que as folhas começavam a amarelecer. Reparou que tudo estava já a pintar-se de escarlate, cambiantes de amarelos, laranja... iniciavam as suas telas de cores matizadas. Uma ou outra folha coreografara já um bailado meio tonto pelo ar, até adormecer calmamente no chão. Gostava de olhar tudo aquilo e fazia-o sempre com admiração e carinho.

Virou os olhos para o céu... continuava azul, embora manchado de branco acinzentado. Algumas nuvens, sim, mas sobretudo, pejado de pontos negros esvoaçantes. Andorinhas e outras aves estariam de partida?

O calendário dizia que era dia de equinócio do Outono. Como o calor continuava, mais parecia Verão, embora já cheirasse àquelas coisas características da estação, em que o tempo vai adormecendo devagarinho.

Leonor sempre adorou o Outono, sobretudo pela beleza de que tudo se revestia: aquelas cores quentes extasiavam-na!

Fechou, de novo, os olhos e fugiu dali em pensamento. Recordou a sua Primavera, a infância calma e feliz, em que ainda todos se sentavam à mesa. A morte não existia e não havia lugares vazios. A sua meninice foi semeada de ternura e carinho. Rodeada de pessoas amantes, fora uma criança alegre. Gostava de voltar a esses tempos, em que até as estações eram bem mais definidas. Reconhecia cada pormenor da Primavera. Quase inalava o perfume das flores que brotavam em catadupas por todo o lado. Ela própria fora flor de um jardim tão bonito: a família que se excedeu em cuidado, em amparo, em presença, o seu porto de abrigo. Acima de tudo, estavam lá todos. Ai, a saudade! Uma lágrima rolou e outra e mais outra. Devia ser do sol, aquele sol de Outono ainda tão quente, apesar de estar mais longe, como dizia o equinócio.

Apressadamente, limpou os olhos e voltou ao devaneio. Tinha de viajar de novo até ao passado... queria voltar mesmo! Apesar de saber bem que o Verão da sua vida fora talvez a pior estação de todas. Sendo ansiosa, Leonor queria fazer uma catarse profunda. Precisava!

Tantas coisas aconteceram e a maioria delas foram pouco agradáveis. A morte visitou a sua família. Várias perdas deixaram-na inconsolável e mergulhada em saudade. O seu amor não foi um amor e, depressa, desmoronou, como um edifício em ruínas. Restaram pedregulhos que a feriram e fizeram sangrar de dor. Mas, sobretudo, deixaram marcas que foi muito difícil debelar. Era jovem e ficou só. Ai, aquele Verão foi, na verdade, um

Inverno de tempestades e vendavais! A sua alma tornou-se um poço de desconfiança e medo. Medo até de viver. Leonor fechou as portas do seu coração e hibernou. O tempo foi passando e quase não se deu conta, quase não viveu. Pelo menos, deixou de viver para si e por si. Como mãe e profissional, cumpriu, mas cometeu o grande erro de não se amar. Enclausurou-se anos e anos, que se foram sucedendo. Nevou-lhe nos cabelos cor de azeviche. Nada lhe importava, nada lhe importou.

Nunca deixou de cumprir as suas obrigações e até de forma abnegada. Só deixou de olhar à sua volta, deixou de sonhar, deixou de amar. Fechou-se num casulo de mágoas e não viveu, nem se sentiu mulher.

Por isso, disse muitas vezes que o Verão da sua vida foi, na verdade, um longo e tenebroso Inverno. Tudo ao contrário!

Por momentos, parou de pensar. Fazia-lhe mal recordar aqueles anos, em que se anestesiou e se esqueceu de si própria. Voltou a olhar a paisagem outonal e o seu olfacto captava aromas de uvas, castanhas, frutos estendidos a secar. Tudo se preparava para o sono do Inverno. O sol já se deitava bem mais cedo.

Uma brisa agradável trouxe até ela um aroma doce. Olhou. Uma folha meio amarelecida desprendeu-se do ramo, ensaiou no ar uns passos de dança e veio cair aos seus pés. Pegou-lhe. Ficou a mirá-la e, de novo, entrou na máquina do tempo. Foi ter ao Outono da sua vida. Foi aí que, do casulo, saiu uma borboleta sonhadora. Sim, voltou a sonhar e a acreditar em si. Voltou a olhar-se com interesse. Investiu na sua imagem e…

Certo dia, encontrou alguém, alguém que a olhou com admiração e desejo, alguém que fez despertar nela sentimentos de que já nem se lembrava. Com ele, sentiu-se jovem e bonita... sobretudo, sentiu-se mulher. Apaixonou-se perdidamente por aquele homem, que a cortejou e disse que a amava. Acreditou. Por que não havia de acreditar em João?

Voltou a sonhar. Era Outono, sim, mas um Outono com sabor a Verão, aquele Verão que, afinal, não vivera. Leonor e João não se largavam e havia tanto carinho entre eles! Não viviam perto, mas os telefonemas, as mensagens surgiam quando menos esperava e faziam o seu coração transbordar de alegria.

"Estou aqui, mas estou contigo!"... "Posso chamar-te meu amor?"... "Quero beijar-te até à exaustão!"... "Os teus olhos enfeitiçaram-me!"...

Que mulher não gostaria de ouvir estas frases? Ela nunca deixou de corresponder àquelas investidas... estava sempre para ele. Recuperou o sorriso e a felicidade. Tarde demais? Nunca é tarde para amar e amar-se, mesmo que já seja Outono. Até que... ele desapareceu. Mas voltou. Desapareceu de novo. Mas voltou. Uma e outra vez isto aconteceu. Nunca explicava nada e Leonor recebia-o sempre de braços abertos. João era o homem que ela amava, talvez o homem que mais amou em toda a sua vida! Horas de ausência, depois dias, mais tarde meses e, finalmente, anos. Perdeu-o e ele levou um pouco de si. Ah! Aquele vazio não mais foi preenchido!

O Outono da sua vida é agora mais Outono. Não perdeu a vontade de sonhar, a vontade de amar, tampouco a vontade de viver. Encontrou mesmo um outro amor, muito diferente, um amor feito de empatia e companheirismo, um amor puro e desinteressado. Sabe que Fernando a ama de verdade e ele precisa dela para ser feliz. Isso faz-lhe bem, porque sente a sua presença ali, junto dela, mesmo que não esteja na verdade.

Fernando e Leonor, uma ligação improvável, mas que os ajuda a ultrapassar algumas dificuldades, alguns entraves da vida.

Este Outono é o seu presente. Calmo, mesmo que uma ou outra tempestade os assole. Vão ultrapassando, porque os une um laço muito forte de amor e ternura.

Nunca deixou de pensar em João. Talvez nunca deixe de o amar. No entanto, sente o seu coração pulsar de revolta, quando o recorda, porque a ferida que ele lhe infligiu ainda sangra muitas vezes.

Uma leve brisa trouxe-a, de novo, à realidade. Viu o Sol esconder-se além, nas serranias, deixando atrás de si um céu apoteoticamente ensanguentado. Viu aves esvoaçando em bandos numerosos, pontos negros e cada vez mais distantes. Talvez se preparassem para dormir.

Leonor sentiu uma grande tranquilidade, uma paz interior enorme. Continua no Outono, mas a sua vida, agora, é Fernando. Ele é uma certeza… ela sabe que nunca será abandonada, nem menosprezada, nem esquecida. Afinal, a vida dele é já Inverno e, mesmo assim, ela tem a certeza do seu amor. Quando as andorinhas partirem, talvez um deles parta também ou os dois. Valeu a pena, vale a pena amarem-se desta maneira, que aquieta o coração de dois náufragos da vida.

"Quem passa pela nossa vida, não vai só, não nos deixa sós. Deixa um pouco de si, leva um pouco de nós!" – Leonor balbucia estas palavras de Saint-Exupéry. Fazem todo o sentido.

Depois, levanta-se do seu lugar preferido da varanda e, silenciosamente, entra em casa. No Outono é tudo assim, calmo… é o tempo a adormecer!

AS MINHAS VIAGENS

Sou uma viajante solitária. Diferente. Gosto das viagens que faço, independentemente do destino e do tempo que faz. Tenho todo o tempo do mundo para viajar. Não preciso fazer as malas. Não preciso marcar hotel.

Basta-me fechar os olhos... embarcar num navio imaginário e fazer-me ao mar do meu pensamento.

Comigo ao leme, deslizo pelas águas, às vezes serenas, outras vezes, tumultuosas. Nem sempre o barco vai para onde eu quero. Nem sempre as viagens são prazerosas. É que não visito só lugares. Amiúde, desloco-me no tempo para o passado ou para o futuro. As recordações vêm ter comigo e nem sempre são boas. Pelo contrário, algumas enegrecem-me a alma e a mágoa é tamanha que inunda os olhos de lágrimas. No entanto, há luzes ao longo dos caminhos que me vão deixando uma réstia de esperança... não afundarei!

Para que recordo? Não sei, mas constato que a memória é um bem e nunca sabemos quanto durará. Assim, não só a aproveito, como registo tudo o que ela me dita. Para quê? – perguntam-me, às vezes. Gosto. Dá-me prazer. E – quem sabe? – talvez os vindouros, um dia dêem algum valor aos relatos das minhas viagens. Afinal, os meus protagonistas são oliveirenses como eu e, se calhar, como aqueles que venham a ler-me.

Viajo no tempo... viajo pela História... viajo no espaço... viajo pela poesia... Faço reviver pessoas que já partiram e sinto-as junto de mim. Juraria que elas me sussurram ao ouvido alguns pormenores menos presentes!... Vejo-as e é tão bom pensar que elas também me vêem!

Amaram-me, amei-as e continuo a sentir o seu carinho a envolver-me, como antes. Sinto que elas gostam que fale delas. É, porventura, uma forma de imortalidade. Claro que fica sempre uma pontinha de nostalgia, quando a realidade volta! Garantia, só uma: não as esqueci!

Nas minhas viagens também encontro pessoas que nunca vi e não conheci. Mesmo assim, interajo com elas. Sei que elas existiram algures no tempo, através dos meus estudos e das minhas leituras. Basta-me para trazê-las de volta, nem que precise imaginar mais. Bebendo água das fontes históricas, posso sempre complementar, acrescentar algo. O que me impede? Viajar assim tem vantagens inusitadas. Até consigo ir a lugares que nunca vi realmente, nem verei! Vendo fotos de um monumento, sinto curiosidade de informar-me sobre ele. Daí a sentir que o conheço, que sei como é e onde fica, é só percorrer uma ínfima distância. Num instante, estou do outro lado do Mundo e sinto-o de alguma maneira. E, se quiser, até viajo no espaço sideral e visito outras galáxias, encontro extraterrestres e tudo!

Afinal, nós não devemos estar sozinhos... há tantos mundos e somos um grão de areia no meio de todos eles. Não será petulância pensarmos que somos únicos?

Será também possível viajar pela poesia? A própria poesia é uma viagem pela alma, pelos sentimentos que nos acompanham e nos identificam. Percorrer com as palavras o que sentimos é emoldurarmos uma pintura que leva a nossa assinatura. É tão gratificante!

Estas minhas viagens têm o cunho da liberdade. Aqui não há quaisquer entraves ou medos ou censuras. Essa sensação de divagar quando e como quero só porque quero, é uma certeza. É o melhor de tudo. Navegar assim no mar do pensamento é, sem dúvida, a minha maneira preferida de viajar.

Posso ser uma viajante solitária, mas sou livre e as asas da minha imaginação não se quebrarão. Tampouco derreterão como as de Ícaro. Eu sou uma fénix e ressurgirei sempre das cinzas... para viajar!

Até porque "não há machado que corte a raiz ao pensamento"!

As Minhas Viagens

FERRO VELHO

Manhã cedo. O sol ainda mal aparecera no horizonte. Dormia ainda, mergulhada em sonhos mais ou menos agradáveis. Não me recordo. Recordo, sim, que fui acordada por algo insólito.

Da rua, chegou-me aos ouvidos um ruído forte. Um carro travou ali mesmo pertinho da janela do meu quarto. Depois, ouvi barulhos intensos, que não consegui identificar.

Fui ver. Era uma camioneta carregada de ferro velho. O condutor dirigia-se a várias casas e atirava com as peças velhas para dentro da carroçaria. Daí a barulheira!...

Sim, ainda se passam estas coisas na minha cidade, coisas que, antes, eram mais do que usuais. Mesmo que o meio de transporte fosse muito diferente... claro!

Sei que este acontecimento me fez viajar no tempo. Mais uma vez, lá entrei eu na máquina até aos anos 50 do século passado.

Manhã cedo. Já ninguém dormia lá em casa, excepto as crianças, eu e a minha irmã. Fora, os ruídos próprios de uma vila do interior. A principal actividade era ainda a agricultura. Na rua, passavam pessoas para o cultivo das terras: jornaleiros, assim se chamavam. Trabalhavam à jorna, ou dia de trabalho, quantas vezes de sol a sol. Mulheres, de bacias de roupa à cabeça, dirigiam-se para os lavadouros públicos um pouco mais abaixo. Às vezes, também passavam homens conduzindo reses para o matadouro, lá ao fundo do caminho. E ouviam-se todos os sons próprios de uma localidade campestre: os pássaros, os cães... os passos das pessoas sobre a calçada. Algumas, com cântaros milagrosamente equilibrados sobre uma rodilha, iam à Fonte da Vila. Não, ainda não havia água canalizada, nem tampouco electricidade. Eu ainda estudei à luz dos candeeiros a petróleo ou a carboneto. Lembro bem.

Manhã primaveril e amena. Alguém bateu à porta de casa. A minha jovem mãe foi abrir. Deparou-se-lhe um homem que ela não conhecia. Cordialmente, ele saudou:

— Bom dia, minha senhora. É aqui que mora o senhor Artur Braga?

A princípio, a mãe ainda pensou que seria engano, mas, sendo assim, teve de responder:

— É sim, mas ele não está. Sou a mulher.

O homem retorquiu:

— Eu sei que não está, mas foi ele que me mandou vir aqui. Eu negoceio ferro velho.

Vivo numa aldeia da serra. Venho para comprar mais de 100 quilos de sucata que ele me disse ter cá em casa. O que me diz?

Poder-se-á imaginar a cara de espanto da minha mãe. Ela não sabia de nada, nem se lembrava de haver nada disso para vender. Espantada, falou:

— Não sei de que se trata. Não sei de nada disso. Tem a certeza de que foi o meu marido que lhe disse isso? É que eu ignoro a existência de qualquer ferro velho para vender, quanto mais essa quantidade toda!

Na cara do homem reflectiu-se todo o espanto que deve ter sentido. Percebeu que estava enganado. Cordialmente, despediu-se, não sem lamentar-se:

— Vim eu de tão longe para nada! Peço desculpa, minha senhora.

A minha mãe correspondeu à despedida e ele retirou-se. Mas deixou atrás de si uma jovem extremamente intrigada. Com efeito, não percebeu nada, nem sequer pressentia o que poderia ter originado tudo aquilo. Ficou ansiosa pela chegada do meu pai, porque só ele poderia desvendar tal mistério. Falou com a avó, que também não fazia ideia... aliás, era difícil!

Parecia que o dia nunca mais passava, tal era a expectativa. O meu pai chegava sempre tarde. Eis que ele apareceu. Finalmente. A minha mãe dirigiu-se-lhe logo e contou-lhe o sucedido, perguntando:

— Afinal, onde é que nós temos o ferro velho para vender?

Seguiu-se a gargalhada cristalina daquele homem jovem, alto e bonito, que foi o meu pai. No azul dos seus olhos reflectiu-se uma certa ironia, um pouco de espanto também. E disse:

— Não me digas que o homem acreditou na brincadeira! E veio ele de tão longe!

Cada vez mais intrigada e cada vez mais irritada, a mãe disse:

— Mas que brincadeira? Explica-te, por amor de Deus!

Parecia estar a divertir-se muito com a situação e resolveu fazer "render o peixe". Penso que a minha mãe devia estar cada vez mais zangada e, sobretudo, sem perceber nada. E eu sei bem como essas situações a irritavam... detestava dúvidas e queria sempre chegar ao fundo das questões.

Rindo ainda a "bandeiras despregadas", o meu pai lá se resolveu a falar:

— O "ferro velho" eram a tua mãe e a tua tia, daí os mais de 100 quilos. Foi uma brincadeira que eu tive em Loriga, em conversa com esse senhor meu conhecido. Não me passou pela cabeça que ele tivesse acreditado!

No rosto de minha mãe reflectiu-se a estupefacção. Como fora possível? Será que o homem não conhecia as piadas do meu pai? Ela sabia bem como as pessoas das terras por onde ele passava adoravam ouvi-lo. Chegavam a reunir-se nas "vendas" das aldeias, só para o ouvirem. Daí a crerem nas brincadeiras… ninguém imaginaria! Aquele, coitado, acreditou!

Era assim mesmo: divertido, genuíno, brincalhão… o meu pai! Quanta saudade!

Foi Tão Bonito!

Creiam ou não, a minha mãe foi (é) a pessoa mais importante da minha vida. O que lhe aconteceu foi uma imensa crueldade, que ela não merecia. A minha mãe sempre foi uma pessoa muito inteligente, perspicaz, sábia, habilidosa, curiosa pelo saber. Uma cidadã de valor, bastante aberta e actualizada. A doença fê-la voltar à infância. Está e não está. Vive e não vive. Não tem grande consciência do que se passa à sua volta, nem de onde está, nem tampouco da situação que estamos a viver.

Quando vamos visitá-la, aquele sorrisinho cheio de ternura é um oásis no deserto. Agora, que já podemos estar junto dela, beija-nos e nós sentimos nas nossas o calor das suas mãos. Magrinhas e velhinhas, com manchas de amor! Miro-as e lembro-me de outras, que também muito amei.

Apesar dos pesares, há momentos bonitos, que ainda enchem o meu coração de alegria. Ténue, mas alegria na mesma!

Assim aconteceu no último Sábado. Estávamos as três sentadas, com ela no centro na sua cadeira de rodas. Nós, a mais velha e a mais nova das filhas, uma de cada lado. Já não me lembro bem qual era a conversa. A minha mãe não percebe por que razão temos "aqueles panos" na cara, faz perguntas, a que vamos respondendo. Falou-se em bater, ou bate ou batem... não sei bem.

Eu disse:

— Batem leve, levemente...

E ela:

— Como quem chama por mim...

E eu:

— Será chuva? Será gente?

E ela:

— Gente não é certamente…

— E a chuva não bate assim.

E assim continuámos… uma de cada vez, às vezes juntas… declamámos e com sentimento todo o poema Balada da Neve de Augusto Gil, o poeta egitaniense.

Foi um momento vívido e bonito. Mais, um espanto lembrar-se de tudo aquilo e a expressividade com que o disse!

No fim, eu falei:

— Que lindo! E lembrou-se do poema todo!

Ela respondeu:

— É verdade! Que memória!

Que pena não se ter filmado aquele momento! Uma coisa é certa: ficará sempre gravado no meu coração!

LEMBRAS-TE IRMÃ?

Naquela família, a minha, havia uma bisavó, uma avó, uma tia-avó, um pai de olhos azuis, uma mãe jovem e duas meninas, a mais velha, morena e a mais novita, loira.

Eu era a morena e teria uns 6 anos, mais dois que a minha irmã.

Aquela família não era abastada. Só em união e amor. Também muita beleza no coração. A mãe e a avó, então, eram incomparavelmente valiosas, duas grandes mulheres. Escusado será dizer que as meninas eram muito amadas, apaparicadas e mimadas. Tanto, que nunca dei pela falta dos bens materiais. Elas faziam milagres e multiplicavam-se em atenções e cuidados.

Naquela família, o Natal era vivido em comunhão e alegria. Não havia muitas luzes, mas havia a luz que os ligava em laços de ternura. A avó era uma excelente cozinheira. A mãe muito habilidosa sabia gerir como ninguém os haveres. Depois, lá na capital havia uma fada madrinha e um grande amigo que nunca se esqueciam de enviar uma encomenda recheadinha de coisas boas.

Sem grande espavento, todos os anos se mantinha a tradição. Na Consoada não havia peru recheado, aliás uma moda pouco portuguesa. Sim, comiam-se as batatas "aferventadas" (como dizia a avó) com bacalhau e couves. Depois, consolávamo-nos com os doces sempre feitos em casa. O costume: rabanadas, filhoses (a avó dizia velhoses), bolo-rei... tudo muito bom.

Depois, eu e a minha irmã púnhamos os sapatos na chaminé. Deitávamo-nos cedo, porque o Menino Jesus só chegaria mais tarde. A ansiedade era tanta! Adormecíamos, mortinhas para que a noite passasse depressa. Só de manhã, saberíamos e veríamos tudo.

Mal se anunciava o dia, corríamos para a chaminé. Tudo estava diferente. O Menino Jesus não só deixara as prendas, mas também trouxera uma árvore de Natal, enfeitada com bolinhas coloridas, algodão a fingir neve e uns fiozinhos brilhantes. Que lindo! Os meus olhos cor de avelã abriam-se de espanto! O olhar inocente da minha irmã iluminava-se... os olhos ficavam ainda maiores e mais verdes!

O que fazíamos com os nossos tesouros? Íamos direitinhas ao quarto dos pais e, encantadas, mostrávamos tudo!... E eles? Admiravam-se, encantavam-se, mostravam nos rostos sensações que eu nunca desconfiei serem outra coisa que não espanto. Como o nosso!

Naquele Natal, a minha irmã teve mais uma prenda do que eu. Confesso: adorei a boneca e fiquei com pena de não ser minha! Era linda e, sobretudo, estava muito bem vestida! Até tinha um chapelinho a condizer com o vestido aos folhinhos. Pronto, mas o Menino Jesus achou por bem deixá-la no sapato da mais nova. Ela também adorou e começou logo a brincar coma sua menina. E eu a observar... Comecei a reparar em alguns pormenores: os tecidos das roupas eram-me familiares, reconheci-os. Já os tinha visto algures. Pensei: "Como é que o Menino Jesus veio buscar aqueles panos para costurar"?

O enigma só mais tarde foi decifrado, muito mais tarde. A avó tinha encontrado a boneca meio abandonada, bastante partida. Só a cabeça estava boa e linda. Provavelmente, alguma menina rica a estragou e deitou fora. Então, pegou-lhe e escondeu-a.

Sempre à noite, à luz do candeeiro de petróleo, consertou a boneca e fez-lhe as roupinhas com paninhos cor-de-rosa às florinhas. Tudo costurado à mão, pacientemente. Cada pontinho, cada alinhavo eram faíscas de ternura para a sua netinha mais nova. Que linda ficou, parecia nova! E nunca nos apercebemos de nada.

Eram assim os nossos Natais. Era assim a nossa querida avó. Lembras-te, irmã?

Lembras-te Irmã?

PRESÉPIO VIVO

Eram os últimos dias de aulas antes das férias natalícias. Os miúdos da família, Joana e Manuel, eram já adolescentes, de 13 e 11 anos, respectivamente. Tudo bem, até ver! O pior seria quando saíssem as notas. Um dia de cada vez – é assim que tem de ser! Depois, se veria a reacção dos pais, já que eles sabiam que as perspectivas não eram muito boas. O estudo também não foi e eles também sabiam.

Naquele dia, a Joana chegou a casa mais aborrecida do que era costume, já que era uma miúda bem-disposta. Foi directamente para o quarto e nem quis comer nada. O que também não era costume.

Só saiu para jantar, quando a mãe a chamou. Tudo estava preparado e sentaram-se os quatro. Notava-se que a Joana teria algo para dizer, porque estava cabisbaixa e algo aflita.

Antes que alguém a interpelasse, saiu-se com esta:

— Já não sou virgem!

Os pais entreolharam-se e emudeceram de espanto. O irmão deixou escapar uma risadinha mal disfarçada.

O ambiente ficou de cortar à faca, frio como o Inverno que se avizinhava. O pai estava branco... a mãe quase chorava. Mas ninguém falou. Só ela, mais uma vez:

— Então, ninguém diz nada? Ainda por cima, sou vaca.

Foi então que o pai se levantou, vociferando:

— O quê?

E a miúda, olhando-o, respondeu:

— A professora este ano escolheu a Matilde para fazer de Virgem e eu vou ser a vaca do presépio vivo lá da escola!

Fez-se silêncio na sala. Um silêncio pesado, mas tão pesado que, se passasse uma mosca na rua, se ouviria lá dentro. Depois, ouviram-se vários suspiros. Sim, de alívio. O Manuel deu uma gargalhada bem sonora, que descongestionou o ar e fez com que todos se rissem.

Todos menos a Joana, que continuava inconsolável. Coisas da Língua Portuguesa, tão versátil e tão rica!

QUANDO EU NASCI...

Quando eu nasci, não se nascia como hoje. Nascia-se em casa e foi em casa que nasci. Estava lá, mas não me lembro de nada. Mesmo assim, sei tudo o que se passou naquele dia.

Era uma Terça-feira do mês de Fevereiro, tenho a certeza. E tenho a certeza, porque foi num dia de Carnaval.

A minha mãe era uma jovem de dezanove anos, que se casou com dezasseis. Imagine-se!

Ainda não havia hospital cá na vila. Fora de questão o parto ser fora de casa. A parturiente não estava sozinha. Além do pai da criança, a avó jovem ainda, a bisavó e uma tia-avó. Mesmo assim, chamaram a parteira, a Senhora Marquinhas, uma querida senhora que ajudou a "aparar" muitas crianças. Mesmo assim, acharam por bem contactar o jovem médico, Dr. Virgílio Ferreira. E onde estava ele? Num baile de máscaras, que deixou para vir assistir ao meu nascimento. Curiosamente, também foi ele que me ajudou a parir o meu filho, 25 anos depois e no hospital.

Quando eu nasci, não ficou tudo como estava. Houve muita alegria naquela família modesta, mas rica de sentimentos e de emoções. Correu tudo bem e a menina nasceu. Era perfeitinha e tinha muito cabelo e não muito peso, embora o suficiente.

Alguns vizinhos acorreram lá a casa para conhecer a nova vizinha. Foi o caso da Dona Lídia Dinis e da filha Teresinha, que tinha cerca de 10 anos e nunca tinha visto um recém-nascido.

— Ó mãe, parece um coelho esfolado! – disse ela.

Mas estava encantada a ver tudo com atenção. Quis tocar-me e parece que eu lhe agarrei um dedo com a mãozita. Falava muito disso, quando estava comigo. Infelizmente, agora não se lembra de nada... Sempre gostei muito dela. Mais: admirava-a, achava-a muito bonita e simpática. Parece que estavam a dar-me banho. Onde? Num bidé de esmalte e com um suporte, que havia lá em casa. Claro que naquela altura, não havia banheirinhas de plástico, todas bonitinhas.

O enxoval foi todo feito pela minha mãe, incluindo as fraldas: um quadrado de pano branco, em que bordou a palavras "bebé" num dos cantos. Impensável saber antecipadamente o sexo da criança. A minha avó dizia:

— Isso é um mistério que nunca ninguém poderá desvendar!

Quando o meu filho nasceu, o mistério continuava. Lembro-me de ter perguntado:

— É menino ou menina?

Também ainda não havia ecografias, nem epidurais, nem fraldas descartáveis... 25 anos depois. Era tudo bem mais difícil!

Cesarianas, sim, já se faziam. Aliás, segundo reza a História a primeira criança a nascer através da barriga aberta da mãe morta terá sido Júlio César e daí o nome "cesariana". Embora haja outras versões...

Quando eu nasci, não ficou tudo como estava. Uma criança muda tudo numa família. Mais uma mulher naquele pequeno mundo de mulheres, onde o pai reinava com autoridade.

Não me lembro de nada, mas foi assim que eu nasci!

PADRE LAURINDO MARQUES CAETANO

Há tempo que ando para falar desta pessoa importante da nossa terra, simultaneamente pároco e autor do concelho, além de outras potencialidades. Não era amado por todos. No entanto, penso que Oliveira do Hospital lhe deve muito.

Nascido em S. Sebastião da Feira, ali mesmo à beira do Alva, no dia 15 de Julho de 1917, veio para a nossa terra em 1943, com apenas 26 anos.

Casou os meus pais em 1949, baptizou-nos a todas as quatro irmãs. Casou-nos a todas e baptizou alguns dos netos dos meus pais, por exemplo o meu filho no ano de 1977.

Foi professor de Moral no colégio Brás Garcia de Mascarenhas, que frequentei de 1962 a 1967. Eu gostava dele e devo-lhe todos os conhecimentos bíblicos que ainda hoje tenho. Era, sem dúvida, muito rigoroso, talvez fundamentalista, conservador. Levou sempre uma vida ascética, nunca teve carro e era hóspede da Pensão Comércio. Mesmo depois da construção da Casa Paroquial, continuou lá. Nós sabíamos onde era o seu quarto e observávamos aquela janelinha do andar de cima com admiração. Também era frequente irmos brincar para o adro da Igreja só para o ver a jantar. O seu lugar era sempre o mesmo, ali naquele cantinho perto da janela. Ele não olhava para fora, mas pressentia a nossa presença!

Era também pároco de S. Paio de Gramaços e deslocava-se a pé. Sempre! No Domingo de Páscoa e na Segunda-feira seguinte, calcorreava tudo o que eram quintas e lugares aqui, em Vendas de Gavinhos, Gavinhos de Baixo, Gavinhos de Cima, S. Paio, Gramaços a fazer a Visita Pascal. Não havia casa onde não fosse, pobres, ricos, todos eram visitados! É certo que era ainda muito jovem, mas até mesmo mais tarde, continuou assim. E era sempre ele... e eu adorava!

Todas as semanas ia às escolas ministrar a aula de Moral. Vi-o sempre lá, enquanto fui aluna e, mais tarde, já professora. Um verdadeiro sábio! Tinha, apesar de tudo, uma boa relação com os miúdos, que o respeitavam. Parece que, às vezes, usava um pouco a técnica da vara, ou até uns bons tabefes. A mim, nunca me bateu. Parece que o fazia mais aos rapazes, mas eles portavam-se mal. Mereciam! E ninguém ia reclamar!...

Era polivalente: teria dado um bom engenheiro. Quando eram feitas obras, ele comandava as operações e percebia do assunto. Teria dado um bom arquitecto: fazia esbocetos de como desejava as construções, com medidas e tudo. Teria dado um bom economista: administrava os bens da Igreja e a Casa da Obra com mãos de ferro, com critério e prestava contas de tudo, até ao último centavo. Com ele, sabia-se sempre onde ficavam ou para onde iam os dinheiros angariados.

Um bom historiador e um bom escritor: deixou-nos vários livros de teor histórico sobre monumentos do concelho, sobre a sua S. Sebastião da Feira e até sobre as Invasões Francesas e as repercussões que tiveram nestas terras.

Devemos-lhe a reabilitação do nosso Monumento Nacional, a Capela dos Ferreiros. Antes, estava praticamente votada ao abandono, ninguém se interessava por nada e até faziam dela quase uma arrecadação, para onde iam os bancos estragados e outras coisas que deixavam de ser utilizadas. Acreditam?

Foi arcipreste e nosso pároco até 29 de Abril de 1997, tendo falecido a 1 de Maio de 1999.

É evidente que tinha os seus defeitos: talvez fosse demasiado radical e pouco aberto, mas, enquanto padre, foi-o na verdadeira acepção da palavra.

Eu consulto muitas vezes os seus livros, documentos importantes sobre o nosso concelho, que são:

— São Sebastião da Feira, 1987, (ed. do autor)

— A 3ª invasão Francesa e as terras do Concelho de Oliveira do Hospital, 1989, (ed. do autor)

— Capela de Santa Ana, (ed. do autor)

— Oliveira do Hospital, Achegas para a sua história, 1999, (ed. do município)

Talvez não tenha dito tudo acerca dele, mas repito: Oliveira do Hospital deve-lhe muito, quer se queira, quer não!

Bem-haja, Senhor Padre Laurindo!

Padre Laurindo Marques Caetano

Os Peniquinhos de Loiça

Naquele tempo, tudo parecia ser tão longe! Viseu era já uma cidade próspera, a capital da Beira Alta; Oliveira do Hospital ainda uma boa vila do interior...

Hoje, num pulinho, pomo-nos lá... na minha infância, tudo mais complicado. Mas... lembro-me que tínhamos por hábito ir à Feira de S. Mateus. Sim, a feira franca mais antiga da Península Ibérica! Algumas vezes, fui com os meus pais e lembro-me bem. Embora longe da grandeza de hoje, já era algo muito diferente e quase irreal. Então visto por uma criança era um deslumbramento!

Também se organizavam excursões. As pessoas arranjavam uns belos farnéis e iam num autocarro, normalmente fretado à Empresa Júlio dos Santos, Filhos & Companhia.

Foi assim que a minha querida avó feirou, num certo ano longínquo do século passado. Ainda era nova e foi com uns vizinhos amigos.

O que vou narrar foi ela que nos contou. Claro, nós não estávamos lá! Quis trazer umas lembrancinhas às netas. Era assim a minha doce avó! Deu voltas e mais voltas às barracas. A dada altura, viu dois peniquinhos de loiça, que achou muito engraçados e pareciam-lhe mesmo apropriados para as suas meninas: eu e a minha irmã.

Tinham algo escrito e aí é que estava o problema! Lá escolheu dois, mas... como saber o que diziam? Pois... a minha avó era analfabeta. Pois, mas não estúpida. Imediatamente, teve uma ideia genial.

Viu passar um rapazinho por sinal bem parecido — como ela disse -, chamou-o e pediu:

— Ó menino, faz-me um favor? À noite não vejo bem sem óculos. Leia-me o que está escrito nos peniquinhos!

O rapazinho — como ela disse — pegou numa das peças e leu:

— Eu nunca fui larilas!

E logo a minha avó:

— Ó menino, Deus me livre chamá-lo tal coisa!...

Logo de seguida, pegando na outra peça, o rapazinho – como ela disse – leu:

— Goza mas não abuses!

E logo a minha avó:

— Ó menino, Deus me livre de gozar consigo!

Rindo-se, o rapazinho – como ela disse – ripostou:

— Ó minha senhora, é o que está escrito nos peniquinhos!

Claro que ela tinha percebido, mas era assim a minha avó. Uma simpatia!

Os peniquinhos cá chegaram... Nós adorámos... ficaram no nosso quarto anos e anos, mais propriamente até nos casarmos e iniciarmos uma nova etapa das nossas vidas.

Ela partiu ainda nova vai fazer quarenta anos. Esta e outras histórias perpetuaram-se na memória... tal como a avó, a minha querida avó!

Eu sei que ela está sempre comigo!

O Primeiro Natal

Vivia numa pequena aldeia serrana. Quase escondida por trás dos montes, era bela na sua rusticidade. Rodeada de vegetação, ruas estreitas serpenteando por entre as casas de xisto, emprestavam-lhe um brilho peculiar. Ali, o sol aparecia mais cedo e as pessoas eram tão genuínas quanto a paisagem. Vivia numa habitação confortável e muito bonita, que escolhera para passar os últimos anos da sua vida. Não tinha sido há muito tempo.

Cinquentona, Teresa era uma mulher ainda bonita. No rosto brilhavam dois olhos vivos e perscrutadores. Sempre ouvira dizer que o seu olhar era tudo... dizia tudo... irradiava luz. Apesar de não ter sido feliz a sua vida, não tinha muitas rugas, arranjava-se bem e de acordo com a idade, sempre com um toque de elegância. Introspectiva, a escrita constituía o seu maior refúgio e também o seu grande alento. A natureza e o amor eram os seus temas predilectos. A partir deles tecia poemas que lhe enchiam o coração. No fundo, eram um reflexo do seu ser inquieto... ansioso... insatisfeito...

Achava que a sua vida tinha sido um erro, a partir de um passo que dera, porventura um pouco irreflectidamente. Foi uma criança feliz, ai isso foi! – e muito amada, muito cuidada, muito acarinhada. Aluna brilhante, com o sacrifício dos pais, tirou um curso e foi docente, durante trinta e dois anos. Amou a sua profissão, melhor, amava a sua profissão, que exerceu irrepreensivelmente, com um espírito de missão. Os alunos sempre foram e continuavam a ser "os seus meninos", adorava vê-los e saber que eles não a esqueciam. Sabia que os tinha marcado pela positiva. Via-os algumas vezes e contactava-os pelo Facebook, porque muitos deles eram seus amigos.

Quando casou, tudo se desmoronou... tudo ruiu... caíram por terra os seus ideais de romantismo... de amor... de sensualidade... Cedo se apercebeu de que escolhera o homem errado, mas teve um filho, um menino lindo, por quem aguentou cinco anos de um casamento falhado, desde o começo. Depois, deu o grito do Ipiranga, farta da violência psicológica, que a prostrava e lhe roubava a identidade. Não era ela. Divorciou-se muito nova ainda. Traumatizada, foi mãe e pai do filho e assim viveu mais de trinta anos. Recolhida, enclausurada voluntariamente numa prisão sem grades, em que não entravam a paixão ou o amor, muito menos o sexo. O filho foi crescendo e nunca foi carinhoso para ela, nunca soube agradecer-lhe nada do que fez por ele, nunca a apoiou... Pelo contrário, ela continuou a ser o seu esteio e, como agradecimento, recebia más palavras, nenhuma atenção. Continuava infeliz!

Até que... teve uma enorme depressão, que quase a levou ao fundo do poço. Passou dias inteiros a chorar... mergulhada num mar de desânimo que ninguém compreendia... uma náufraga sem uma tábua de salvação a que se agarrar. Pediu ajuda psiquiátrica e a sua vida mudou. Começou a ser socialmente activa, a frequentar eventos culturais, a socializar-se, a sair... Os problemas com o filho não tiveram fim, mas procurou dar-lhes menos importância... começou a ser ELA. E o amor aconteceu. Apaixonou-se perdidamente por João, antigo colega, que reviu, ao fim de vários anos. Eram da mesma idade... bonito, muito bonito. Olhou-a com um olhar que a trespassou e foi como se um raio a atingisse. Disse-lhe vezes sem conta que a amava... que a queria... sempre de longe, porque não viviam na mesma localidade. Mas, de vez em quando, deixava de contactá-la... parecia esquecê-la. Ia voltando...

Não foi um amor feliz, não. No entanto, só o facto de amar aquele homem, de sonhar com ele, de pensar nele, de o desejar... faziam-na sentir-se mais mulher. Este sentimento despertou nela uma sensualidade que estava adormecida havia muito tempo. Era realmente, muito romântica e sensual, despertava atenções e apaixonava, até pela sua eterna meninez. Ele aparecia e desaparecia... dizia amá-la e deixava de amar... contactava-a e deixava de contactar... Ela acordava a pensar nele... adormecia com ele no pensamento...Encontraram-se e não resistiram à atracção que sentiam, amaram-se quase com desespero. Começaram a viver juntos e foi quando resolveram comprar aquela casa, aquela casa maravilhosa, naquele lugar maravilhoso. Eram parecidos em certas coisas, dois estetas das letras... dois amantes da cultura...Teresa sentia-se, finalmente, feliz.

Até que... outra vez? Sim, um dia acordou e não o viu. Correu a casa toda e nada. Quando olhou para um papel em cima da mesa e o leu... uma tempestade abateu-se sobre si. Lágrimas amargas rolaram-lhe pelo rosto macerado de tristeza. O que iria fazer sem o seu amor? Tinha feito tantos planos para o primeiro Natal que iriam passar ali juntos e felizes! E agora? Tudo caía por terra. Pareceu-lhe que um abismo se abria debaixo dos seus pés. Parecia que alguém lhe tirara o chão e sentiu-se vaguear como uma alma penada horas... dias...

Era Dezembro. A paisagem serrana cobrira-se de um manto alvo. A neve caía leve, levemente... linda, vestida de noiva! E ela ali, envergando o seu traje de viúva inconsolável, sentindo a sua alma sangrar de dor e mágoa! Olhava pela janela e nada lhe dizia nada. Quanto tempo? Nem se deu conta... Esgotada, adormeceu e sonhou que ele estava de novo ali a seu lado... O som do telemóvel despertou-a... Precipitou-se para o aparelho... Seria ele? Não.

Tinha de reagir, tinha de pensar em si. Tomou um banho, arranjou-se e saiu. As ruas estavam lindas, embora o chão fosse um pouco escorregadio e traiçoeiro. Foi sentar-se num penhasco a admirar a paisagem branca. Inspirou profundamente o ar puro e sentiu-se um pouco revigorada. A própria atmosfera parecia segredar-lhe ao ouvido: "Estás viva! Vem aí o Natal! Quem sabe?"

Não soube quanto tempo esteve ali, mas fez-lhe bem. Quando regressou, passou pelo cafezinho da aldeia. O ambiente era acolhedor. Todos a conheciam... todos a cumprimentavam com cordialidade... sentia-se muito querida por aquela gente simples... A um canto, uma pequena árvore de Natal piscava intermitentemente luzes coloridas. Comprou umas coisas e regressou a casa. Resolveu começar a enfeitar tudo como havia planeado, como se ele estivesse ali, para passarem o primeiro Natal juntos.

Assim fez: luzes, bolas, gambiarras, o presépio, o Menino Jesus, tudo lindo... tudo engalanado... Quando acabou, sentou-se a admirar as decorações, mas a infelicidade continuava a dominá-la... Ainda se ele se explicasse, mas era sempre assim: desaparecia sem explicações... deixava-a naquele buraco escuro de solidão... Cada toque do telemóvel era, para ela, um sobressalto e, simultaneamente, uma desilusão. Ao olhar o trabalho daquela tarde, apeteceu-lhe gritar e gritou:

— Onde estás, João? Onde estás, meu amor?

No dia seguinte, era véspera de Natal. Ali, naquele lugar escolhido pelos dois, sentia-se esse espírito ainda mais. No meio de toda aquela brancura, os corações impregnavam-se de sentimentos verdadeiramente natalícios de solidariedade e paz. Ah! Se não fosse a solidão a amarfanhá-la... Ah! Se ele estivesse ali... Deitou-se a pensar nele, como sempre e sentiu-se mais do que nunca despida de tudo, exaurida, abandonada... Adormeceu exausta, mas, ao mesmo tempo, um pouco mais confiante.

Nevou durante toda a noite, mas Teresa não se apercebeu. Quando acordou, dirigiu-se à janela e sentiu-se no paraíso. Que maravilha! Um Natal branco! Afinal, nem tudo o que planeara para aquele dia se esvaíra... Decidiu fazer o resto... decidiu afugentar a solidão que parecia querer esmagá-la. Decidiu sair e recuperar energias, no seu penhasco. Arranjou-se e saiu. Pelo caminho, encontrava pessoas que a saudavam e a quem respondia:

— Boas Festas! Boas Festas!

Agradou-lhe o semblante alegre daquela gente ... o riso das crianças... toda a ambiência que, sem saber bem porquê, a revigoravam. Ninguém se apercebeu de uma ou outra lágrima que, furtivamente, lhe aflorava aos olhos. Limpava-as rapidamente e exibia um sorriso a todos com quem se cruzava. Afinal, eles não sabiam... nem desconfiavam que o frio da sua alma era mais intenso que o frio do ambiente.

Quando voltou, já quase todas as casas estavam iluminadas, as pessoas recolhidas a prepararem as suas consoadas. Ela não prepararia a sua. Chegou a casa, acendeu a lareira e comeu qualquer coisa. A um canto, perto da árvore, um único embrulho: o presente que lhe comprara e que o esperaria, como ela. À medida que a noite avançava, sentia-se mais inquieta. Sentou-se junto ao fogo, no chão, com o telemóvel ao lado... Já lhe ligara vezes sem conta e a resposta foi sempre a mesma. Olhava fixamente as chamas que faziam brilhar o seu rosto triste, mas belo. Perdeu a noção do tempo... a meia-noite aproximava-se. O seu Natal mais sonhado transformara-se no seu Natal mais solitário!

Encostou a cabeça ao sofá e acabou por adormecer. Sonhou. Sentiu uns braços que tão bem conhecia a afagá-la... a abraçá-la... Virou-se e viu que não, não estava a sonhar. Aquele rosto querido fitava-a com um amor indisfarçável. Balbuciou:

— João, meu amor!

E ele, como sempre costumava dizer:

— Adoro-te, querida.

Abraçaram-se... beijaram-se... amaram-se... pertenceram-se... Só aquele momento importava, só o que estava a viver interessava. Esqueceram tudo e viveram o seu primeiro Natal juntos!

Lá fora, a neve começou de novo a cair branca... leve... fria... quase tão linda como aquele amor que transbordava dos corações dos dois enamorados!

AQUELA CAMISOLA DE LÃ

O meu pai era caixeiro-viajante. A minha mãe era uma fada do lar. Casaram jovens, muito jovens e belos. Do seu casamento, nasceram quatro filhas. Eu sou uma delas, a mais velha... e até já sou velha!

O meu pai deixou-nos há quarenta anos. A minha mãe está connosco, doente... mas vemo-la, beijamo-la, acarinhamo-la!... Precisa de nós e nós dizemos "presente"!

Voltando ao meu pai. Ele fazia, todos os meses, uma viagem à Beira Baixa. Pernoitava em Unhais da Serra, uma linda localidade termal. Saía na Segunda-feira de manhã e só regressava na Quinta-feira à noite.

Era um homem alto, bem constituído, charmoso de olhos azuis. Um belo porte distinto... o que hoje chamaríamos um galã!

A minha mãe era uma fada do lar... Habilidosa, fazia tudo, tudo mesmo: cozinhava, cosia, tricotava... Nós andávamos sempre como umas bonecas e o seu bom gosto, o seu empenho notava-se nas filhas. Mas... não só!

Teria ela uns 27 anos e o meu pai 31, ele manifestou vontade de ter uma camisola de lã tricotada à mão. Imaginem, sendo alto e forte, como teria de ser o tamanho da dita. Não seria fácil!

Mas... a minha mãe não se atrapalhava com facilidade. Não descurando todos os outros trabalhos que tinha, resolveu pôr mãos à obra. Não lhe disse nada. Aproveitou uma ida à Beira Baixa. Logo que ele saiu, na Segunda-feira de manhã, começou o trabalho. Já tinha comprado lã azul-escuro. Todos os bocadinhos, lá estava a jovem mulher agarrada ao trabalho! E eu, encantada, ouvia o som das agulhas batendo uma na outra. Via, maravilhada, saírem daquelas mãos pequeninas as várias partes da peça. Até que vi, depois, coser as partes umas às outras... e a camisola ficar pronta. Lembro-me perfeitamente. Na Quarta-feira, à noite, estava acabada e, no dia seguinte, estendeu-a com todo o esmero sobre a cama: decote em bico, azul-escuro, ponto inglês. Linda!

Quando o meu pai chegou, foi a surpresa! Como ele gostou... como ficou orgulhoso... como lhe ficava bem!

Não se cansava de a vestir... não se cansava de gabar aos amigos o feito da mulher. Como conseguiu em tão pouco tempo tricotar uma peça ainda por cima, grande. É que não foi à máquina! Todo o trabalho foi manual!

Na altura, ainda só éramos três. Foi em 1960. No dia do baptizado da minha terceira irmã, ainda bebé, o meu pai brilhou com a sua camisola feita em tempo record pela minha mãe!

COMO NASCEU UM AMOR

Maria Luísa olhou aquela fotografia com toda a atenção. É que o homem lá representado disse-lhe algo. Fê-la recuar no tempo… seria quem ela pensava que era? O nome correspondia. Não tendo a certeza, ficou expectante. Começou a ler as suas palavras com mais atenção. Os seus pareceres e comentários eram sempre pertinentes, amáveis, elogiosos… Ia ficando cada vez mais certa de que se tratava da pessoa que ela pensava. Francisco só podia ser aquele conterrâneo de que se lembrava tão bem e que não via há tanto tempo! Só podia! Era, certamente!

Continuou a vê-lo… a lê-lo… a apreciá-lo cada vez mais. Decidiu-se… resolveu contactá-lo e apresentar-se e contar-lhe factos do passado de que se lembrava em relação a ele. Se bem o pensou… melhor o fez. Disse-lhe tanto! Disse-lhe tudo! Francisco gostou… apreciou a frontalidade de Maria Luísa. Mas… não se lembrava dela como ela se lembrava dele.

Ela voltou a ser uma menina… voltou a acompanhar a tia… que foi namorar com ele, perto da fonte. Que bons foram esses momentos!… Mesmo não percebendo alguns gestos, algumas palavras, ainda menos certas investidas da tia, tudo, tudo lhe ficou na lembrança. E voltou em força…

A partir daí, Francisco passou a fazer parte da sua vida. Começaram a falar mais amiúde… ela contava-lhe coisas… ele contava-lhe coisas… Começou a perceber – as mulheres e o seu sexto sentido! – que ele nutria por ela uma certa admiração e apreço. Sabia-lhe bem! Amaciava-lhe a alma desgostosa, triste, magoada. Começou a sentir que ele seria o seu porto de abrigo…

Ainda estava muito ferida por um recente desengano, mas – quem sabe? – talvez naquele homem estivesse tudo o que sempre procurou e que, afinal, nunca encontrou: compreensão, apoio, atenção, amor puro e sincero!...

Enviou-lhe dois dos seus livros e ele gostou. Fez-lhe um poema e ele gostou. Foi notando, no discurso de Francisco algo diferente, parecia-lhe que estava a tornar-se muito , importante para ele. Mas... foi relutando... hesitando... Afinal, ela era uma mulher profundamente ferida! Não queria sofrer mais... nem desiludir-se mais...

No entanto, notou em Francisco um interesse crescente... As palavras dele denotavam algo diferente de uma simples amizade. Até que, no dia 18 de Fevereiro, lhe falou em amor. Pela primeira vez, disse que a amava... Maria Luísa rejubilou! Sentiu-se feliz... tudo foi tão natural, tão íntimo, tão espontâneo!... Não, Francisco não a enganaria! – pensou. Mas... mesmo assim, não correspondeu logo, manteve-se cautelosa, ainda que o seu coração estremecesse de prazer, quando ele lhe falava. E tomou-o como seu confidente. Afinal, ela vivia momentos familiares difíceis. A sua vida passava por uma turbação enorme. Ele foi o ombro amigo de que precisava desesperadamente... o porto de abrigo que lhe surgiu, quando tudo parecia naufragar. Ele esteve sempre lá! O que sentia por ele? Ainda não sabia bem. Só sabia que era um afecto doce, um pensamento constante, quiçá um amor puro e cheio de calmaria. Por que não?

Passados dias, fez anos. Logo de manhã, alguém tocou a campainha da porta. À sua frente surgiu um cesto de rosas vermelhas, lindo, lindo! Um cartão disse-lhe a proveniência: eram de Francisco. Uma completa surpresa... nunca esperaria tal... até porque ele vivia a quilómetros de distância!...

Telefonara para uma florista lá da terra a encomendar todas aquelas flores para lhe serem entregues.

Essa atitude, no fundo, disse-lhe tanto... disse-lhe tudo! Quanta sensibilidade! Foi o momento mais lindo daquele dia... sentiu-se amada! Apressou-se a manifestar a Francisco todo o seu apreço e como estava grata e sensibilizada!

Algo nela despertou... foi como um "clique"... a sua alma sempre carente amaciou-se de ternura por aquele homem. Iria amá-lo, sim, se é que não o amava já!

A partir desse momento, abriu completamente o seu desiludido coração... escancarou-o. Recebeu o amor de Francisco e pôs a relutância de lado. Cada vez mais, sentiu vontade de lhe dar afecto, de estar com ele, de o sentir com ela. E sentiu...

Assim nasceu e se foi consolidando um caso de amor, um amor puro e incondicional. Sem reservas? Não. Tanto da parte de Francisco como da parte de Maria Luísa, havia alguns condicionalismos.

Ele já não conduzia, mas eles queriam ver-se, estar juntos, conhecerem-se melhor. Então, ela decidiu ir visitá-lo. Vivia numa cidade a uns 100 Km de distância. Nada que não pudesse vencer-se. Pediu a alguém que a levasse lá.

Ele encantou-se com a sua presença e reiterou o seu amor por ela. Estiveram em casa dele, sentados um ao lado do outro, acariciando-se e de mãos dadas. Maria Luísa refugiou-se nos seus braços como num porto de abrigo. Assim, calados, sem nada dizerem, só sentindo o respirar um do outro, o palpitar dos corações. O tempo pareceu parar uns instantes para que eles se desfrutassem mutuamente.

Convidou-a para almoçar num restaurante não muito longe. Nem convinha que fosse. Ele por um motivo, ela por outro, estavam um pouco condicionados nas caminhadas.

Bom almoço: ela escolheu e ele foi atrás da sua escolha. Degustaram um belíssimo bacalhau à moda da casa, enquanto conversavam e se olhavam. De vez em quando, as mãos encontravam-se num carinho mútuo e sincero.

Quando acabaram, ela levantou-se para ir aos lavabos. Levantou-se e, ao passar por ele, afagou-o e beijou-o ternamente. Foi algo espontâneo, que fez ali, num local público, sem pensar e sem qualquer inibição.

Voltou à mesa. Ele já tinha pago. Olhou-a ternamente e, numa voz emocionada, disse:

— Aquele beijo que me deste ficará para sempre na minha memória! Foste tão querida! Cada vez te amo mais!

Maria Luísa ficou sem fala, porque, realmente, aquele gesto não fora premeditado.

Voltaram para casa e passaram a tarde juntos e felizes.

Mas… não era uma relação física… foi uma relação feita de cumplicidade e empatia. Talvez até fosse mais consistente, por isso. Pelo menos, foi, de certeza, mais pura e sincera.

Chegou a hora da partida e houve outras visitas. Ele enchia-a de amabilidades e atenções. Foi não um amante, mas um amor em quem podia confiar sempre. Estava lá sempre para ela.

E agora? Não se perdeu o afecto e o à-vontade entre eles é cada vez maior.

A palavra "amo-te" é proferida, muitas vezes, de parte a parte. Preocupam-se um com o outro… pensam-se… gostam-se… consideram-se…

Ele tem sido tão afectuoso que, às vezes, ela nem acredita que lhe esteja a acontecer algo parecido! E teme que algum imprevisto possa fazer colapsar esta relação talvez improvável, mas tão verdadeira!

É amor? Sim e ambos estão de alma e coração neste relacionamento.

Para ela, ele é um bálsamo que mitiga as suas dores e lhe dá alento e coragem. Para ele, ela é uma mulher sincera, verdadeira, amorosa e meiga.

— Já hoje disse que te amo? – Pergunta Maria Luísa, de quando em vez.

— Sabes uma coisa, querida? Amo-te! – diz Francisco, com frequência.

É assim o seu presente, feito de muita telepatia, mesclada de um afecto sem tamanho.

O futuro? Não interessa. O "agora" é tudo para eles e para este amor nascido à distância, mas enraizado e firme como uma rocha.

Francisco e Maria Luísa amam-se e isso não tem preço!

AQUELE ENCONTRO

Anoitecera já. O tempo mostrava-se pouco convidativo. Tinha escurecido rapidamente e o nevoeiro adensava-se cada vez mais. Quase não se vislumbrava nada... o céu era uma abóbada enegrecida. Cortinas de chuva tornavam ainda mais densa a densidade da atmosfera. O vento fustigava impiedosamente as árvores, de um e outro lado da estrada, parecendo fantasmas ameaçadores.

Era Inverno e a noite fazia jus à estação do frio... da chuva... do tempo desagradável. Sim, aquele tempo em que o menos apetecível é sair de casa... Pois, mas Luciana saíra. Conduzia o carro quase automaticamente e parecia-lhe que nunca mais iria chegar. Recordou tudo... ele telefonara-lhe de madrugada. Estava com uma imensa vontade de vê-la... de estar com ela... Combinou um encontro. Ligar-lhe-ia a confirmar.

Nem quis acreditar. Afinal, Manuel já lhe prometera tantas vezes vir vê-la... estar com ela. Não lhe fez notar a alegria imensa que palpitou no seu coração. Aliás, bastava ouvir a sua voz para algo, dentro dela, se agitar desenfreadamente. Agora, era o vento que agitava as árvores despidas... mas o coração dela continuava a bater descompassado. Aquela mulher madura balzaquiana, depois de muito tempo, apaixonara-se por ele, homem da mesma idade, muito charmoso – ela achava-o o mais charmoso do mundo! E Manuel? Às vezes, parecia-lhe que sim... mas a sua inconstância fazia-a duvidar. Passados muitos anos arredada do amor, embora pretendida, porque era interessante, inteligente, bonita… foi logo cair de paixão por um fruto proibido.

Lá fora, o céu chorava lágrimas frias, tão frias como as que Luciana já tinha chorado por Manuel, que ora aparecia, ora desaparecia, ora parecia corresponder-lhe… ora parecia esquecê-la. Por isso, só acreditou que ele viria mesmo, quando lhe ligou a dizer que já vinha a caminho e a hora provável de chegada. Preparou-se cuidadosamente, como uma adolescente para o primeiro encontro. Era quase… já estivera com ele muitas vezes antes, mas, nessa altura, ainda não estava perdida de amores.

Quando saiu de casa, já chovia bastante e a água fria molhou-lhe o cabelo negro. Que pena! Iria chegar feita num pinto! Pelo caminho, pensava em tudo, enquanto conduzia, no meio da tempestade invernosa. Não via a hora de avistá-lo… ao mesmo tempo, pensava: e se Manuel, por causa do tempo, desistia? No banco ao lado, o telemóvel tocou… olhou de soslaio e viu que era ele. Encostou na berma e atendeu. Já estava no local combinado à espera. Sim, já não faltava muito…

A noite estava cada vez mais noite, mas, curiosamente, para ela, quase parecia brilhar o sol. Até que… avistou o carro dele. Estacionou atrás e fez sinal de luzes. Agora, não chovia quase nada. A porta dele abriu-se e… viu-o. O coração saltou de alegria no seu peito. Saiu também… e encontraram-se. Beijou-a levemente nos lábios e abraçaram-se. Ele disse:

— Estás tão quente!

— Trazia o aquecimento ligado por causa do embaciamento dos vidros. – titubeou ela, olhando-o nos olhos, com ternura.

Dirigiram-se para o carro dele… e aí ele agarrou-a de novo e beijaram-se de forma intensa, apaixonada, carinhosa.

Luciana sentiu-se no sétimo céu... o Inverno menos invernoso... A chuva, agora, caía dos seus olhos marejados pela emoção que sentia. Ele pegou-lhe nas mãos e beijou-as ternamente. Só não lhe disse que a amava... mas ela nem deu por isso. Como se sentiu amada e desejada! Como se sentiu feliz! As palavras dele, os gestos, as mãos ansiosas e leves... Momentos que não se lembrava de ter vivido e que aproveitou o quanto pôde!

Foram jantar e aí, embora o carinho e as atenções fossem uma constante, algo parecia perturbá-lo. Esmoreceu e falou muito pouco. Quase nem comeram... nem um, nem outro. Ela como que estava hipnotizada! Ele... talvez triste! Disse-lhe, com aquela voz rouca e quente que ela tanto amava:

— Não comes, querida?

Que lhe interessava a comida, quando estava ele ali à sua frente. A certa altura, disse-lhe:

— Belisca-me! Estarei a sonhar?

Ele respondeu, com uma certa nostalgia:

— Não, querida. Gostas de mim?

Ela olhou-o e ripostou a rir nervosamente:

— Não.

E ele de novo:

— Gostas de mim?

Ela olhou-o. Ele sabia e leu-o nos seus olhos que chispavam paixão, talvez demais... Ele sabia que Luciana o amava mais do que tudo. Ele sabia.

A chuva caía, de novo, intensamente, quando saíram do restaurante. Correram para o carro e iniciaram a viagem de regresso. Adivinhava-se forte temporal e ele ainda iria para longe. Quando avistaram o carro dela, ele parou. De novo, o carinho... sim, mas Luciana adivinhou algo diferente. Parecia apressado... parecia mais invernoso do que o tempo. Quando se despediram, ela disse, beijando-o:

— Tenho de aproveitar antes que me esqueças!

Ele correspondeu e sussurrou um protesto às suas palavras... Arrancou, quando ela entrou no seu carro, toda encharcada. Nesse momento, algo, dentro daquela mulher carente e apaixonada, ruiu como um castelo de cartas. Ai, aquela premonição! No regresso, a tempestade pareceu mais tempestuosa... o negrume do céu mais negro... a fúria do vento mais furiosa... a intensidade da chuva mais intensa... As árvores erguiam-se, mas pareciam querer cair a qualquer momento, esmagando a sua esperança. Os ramos abanavam como mãos prontas a asfixiá-la. Casas, campos iam ficando para trás e tudo negro... cada vez mais negro.

Luciana sabia. E Manuel? Quando chegou a casa, telefonou a avisar que tinha chegado e pouco mais... Nem sequer uma alusão ao que se tinha passado entre eles... Ela sentiu que o verdadeiro Inverno ia começar – ou recomeçar – na sua vida. Haveria dias de chuva... de vento... de frio... O seu coração mergulharia num mar encapelado de desânimo... A saudade fustigá-la-ia sem qualquer comiseração... Sentir-se-ia abandonada... ferida no mais recôndito do seu ser... Aquele rosto, há pouco acariciado, sulcar-se-ia de rugas fundas de tristeza... por onde correriam lágrimas salgadas...

Lá fora, o Inverno era uma certeza... mas, pior do que isso, era a angústia que lhe amalgamava a alma. Ela sabia... e, infelizmente, tinha razão.

A Menina Pobre

Era uma menina pobre, franzina e morenita. Como muitas outras meninas pobres que viviam naquela vila do interior. Criadas elas entre as serranias, correndo livremente pelos campos verdejantes. Mas... também trabalhavam, ajudando nas lides domésticas e auxiliando as mães a cuidar dos irmãos mais novos. Numerosas proles para escassos recursos.

Ingénua a menina pobre, mas bastante sagaz e divertida. Ouvia... ouvia... e interiorizava o que ia ouvindo. Não foi à escola... pouco brincava – não tinha tempo! – mas não era triste. Aceitava. Um exemplo para os meninos de hoje tão exigentes, que querem tudo, mesmo tendo tudo!

A nossa menina tinha ouvido falar num determinado "senhor" que, pelo visto, não regulava muito bem da cabeça, não tinha os cinco bem aferidos, como usava dizer-se. Devia ser por isso que lhe chamavam "João Doido" ... Ela tinha ouvido falar e, na sua inocência, pensou que era mesmo o nome dele.

Certo dia, num dos raríssimos momentos de ócio que tinha, andava a saltar e a pular na rua, perto de casa. Quando viu passar o dito "senhor", aproximou-se dele e, educadamente, cumprimentou:

— Bom dia, senhor João Doido!

Ao ouvir isto, o homem desatou a bater-lhe desalmadamente e sem parar. E ela chorava e ele batia. Ela gritava e dizia:

— Mas... porque me bate, senhor "João Doido"?

Cada vez mais enraivecido, ele batia e respondia:

— É por isso mesmo!

A menina tentava fugir e perguntava... ele batia e respondia sempre o mesmo!

Não sei bem como acabou. Talvez tenha aparecido algum salvador, montado num cavalo branco, um príncipe encantado daqueles com quem ela sonhava. Também não sei quem e como explicaram à menina que não deveria chamar aquele nome ao "senhor". Ela deve ter ficado muito surpreendida, porque todos lhe chamavam assim, por trás.

Esta menina pobre cresceu e teve sempre uma vida difícil. Muitas tempestades a assolaram. Muitos escolhos lhe turvaram a existência.

Teve filhos e netos e até ainda conheceu dois bisnetos dos oito que teve. Foi uma avó maravilhosa, mais do que isso: insubstituível! Sempre de uma inteligência empírica fora do comum, de uma perspicácia extraordinária!

Que orgulho ela tinha em mim! Pois, eu sou a neta mais velha dessa avó. Partiu há quarenta anos, mas continua comigo, connosco, todos os dias. Perdê-la foi dos maiores desgostos da minha vida!

Olho a paisagem lá fora e sinto os olhos marejados de lágrimas. O sol está mesmo forte!

A SERINGA

O Joaquim era um camponês ainda jovem, mas um pouco buçal e inculto. Boa pessoa, vivia com a mulher Conceição, moçoila trabalhadora e alegre, numa cabana, um pouco distanciada da aldeia mais próxima. Rodeavam-na os montes, as árvores e, em baixo, um pequeno ribeiro, cujas águas utilizavam para regar as culturas. Eram pobres, mas viviam felizes. A "civilização" não lhes fazia falta. Gostavam do seu cantinho de terra, dos seus bichos e do contacto com a natureza virgem. Também, naqueles tempos, não havia muitas coisas com que se entreterem. Ainda não tinham filhos, mas estava nos seus planos.

Iam vivendo a sua vidinha assim. Só iam à aldeia, de vez em quando, na carrocita puxada pelo burro Salomão, bicho cinzento clarinho e muito engraçado.

Como os imprevistos também acontecem, um dia algo veio perturbar a rotina do jovem casal. Quando ia levantar-se, de manhãzinha cedo, a Conceição teve uma tontura e caiu.

Levou a mão à cabeça que ardia em febre. O Joaquim, muito preocupado, montou na carroça e foi, imediatamente, chamar o médico à aldeia, deixando a mulher deitada e atormentada por algum mal que ambos desconheciam.

Lá foi e voltou, seguido do médico. Este observou a doente e disse que ela estava grávida, mas em perigo de perder o bebé. Para evitar isso, teria de dar-lhe uma injecção o mais depressa possível. Passou a receita e disse ao homem, para voltar à aldeia e que comprasse também uma seringa.

Lá foi o Joaquim... Pelo caminho, ia dizendo, para não se esquecer:

— Seringa... seringa... seringa... seringa...

A certa altura, uma necessidade fisiológica imperiosa, fê-lo descer da carroça e ir atrás de uma árvore, aliviar-se. Só que, quando voltou a subir, já não se lembrava da palavra.

Então, desceu de novo e pôs-se a andar, à volta da árvore, repetindo:

— Aqui te perdi; aqui te hei-de achar! Aqui te perdi; aqui te hei-de achar!

Andava ele nestas deambulações, quando passou um homem que se lhe dirigiu, dizendo:

— O que anda vossemecê aqui a seringar?

O Joaquim parou... era isso: seringa.

Subiu para a viatura e, num aceno, agradeceu ao homem e continuou:

— Seringa... seringa... seringa... seringa...

Já não se esqueceu mais e lá deu conta do recado.

Tudo correu bem e, passados oito meses, já eram três os habitantes da cabana: o Joaquim, a Conceição e o filho, um belo menino a quem puseram o nome de João.

A União Faz a Força

Outra vez, noite… de novo, a escuridão se tornou rainha do firmamento cor de chumbo. Não há estrelas no céu para adornar e alegrar o espaço celeste. Está frio, muito mesmo. As temperaturas desceram imenso e está a formar-se grande camada de geada. De manhã, estará tudo branquinho… quase parecerá neve, só quase!

Nestas alturas, penso muito naqueles que não têm casa, nem aquecimento, nem lar… são cada vez em maior número, infelizmente. O que faremos para reverter esta situação, o que poderemos fazer? Há que agir! No entanto, a indiferença continua a reinar, não deixamos de olhar incessantemente para o nosso umbigo, como se ele corresse o risco de desaparecer… Nada mais interessa, nada mais importa. Conjugamos todos os verbos na primeira pessoa do singular: eu quero, eu tenho, eu sou… quando seria tão melhor, dizer: nós queremos, nós temos, nós somos… não era? É certo que um só pouco pode, mas, se congregássemos esforços, se houvesse verdadeira união… não seria muito mais profícuo?

Um homem tinha três filhos e vivia só com eles, porque a mulher já falecera.

Quando sentiu que estava a chegar a sua hora de partir, chamou-os para junto dele. Perto, tinha um molho de vides. Pegou numa, entregou-a ao mais velho e disse:

— Parte-a ao meio.

Com toda a facilidade, o rapaz fez o que o pai mandou.

Pegou noutra, deu-a ao do meio, com a mesma ordem. Mais uma vez, foi obedecido, facilmente. Chegou a vez do mais novo e tudo decorreu, de igual forma. Até o mais pequenito conseguiu quebrar o vime.

Então, o homem pegou no molho completo e, a um de cada vez, o entregou, para que o partissem. Claro que nenhum deles conseguiu cumprir a ordem do pai. Este disse-lhes, então:

— Meus filhos, vós três tendes de manter-vos unidos. Isso dar-vos-á mais força, mais poder, maior capacidade para ultrapassardes os obstáculos que a vida vos trouxer. Se, pelo contrário, vos separardes, um para cada lado, isso tornar-vos-á mais vulneráveis e qualquer sopro vos derrubará, quebrará a vossa resistência. Lembrem-se do molho de vides, unidas, juntas, não se deixaram quebrar. Separadamente, foram, para vós, um alvo fácil de abater.

Pois é este conselho que vos deixo: A UNIÃO FAZ A FORÇA!

Todos eles compreenderam o sábio conselho do pai e, mesmo depois da sua partida, mantiveram-se juntos, ajudando-se mutuamente, ultrapassando os escolhos, com tenacidade e coragem, porque sabiam sempre que não estavam sós...

Penso que, se este conselho fosse seguido por muitas pessoas, tudo seria mais fácil no mundo conturbado em que vivemos. Nós somos seres sociais. Por isso, não vivemos isolados. Todos precisamos de todos. Ninguém é mais importante do que ninguém. A Sociedade é um conjunto e cada membro é importante, cada um tem de dar e deve dar o seu contributo para o bem comum. Há que dizer, em uníssono e em voz bem audível: NÓS.

Se a isto, juntarmos uma boa dose de caridade, solidariedade e, acima de tudo, AMOR, poderá ser que tenhamos encontrado a forma secreta para melhorar o mundo. Utópico? Talvez. Idealista? Não digo que não. Mas que era bom, lá isso era!!!!!!!!!!!!

A União Faz a Força

ALICE

Verão de S. Martinho, estava um lindo dia de Outono. De tarde, a Alice resolveu ir dar um passeio pelo campo. Era uma menina morena, de lindos cabelos negros e cacheados, tombados algo desalinhadamente, sobre os ombros. Os olhos – ai, aqueles olhos! – vivos e brilhantes, pareciam duas candeias acesas, olhavam em redor e perscrutavam...

Foi andando andando... mas tudo a detinha, tudo lhe chamava a atenção, para tudo sorria... Viu, ao longe, os montes, onde, pelo entardecer, o Sol se escondia, tingindo de sangue o céu à sua volta. Ela sabia bem que, como era Outono, o Astro-Rei iria mais cedo deitar-se. Por isso, não poderia demorar-se muito, sob pena de a noite a surpreender.

O tempo estava morno e, depressa, teve de tirar o casaco, que só lhe atrapalhava os movimentos... Ela queria correr, saltar, voar, sentir a liberdade... Continuou a exploração.

As árvores erguiam-se do solo, altivas e esplendorosas, lindas, com aqueles cambiantes vermelhos, amarelos, dourados... Pareciam uma pintura. Pelo ar, esvoaçavam algumas folhas e a pequenita erguia, sofregamente, as mãos, na tentativa, às vezes frustrada, de apanhá-las... Agarrou uma e começou a analisá-la, com curiosidade, mas sobretudo desvelo. Achou-a linda! Estava seca, sim, mas era tão colorida, de tons indefinidos e belos, tão belos! Resolveu guardá-la para recordação, como se fosse um tesouro. É certo que o chão estava atapetado com centenas delas, igualmente secas, igualmente pintadas, mas aquela era especial. Aquela foi ela a segurá-la, foi ela que a salvou de ser calcada, como as outras... Chegada a casa, pô-la-ia, entre as páginas do seu livro preferido: "O Principezinho". Num certo aspecto, ela também era como o protagonista do livro. Queria descobrir coisas, queria cativar, queria ter amigos especiais, dava a todos um pouco de si própria... Não, a Alice não era uma menina qualquer: era especial, de uma sensibilidade fora do comum, era uma menina diferente...

Olhou o céu. Continuava azul clarinho, manchado aqui e ali com umas nuvenzinhas brancas, que pareciam algodão, ou talvez mantinhas de lã, ou talvez o pelo de uma ovelha... É verdade, parecia não haver animais por perto. Não podia ser... se não havia grandes, haveria, certamente, pequeninos. Olhou para o chão e aí, um carreirinho de formigas chamou-lhe a atenção. Muito pequeninas, muito negrinhas e carregadinhas, lá iam elas, afadigadas, para o formigueiro, que não devia ser longe. A menina estendeu-se no chão para ver melhor, mas elas não deram por nada. Continuaram o seu trabalho de transporte. Ela achou-as tão engraçadas! Mentalmente, falou com elas, até lhes tocou, de mansinho, com o dedo, na tentativa de que elas reparassem nela, mas não. Iam demasiado apressadas... as formigas são assim: andam sempre atarefadas!

Levantou-se. Certamente, haveria mais belezas por ali... olhou outra vez, à sua volta e viu, mais além, um ribeirito. Aproximou-se. As suas águas eram límpidas e transparentes, saltitando alegremente de pedra em pedra, como ela fazia, às vezes, quando jogava a macaca. Sem medo, começou a brincar com a água, molhando as mãos e aspergindo-a para o ar... Havia por ali muitas pedrinhas arredondadas e bonitas. Resolveu levar uma e juntá-la à folha seca. Seria mais uma preciosidade, para agregar a tantas outras. Essa iria para a prateleira do seu quarto, onde tinha muitas das suas riquezas, todas daquele género, tudo coisas a que muita outra gente não daria valor nenhum... De repente, uma rã muito verdinha saltou mesmo à sua frente, de uma para outra pedra. Nem deu tempo de ver o salto! A menina achou-a tão linda e pensou que gostaria de poder falar com ela... mas, velozmente, o bichinho deu outro salto e deixou de se ver...

Alice olhou, de novo, para os montes. O Sol já estava por cima deles e o céu começava a ficar alaranjado... Seriam, talvez, horas de regressar, mas ainda havia tantas maravilhas para ver... Teve pena, mas prometeu a si própria que viria de novo e, com sorte, até encontraria um amigo, que a compreendesse e a ajudasse a perceber...

Assustou-se, quando sentiu uma mão pousar-lhe no ombro. Virou-se para trás e viu a mãe, que lhe lançou um terno olhar de compreensão. Gesticulando, disse-lhe que eram horas de regressar, porque já estava a entardecer. A menina fez que sim com a cabeça e, sorrindo, abraçou-se a ela e mostrou-lhe os seus novos pertences: a folha dourada e o seixo redondinho. A mãe admirou, achou muito bonitos e o rosto dela iluminou-se ainda mais... De mão dada, seguiram para casa, mas a criança ia olhando sempre para tudo, como que a prometer que voltaria...

Sim, é isso mesmo. Não se falou em sons e os da Natureza são sempre belos, musicais, inebriantes, calmos... Alice era surda-muda.

Alice

ESCOLAS PRIMÁRIAS

As antigas escolas primárias são edifícios com História, feitas de muitas histórias. São, indubitavelmente, um património importante.

Sempre pensei que deviam ser preservadas. Mais, deviam ser espaços rentabilizados. Têm, normalmente, uma boa situação dentro das povoações. Acima de tudo, são memórias... são lugares onde se viveu... onde muitas pessoas começaram a sua formação académica.

Agora, que quase todas estão desactivadas, o que se verifica? Deixam-se deteriorar e desmoronam...

Por acaso, vejo a única escola primária que frequentei transformada na Casa da Cultura, porque esta foi feita mantendo a sua fachada. Essa foi uma boa medida! E alegra-me muito!

Como professora, em 32 anos de exercício, só dei aulas em 4 escolas e em três diferentes localidades: Oliveira do Hospital, Santo António do Alva e Negrelos. Sempre no meu concelho!

Há meses, vi com mágoa, ser destruída pelo fogo a escola de Santo António do Alva, lá no alto, debruçada sobre o rio, entre pinhais.

Nem sei como estará agora, depois dos incêndios... se calhar, arderam os pinheiros à volta!... Não sei!

A de Negrelos era uma escola com uma história diferente, uma história de dedicação e entrega ao ensino. Foi a primeira professora que lá leccionou quem a mandou construir, ela própria ajudou e colaborou na construção. Cozinhava os alimentos para os trabalhadores e não só... A rua onde se situa a escola tem na placa toponímica o seu nome: Preciosa da Costa. Foi remodelada e sujeita a obras de recuperação em 1983 e essa data figura na fachada. Claro que a sua construção é anterior, bastante anterior! Fica no meio do pinhal, tem um vasto recreio e até um jardinzinho. Tem ou tinha?

Uma querida ex-aluna minha enviou-me há dias fotos da escola e, com tristeza, verifiquei o estado de abandono e degradação em que se encontra. Fiquei muito triste!

Mas… mesmo assim e porque me diz muito, fiz-lhe um poema. Ah! E gostaria de saber mais pormenores sobre a vida da primeira professora, para poder contar a sua história com mais certezas. Infelizmente e embora já tenha tentado, não consegui que ninguém me informasse.

Quantas outras escolas não existirão em condições semelhantes? Pedaços de vidas que se vão perdendo… é pena!

GÁRGULAS DA SÉ DA GUARDA

Os naturais da Guarda, a cidade mais alta de Portugal, podem chamar-se guardenses ou egitanienses, dado que Egitânia foi o nome inicial da diocese.

É a chamada Cidade dos Cinco Efes, ou seja, é considerada FORTE, FARTA, FRIA, FIEL e FORMOSA, porque:

1— Forte: a torre do castelo, as muralhas e a posição geográfica demonstram a sua força;

2— Farta: devido à riqueza do vale do Mondego;

3— Fria: a proximidade à Serra da Estrela explica este F;

4— Fiel: porque Álvaro Gil Cabral – que foi Alcaide-Mor do Castelo da Guarda e trisavô de Pedro Álvares Cabral – recusou entregar as chaves da cidade ao Rei de Castela durante a crise de 1383-85. Teve ainda fôlego para combater na batalha de Aljubarrota e tomar assento nas Cortes de 1385, onde elegeu o Mestre de Avis (D. João I) como Rei;

5— Formosa: pela sua natural beleza

O monumento mais imponente e importante desta localidade é a sua Sé Catedral, situada numa grande praça, onde existe também uma estátua de D. Sancho I, o segundo rei de Portugal, que lhe concedeu foral em 1199. E é precisamente aqui que reside a história interessante, que diz respeito a duas gárgulas, das várias que ela possui.

O que são gárgulas? Na arquitectura, são desaguadouros, ou seja, são a parte saliente das calhas dos telhados, que se destina a escoar as águas pluviais, a uma certa distância da parede. Na Idade Média, eram muito frequentes em Catedrais, Igrejas e, normalmente, assumiam formas estranhas.

A Sé da Guarda tem várias, mas poucas serão da construção inicial. Houve remodelações, que deram a duas delas um aspecto peculiar.

A figura que existe numa das paredes exteriores tem o nome de CU DA GUARDA. Trata-se de uma gárgula com a configuração de nádegas com o ânus aberto e voltada para Espanha. Encontra-se no canto formado pela absidíola esquerda (a Sul), debaixo de um dos pináculos, mesmo junto a uma inestética escada de ferro que vem do telhado.

Desconhece-se de quem foi a ideia, mas sabe-se da inimizade entre os reinos de Portugal e Castela, quando D. João I deu ordem para se iniciar a construção do templo em 1390.

Julga-se que foi obra de algum canteiro e colocada quase que clandestinamente.

A outra estranha tem a forma de um polícia. Conta-se que Mestre Valentim, um hábil canteiro que trabalhou no restauro da Sé, ao reparar uma das gárgulas quis representar um polícia demasiado rigoroso, com quem os habitantes locais, no início do Séc. XX, antipatizavam grandemente. A caricatura está tão bem conseguida, que nem lhe faltam os bigodes e o boné de polícia, além de uma coleira (analogia com o cão de guarda ou polícia).

Pode parecer estranho, mas é verdade... eu vi! Estudei nesta cidade durante dois anos e nutro por ela um grande apreço. Para mim, é linda, tradicional e mais: os egitanienses são pessoas de boa índole, de falas mansas e generosos como poucos.

Uma História de Natal

Era noite de Natal. Fazia frio e a rua estava escura, parecia fantasmagórica e ameaçadora. Já não se via vivalma em lado nenhum... todos se tinham recolhido. Só das janelas das casas, irradiavam pedacinhos de luz que, por vezes, apareciam aqui e ali, no chão molhado. Afinal, chovera toda a tarde... o frio era tanto que enregelava e era bem possível que geasse.

O rapazinho magro, pálido e mal agasalhado, seguia pelo caminho, apressadamente. De vez em quando corria, de vez em quando, parava e olhava para trás. Parecia-lhe já ter andado tanto, mas, lá longe, perto da montanha, ainda avistava a luz trémula que saía de sua casa. Sentia-se cansado, triste, mas sobretudo, preocupado. A mãe, sua única companhia, o seu porto de abrigo, estava tão doente!... Tinha que chegar a casa do médico, custasse o que custasse... tinha que salvar a mãe! Percorreu ruas e ruas, andou à roda, terá até passado várias vezes no mesmo lugar. Cada vez mais desalentado, foi prosseguindo... Mas, onde viveria o médico, onde? Ele só sabia uma coisa e isso não deixava o seu pensamento um segundo: tinha que encontrar o médico para ir ver a mãe.

Entrou numa rua, que lhe pareceu diferente e viu uma casa enorme, com muitas janelas iluminadas. Sentia-se cada vez mais cansado e desprotegido, mas isso nem lhe importava. Num impulso, correu até à mansão, pensando: "De certeza que é a casa do médico, porque uma casa assim só pode ser dele!"

Abeirou-se de uma das janelas iluminadas e tentou espreitar... Nas pontas dos pés, encostou o narizito enregelado ao vidro e conseguiu ver várias pessoas, à volta de uma mesa bem recheada. Todos pareciam muito alegres e felizes. Por baixo de uma enorme árvore de Natal, cheia de bolas coloridas e luzes a piscar, muitos e muitos embrulhos a aguardar quem os abrisse, na altura própria. Então, o miúdo dirigiu-se à porta e, enchendo-se de coragem, bateu... bateu... bateu... Ouviu passos e alguém surgiu à sua frente. Olhou para cima e viu uma mulher com cara de poucos amigos, que lhe perguntou:

— O que queres?

Ele estremeceu com o som estridente e resmungão daquela voz, mas, cheio de determinação, respondeu:

— Preciso do médico! Preciso do médico!

A mulher olhou-o, cada vez mais ameaçadoramente e disse:

— Aqui não há nenhum médico! Vai-te embora! Os meus patrões não te querem aqui.

O menino insistiu:

— A minha mãe está doente e precisa de um médico. De certeza que é aqui a casa dele...

A mulher ia fechar a porta, quando no seu braço surgiu a mão mais branquinha e mais linda que o nosso corajoso rapaz jamais vira. A doçura da voz que se ouviu era tanta, que parecia uma melodia:

— O que se passa? O que quer o menino? – perguntou uma rapariguinha linda como uma fada, de cabelos loiros, cor de trigo.

Sem saber como nem porquê, o rapazinho ganhou novo alento e olhando fixamente para uns belos olhos cor de mel, vivos e brilhantes de bondade, respondeu:

— Preciso do médico! A minha mãe está doente e tenho de lhe levar o médico... Aqui, só pode ser a casa dele.

A menina olhou-o, enternecidamente, dizendo:

— Mas não é. Aqui não mora nenhum médico. Entra, que eu vou ajudar-te.

E estendeu-lhe a mão, que ele agarrou, quase com desespero, mas resolutamente. Entrou na sala. Todos os que estavam à mesa o olharam, com curiosidade, mas ninguém disse nada. A sua salvadora dirigiu-se a um senhor que estava à cabeceira e disse:

— Pai, temos de levar este rapaz a casa do médico. A mãe dele está doente e precisa de ajuda.

O senhor levantou-se e foi dar umas ordens. Afinal já estava habituado à solidariedade da filha e não queria contrariá-la. Ela, entretanto, foi buscar comida e agasalhos para o rapaz, que agradeceu.

De novo, se abriu a porta, mas para saírem. Não foi sozinho, porque a fada ia com ele. Na rua, esperava-os um carro, com um homem de boné ao volante. Entraram e seguiram caminho até pararem junto de uma casa pequena e humilde, mas que ele soube logo que era do médico. Dirigiu-se à porta, a que bateu. Surgiu um homem ainda jovem, de aspecto cordial. O rapaz explicou tudo. O homem foi buscar a maleta e saíram todos no carro.

Lá seguiram pelas ruas desertas, até um pobre casebre, de onde saía uma ténue claridade, tão ténue como a saúde da mulher ainda jovem, que encontraram, gemendo, sobre um colchão desconfortável e quase gelada. O filho precipitou-se para ela e disse, a chorar:

-Mãe, trouxe-te o médico. Encontrei esta fada que me ajudou.

Virou-se, então e não viu ninguém, a não ser o médico, que começou a examinar a mãe.

Não sei muito bem como tudo acabou. Sei que a mulher jovem se salvou e, a partir daí, não mais tiveram necessidades, porque lhes chegavam, à porta, muitos presentes. Também sei que o rapaz nunca mais viu a menina de cabelos cor de trigo… nem chegou a saber o seu nome… O dele? Ah! Ele chamava-se Jesus e a mãe Maria.

TEJO – O CÃO AMIGO

Muitas vezes, diz-se que só o ser humano é racional, só o ser humano tem sentimentos…, mas será mesmo assim? Cientificamente, está provado que os animais ditos irracionais não o são, na verdadeira acepção da palavra. Têm cérebro e, uns mais do que outros, usam-no para raciocinar, aprender, fixar… e não só. Os animais ditos irracionais fazem coisas de que os humanos não seriam capazes, sem que aprendessem primeiro. Estou a lembrar-me de alguns arquitectos da natureza, como as aves construindo os seus ninhos com verdadeiro engenho e arte, estou a lembrar-me dos castores, fazendo barragens, verdadeiros diques, com segurança e conhecimento, das abelhas fazendo as suas casas formadas por favos geometricamente perfeitos, como se usassem réguas e esquadros, estou a lembrar-me das aranhas tecendo as suas teias, tal qual rendas artísticas e com segredo, saídas de mãos de fada. Tudo isto será só instinto? Não só, mas também.

Quanto aos sentimentos, penso que ninguém põe em causa que os animais ditos irracionais os possuem, os demonstram, os reclamam e até os provam. Quantas vezes um animal, ao ser maltratado, chora? Quantas vezes, um animal, ao ser abandonado, parece andar triste e saudoso? Já todos ouvimos falar da chamada "lealdade canina", da verdadeira afeição que um cão sente pelo seu dono. É precisamente sobre isso, a história que vou contar.

Na minha terra, havia um casal que tinha vários filhos, rapazes e raparigas. Viviam bem, tinham posses e eram pessoas de boa criação, como se dizia na altura. Por qualquer razão desconhecida, talvez causas genéticas, vários dos filhos tinham problemas, a nível mental, embora não se considerassem deficientes.

O mais novo, Vasco de seu nome, era um menino bonito e alegre. Todos o tratavam por Vasquinho. Todos gostavam dele. Foi crescendo e, depressa, se aperceberam que só tinha crescido no aspecto físico. Por dentro, mantinha-se a criança de sempre, o que lhe dava uma candura e uma pureza, como se de um anjo se tratasse. Era lindo na mesma e por todos amado. Também gostava de todos, mas o seu grande amigo era um cão rafeiro, que o acompanhava para todo o lado. Até dormia com ele. Eram inseparáveis... O Vasquinho e o Tejo não se largavam. Ai de quem ofendesse um ou outro! Cada um deles saltava em defesa do companheiro...

Num certo dia triste e de mau presságio, o Vasquinho adoeceu gravemente, muito gravemente... Ninguém regateava esforços no seu tratamento, nos cuidados com o rapaz, mas... o Tejo não o largou um só segundo. De olhos tristes, olhava ansiosamente para o dono que nem o via, nem lhe falava. Porquê?

Passados dias, tudo acabou. Nunca mais se veria o Vasquinho passar na rua com o Tejo ao lado. Partiu para sempre.

Ninguém conseguiu afastar o cão do quarto e, depois, do féretro onde repousava o corpo. Ninguém conseguiu impedir que o Tejo fosse no funeral, sempre ao lado, sempre de olhos tristes e chorosos... Ninguém conseguiu afastar o animal da sepultura onde se deitou, como se estivesse a fazer companhia ao dono...

Durante dias e dias, ali permaneceu, sem aceitar o comer que lhe levavam, sem obedecer aos chamamentos de quem o tentava levar dali.

O que aconteceu? Sim, foi isso mesmo. Um dia, os olhos antes fagueiros, mas agora sempre lacrimejantes do Tejo fecharam-se para sempre e... Não digo mais nada. Então, os animais não têm sentimentos???

VOLTEI À ESCOLA...

Meti-me na máquina do tempo e recuei até aos meus anos de menina. Tinha tranças pretas e uns olhos que tudo queriam abarcar... uma vontade de saber avassaladora...

Entrei para a Escola Feminina com 6 anos e, curiosamente, a minha primeira professora foi a mesma de minha mãe. Reformou-se, nesse ano, pelo que teve de ser substituída por outra, passados uns meses do início do ano lectivo. A primeira era a Dona Albertina, a segunda a Dona Manuela, agora minha colega e que vejo bastantes vezes, pois vive em Seixo da Beira, freguesia do meu concelho. Lembro-me de muita coisa dessa época. Por exemplo, tive uma certa dificuldade em aprender a ler e a escrever. Era muito ajudada em casa pela minha jovem mãe. Adorava a senhora Professora. Todas nós a achávamos linda, jovem... íamos espreitá-la, quando saía de casa... Ainda hoje me chama "a minha menina" e diz que eu era boa aluna. Eu sinto que não fui.

Na segunda classe, tive a única professora de que não gostei. Era jovem também, mas marcou-me uma atitude negativa que teve para comigo. Estive doente com difteria e, daí, ter faltado muito tempo. Além disso, a doença trouxe-me consequências várias a nível da fala, da visão... Então, o que acontecia? Via mal... parecia-me que escrevia bem, mas ficava tudo fora das linhas e as palavras encavalitadas umas sobre as outras. Eu dizia que não via, mas ninguém acreditava. Então, o que fazia a Dona Graciete? Pegava nos meus trabalhos, mostrava-os às alunas mais velhas, depreciando-me e dizendo que eu tinha ido de cavalo para burro. Todas se riam... e eu chorava. Foi um ano para esquecer...

Na terceira classe, deu-se um milagre na minha vida escolar. Chegou uma Professora chamada Dona Luísa Vasconcelos, uma senhora linda, com uma belíssima figura, um porte distinto... Todas a adorámos. Depois, "agarrou" em nós com unhas e dentes, era exigente... fez desabrochar o que já estaria latente em mim, tirou partido da minha sede de saber... estimulou-me e aí, sim, tornei-me uma belíssima aluna.

No entanto, não era só isso que nos agradava. Ela tinha uma família maravilhosa: o marido, também professor, Lúcio Rosa Dias Coelho e três filhos, dois rapazes e uma rapariga. Frequentavam já o Colégio Brás Garcia de Mascarenhas, mesmo ali ao lado. Lembro-me bem deles. Eram todos bonitos, mas, nós achávamos o do meio o mais lindo de todos.

Ora, acontecia algo que nos encantava. A escola tinha a casa da professora; ao lado do quadro, havia uma porta que dava para a cozinha. Aquilo, para nós, era quase um mistério para desvendar... uma aventura para viver. Sei que o marido e os meninos da Senhora Professora iam almoçar lá à escola. Não me recordo se a Dona Luísa fazia o comer na cozinha ou se já o trazia feito e só o aquecia no fogão ou mesmo na salamandra da sala de aula. Nós víamos os meninos entrar e sair, com um misto de admiração e respeito... o senhor Professor Lúcio, sempre com aquele olhar perscrutador e brincalhão.

O que se passava, depois, é que era engraçado. Começava o turno da tarde e íamos entrando. A Senhora Professora estava sempre muito bem disposta, de rosto afogueado, por ter andado de volta do fogão... mas, o que mais gostávamos era dos desenhos feitos no quadro... das palavras escritas não sabíamos por quem, que indiciavam os momentos de boa disposição que aquela maravilhosa família tinha ali passado.

Na quarta classe, continuou a ser nossa Professora e lembro-me de outra coisa que se passou. Uma altura, o Senhor Professor esteve doente e a Dona Luísa trouxe para a nossa escola alguns alunos dele de S. Paio, os que tinham mais dificuldades. Iam para o andar de cima da casa e as melhores alunas eram escolhidas para ir estudar com eles. Aí é que foi ouro sobre azul: além da exploração que pudemos fazer aos aposentos, era óptimo podermos exercer a nossa autoridade e dar umas reguadas aos rapazes que, diga-se de passagem, eram mesmo mauzinhos! Ainda me lembro de alguns deles!

Foi um ano muito profícuo, fizemos exame na outra escola e um figurão. A minha Professora foi parabenizada pelas óptimas alunas que apresentou. A dada altura do ano lectivo, talvez no terceiro período, um grupinho de três meninas e um rapaz, começou a ser preparado para o exame de admissão ao liceu. Depois das aulas, ficávamos na escola com o Senhor Professor Lúcio e foi ele quem nos preparou. Os resultados também foram muito bons.

No ano seguinte, ingressei no Colégio Brás Garcia de Mascarenhas, com sacrifício económico dos meus pais, mas que nunca defraudei. Aí, o Senhor Professor Lúcio foi meu professor de Geografia e de Português.

Quanto aos meninos, não me lembro se algum deles ainda andou no Colégio, ao mesmo tempo que eu. O mais velho penso que não. Frequentei-o durante 5 anos, de 1962 a 1967, quando fiz o 5º ano, depois de um exame rigorosíssimo em Coimbra. Nunca mais vi os filhos dos meus Professores... só sei que a menina é minha colega.

Devido às dificuldades financeiras, não ingressei na Faculdade, como era meu gosto. Estive empregada como escriturária durante três anos. Em 1970, fui para a Escola do Magistério Primário da Guarda, onde tirei o curso, concluído em 1972.

Fui colocada, nesse primeiro ano, em Oliveira do Hospital e reencontrei os meus queridos mestres, então já meus colegas. Bebi deles muito do que fui como professora, mas também muitos ensinamentos que perduraram até hoje e que transmiti aos meus alunos. Nunca os esqueci, nem esquecerei... apesar de eles terem partido daqui, quando se aposentaram.

Viagem ao Colégio Brás Garcia Mascarenhas

Nova corrida, nova viagem não no carrossel, mas no tempo. Vamos viajar até ao ano de 1932, século XX. O que aconteceu de relevante nessa altura? Pois, foi fundado um dos ícones da nossa terra: o Colégio Brás Garcia Mascarenhas. Pessoas de ideais convictos, foram os senhores professores Alexandre Marques Gomes e Mário Mendes e o Dr. Carlos Rodrigues de Campos os seus fundadores. De onde surgiu o nome, quem foi a personagem que lhe deu o nome? Natural de Avô, fidalgo/poeta/guerreiro, autor do poema épico "Viriato Trágico", participou na Revolução de 1640 e acabou por falecer na sua terra. Enquanto se erguiam solidamente as paredes deste icónico estabelecimento de ensino, um grupo de alunos saídos da escola primária prosseguiu os seus estudos e tinha aulas em casa do senhor Adelino Gonçalves e, depois, em casa do senhor professor Alexandre Marques Gomes. Eram onze rapazes e raparigas, alguns dos quais ainda recordamos: os irmãos Artur e Ângelo Carolo, Esmeralda e Fernando Correia, Antonieta, Isabel e Adelino da Costa Gonçalves, Olímpia Marques, um dos irmãos Seixas...

Tinha internato masculino, famoso pela disciplina exigida, mas também pelos resultados obtidos nos exames, que tinham de ser prestados em Coimbra. Por isso, o Colégio ganhou fama e era escolhido pelos pais e educadores mais severos que, de terras distantes, enviavam os filhos para estudar aqui.

Pelos seus corredores e salas de aulas passaram, ao longo dos anos, milhares de jovens. Alguns deles já terão falecido, mas, de certeza que os que ainda vivem, não esqueceram todas as suas vivências neste lugar.

Justo é lembrar alguns professores de qualidade, diga-se de passagem, que ali foram transmitindo com empenho e gosto o seu saber: Dr. Renato, Dr. Mano, Pe. Oliveira Martins, Dr. Borges, Dr. João Almeida Santos, Dr. Loureiro, Dr. João Nunes Garcia, Dr. Carlos Gomes, Dra. Maria do Carmo Vasconcelos, Dra. Maria Antónia, Dr. Samora, Dr. Falcão, Prof. Lúcio Rosa Dias Coelho...

Figura de realce, que muito amava os seus "meninos" a quem impunha alguma disciplina, mas sempre com simpatia, o senhor António Henriques, natural de Gramaços, durante 55 anos exerceu a profissão de contínuo. Antes dele, o senhor Manuel do Patrocínio Gonçalves, mais conhecido por Manuel Sabugueiro, exerceu a mesma profissão durante mais de 40 anos.

O edifício que serviu de internato foi inteiramente demolido e no seu lugar, construíram-se prédios. Dele há apenas uma evocação, no rés-do-chão de um dos prédios, num azulejo bem conseguido, mas que sabe a pouco para quem recorda com saudade aqueles tempos.

O edifício do Externato esteve durante muitos anos, a servir o ensino, desta vez a crianças e jovens portadores de deficiência, na IPSS ARCIAL, que ainda hoje existe, embora tenha, entretanto, ocupado instalações próprias para o efeito.

Presentemente e mantendo a fachada do antigo edifício do Colégio, está a fazer-se a sua requalificação, para ser transformada num Centro Cultural, de que vamos orgulhar-nos também.

Acabou a viagem? Podemos sempre voltar ao passado, nas asas da imaginação, ainda que com a saudade toldando-nos os olhos de lágrimas. Uma coisa é certa: aquele Colégio marcou todos os que por ali passaram!

POR TERRAS DE MIGUEL TORGA

Desta terra beirã, que é a nossa, partimos ao encontro de Miguel Torga. O sol mal despontava por entre a bruma nocturna. Rumámos a norte, a esses lugares tão agrestes quanto lindos de Trás-os-Montes. Ainda longe, antevíamos com ansiedade e crescente expectativa todas as belezas que nos esperavam. Nós sabíamos que o Outono dá ao Douro um encanto especial!

Pelo caminho, fomos avistando os socalcos geometricamente desenhados e pincelados de cores flamejantes. Serpenteando por vales profundos, entre gargantas e desfiladeiros, o rio... sempre o rio.

Primeira paragem: Galafura. Subimos até ao miradouro de S. Leonardo. Bonito, arborizado, a natureza a evidenciar-se em maravilhas de genuinidade! Mas... o mais importante: a paisagem que, de todo ele, se avistava. Catadupas de emoção que quase faziam parar os nossos corações, perante aquela visão deslumbrante. O primeiro encontro com Miguel Torga, naquele lugar que ele próprio pisou e onde um poema perpetua a sua presença.

De novo a caminho... e a chegada a S. Martinho de Anta, a terra do escritor, onde nasceu, viveu e está para todo o sempre. Sente-se a sua presença em cada canto e recanto, em cada pedra, em cada lugar por onde ele passou. Quase se vê recortada a sua figura austera, agreste como é austera e agreste aquela vila, que o viu nascer. Humilde? Sim, mas enorme na grandiosidade e mestria com que soube tratar a Língua Portuguesa, em tantos poemas... em tantos contos! Controverso, mas genial... incrédulo, mas fiel a si próprio, às suas origens, aos seus.

Reencontrámo-lo no largo principal da vila, perpetuado num busto de bronze de linhas enérgicas e algo rebeldes, como ele próprio. Colocado junto ao que resta do imponente negrilho, um ulmeiro lindo e frondoso que tanto o inspirou e sob o qual gostava de passar bons pedaços de tempo, a cismar ou – quem sabe? – a construir na mente alguns dos seus textos.

Contemplámos as casas do largo, bonitas e algumas até ricas de grande criatividade. Descendo a rua, encontrámos a sua, onde nasceu e passou temporadas... aquela de que tanto gostava. Agora diferente do que foi, conserva a traça de uma certa humildade e singeleza, as mesmas com que ele nasceu e viveu.

Depois do almoço bem servido degustado em amena cavaqueira e sã camaradagem, seguimos até ao Espaço Miguel Torga. É uma construção da autoria de Eduardo Souto Moura, de onde sobressai a fachada alta toda em placas inteiras de xisto negro, contrastando com as cores claras do interior. Visitámos a exposição permanente, retratando a vida e a obra do escritor tão vasta e prolífera. Vimos uma exposição temporária de pintura. Num auditório simples, mas um espaço bem estruturado, de paredes imaculadas, assistimos à projecção de um documentário sobre Miguel Torga. Ele, tão avesso ao que chamava de "devassa", deixou-se filmar em vários locais da terra que tanto estremecia, falou-nos e disse-nos poemas.

De salientar as prestimosas explicações do Director daquele espaço maravilhoso.

De resto, foi ele também que nos acompanhou à visita seguinte: a capela da Senhora da Azinheira, situada na Serra com o mesmo nome. A paisagem, as rochas, a agrestidade daquele lugar que ele calcorreou em caçadas, em caminhadas e não só estão bem patentes em muitas das suas obras. De linhas simples, alberga no interior verdadeiras preciosidades de arte barroca: um encanto! E o alpendre? Transportou-nos imediatamente ao conto "A consoada do Mendigo"... quase pudemos imaginar a cena, o crepitar do lume e o velho Garrinchas a dizer:

— Consoamos aqui os três. Vossemecê faz de quem é, o pequeno a mesma coisa e eu, embora indigno, farei de S. José!

Deixámos S. Martinho de Anta, o reino de Miguel Torga,, ou seja, do médico Adolfo Correia da Rocha, que tendo falecido em Coimbra, quis ficar para sempre no seu torrão natal. Como condições, apenas duas: campa rasa e uma torga plantada ao lado. Assim aconteceu e é assim que está. Tudo simples, como ele próprio, que escolheu para seu pseudónimo Miguel, em homenagem a dois vultos da literatura ibérica: Miguel de Cervantes e Miguel de Unamuno e Torga, nome de planta rústica e silvestre.

Descemos até ao Pinhão, por uma estrada sinuosa e estreita, por entre o Douro Vinhateiro e, mais uma vez, a beleza dos socalcos pejados de vinhedos, autênticas mantas de retalhos coloridos, onde cada pedacinho de chão é aproveitado. De cortar a respiração esta viagem panorâmica!

A noite desceu sobre a terra e chegámos a Oliveira do Hospital, cansados mas cheios de boas energias e, de certeza, muito mais ricos e conhecedores. Afinal, não é todos os dias que podemos conviver com um gigante da literatura portuguesa...

Por terras de Miguel Torga, andámos e gostávamos de voltar!

(Esta foi uma viagem real da Universidade Sénior de Oliveira do Hospital)

VIAGENS NA MINHA TERRA

Quando eu era criança, o trânsito automóvel era quase inexistente ou, pelo menos, muito diminuto. Íamos para a escola a pé. Brincávamos na rua sem que isso constituísse qualquer perigo.

Lembro-me bem de algumas viagens que fiz de táxi. Só havia um, se não me engano. Lembro-me de o meu pai pedir a furgoneta emprestada aos patrões e irmos todos visitar alguns lugares. Lembro-me das chamadas camionetas da carreira. Havia várias e com vários trajectos. Fiz algumas viagens nelas!

Era disto mesmo que queria falar. Uma dessas viaturas pertencia à firma Júlio dos Santos, Filhos e & Cª. Era interessante. No tejadilho, iam as malas e os embrulhos ou mesmo sacos. O funcionário acedia a ele através de uma escada suspensa na parte de trás. Havia o cobrador dos bilhetes, a quem se pagava. A configuração era semelhante às de hoje, mas com menos conforto e uma velocidade muito reduzida. No entanto, lá iam cumprindo a sua função.

Há dias, fomos ao Museu do Brinquedo a Seia. Foi uma autêntica viagem no tempo, um vasculhar no baú das recordações, um regresso à infância. E o que vi, entre todas aquelas réplicas, miniaturas, carros, bonecas e tudo o mais?

Pois, com espanto e admiração, deparei-me com uma réplica dessa camioneta da carreira da minha terra. O nome da firma bem visível, o ano de aquisição (1947), o percurso (Oliveira do Hospital – Carregal do Sal) e todos os outros pormenores deixaram-me fascinada!

Soube que foi um oliveirense, João Mário Amaral, que a doou ao Museu. Está numa vitrina encimada por uma fotografia dele em criança. Ter-lhe-á sido oferecida pelo avô, parente da família Júlio dos Santos.

Pelo amor que tenho à minha terra, devo dizer que foi o que mais me agradou.

Por isso, agradeço ao João Mário ter-me proporcionado esse gosto. Pena que, em Oliveira do Hospital, não haja um Museu do Brinquedo. Certamente estaria lá!

Recordar é mesmo viver!

VIAGEM

Ontem, fiz uma viagem. Pois, mas não foi uma viagem vulgar, daquelas em que se vai de avião... nem foi um cruzeiro em alto mar, parando aqui e ali, num qualquer porto.

Não, ontem fiz uma viagem no tempo. Reclinei-me numa almofada feita de sonhos e atravessei a porta da imaginação.

Não sei como, vi-me numa sala modesta, mas escrupulosamente limpa. Uma família feliz e unida: os pais jovens e bonitos, uma avó pequenina com um rosto brilhante de ternura, uma tia-avó magrinha e de óculos... três meninas.

Reinava grande animação. Estavam todas muito excitadas. Tinham recebido os presentes de Natal – 25 de Dezembro de 1964.

As pequenitas brincavam... a mais nova teria uns cinco anitos, a do meio, dez e a outra, doze. Todas diferentes, com algo em comum: a felicidade estampada no rosto.

Não sei porquê, detive o meu olhar na mais velha. Cara de um oval perfeito, olhos cor de avelã, cabelos negros, presos em duas tranças. Não participava muito nas brincadeiras das irmãs. Contemplava embevecida algo que segurava com ternura nas mãos pequenas. Era um livro de capa azul com uma gravura, pequenino e lindo. Folheava-o como se o acariciasse. Mirava-o... remirava-o... apertava-o contra o coração. Ouvi-a dizer:

— Nunca tive uma prenda tão bonita! É o meu primeiro livro, mesmo meu! Obrigada!

Pegou no seu novo amigo e saiu dali. Sei que ela não me via e segui-a. Entrou numa outra divisão... sentou-se e começou a ler... a ler...

Aquela menina era eu. E ontem também peguei naquele livro. Capa azul e um título: "Dois corações generosos". Nas folhas amarelecidas pelas várias décadas passadas dançaram letras... palavras... frases... Li... li tão sofregamente como então, até a história acabar. A história emocionante de duas meninas muito diferentes... só iguais na generosidade que habitava os seus corações.

Ontem, viajei no tempo e voltei a ser a rapariguinha que adorava ler e recebeu de presente um livro de capa azul!

VIAGEM AO PASSADO DE OLIVEIRA DO HOSPITAL

Vamos entrar na máquina do tempo e viajar até ao séc. XIX. Vamos, mais uma vez, falar do adro da Igreja Matriz. Adro, pela sua etimologia, é um local de preparação para a entrada na Igreja, como que participa do seu carácter sagrado.

Anteriormente a 1882, não se sabe nada de concreto, ou seja, não há documentos. Mas sabe-se que, anteriormente, a área era bem maior. Era limitado a Poente e a Norte por um muro, desconhecendo-se onde terminava. Tanto o tamanho do adro, como a sua vedação foram sendo alterados ao longo dos tempos.

Não esqueçamos que, só aquando da inauguração do cemitério em 1874, os mortos deixaram de ser sepultados primeiro na Igreja e, depois, no seu adro. Daí a existência de três capelas tumulares integradas na Igreja: a Capela dos Ferreiros (séc. XIII e de que já falei anteriormente), a Capela de S. Brás (Séc. XVI) e a Capela de Nossa Senhora da Expectação (séc. XVII). Podemos dizer que se trata do que hoje designamos por Jazigos de Família, que só gente fidalga e de posses possui.

E que árvores havia? Inicialmente, duas acácias junto ao muro e suficientemente grandes para porem em perigo o próprio. Daí terem sido vendidas em hasta pública precisamente em 1882. Foram adquiridas outras plantas, mas não se sabe ao certo quais. Em 1904, existia uma palmeira situada do lado direito do caminho seguido para os Paços do Concelho. Nesse ano e no dia 8 de Novembro apareceu destruída ou quase totalmente danificada pelo fogo. Parece que havia testemunhas oculares do "crime" e até os nomes dos que o perpetraram. Foi dada como destruída, mas, na Primavera, emergiu do solo num rebento novo e forte. Talvez seja a palmeira que se vê numa fotografia de 1909, tirada logo após uma violenta descarga eléctrica havida em 6 de Março, que deixou a Igreja bem danificada. E que árvores então? Só a palmeira e duas pequeninas plantas, presas aos respectivos tutores. Já deviam ser as tílias. Dizia-se até que a faísca teria fendido a "tomentosa" e daí o seu tronco bifurcado quase do fundo.

As duas tílias terão sido plantadas no mesmo dia por alunos da escola, que ficava ali ao lado, no Largo Ribeiro do Amaral. A mais pequena é mais tardia a ter flor, mas esta é mais abundante e de cheiro mais intenso. A outra chamada Tomentosa Moench, tanto cresceu que é hoje a maior do País.

Na outra foto datada de 1912, já são bem crescidas, passados apenas cinco ou seis anos, já que foram plantadas necessariamente no início de 1909, antes de 7 de Março, ou então em 1908, o que é mais provável. Foi em Março de 1988 classificada de interesse público pela Direcção Geral das Florestas, embora seja propriedade da Fábrica da Igreja.

E que outras plantas houve? Uma roseira vermelha ainda existente em 1943 e um grande e bonito cedro posteriormente cortado e, mais tarde, só a camélia e as duas tílias.

Chamava-se até ao adro o Jardim Paroquial, que, deve dizer-se, era pouco respeitado e, por isso, dava bastante despesa e problemas ao nosso Arcipreste, Padre Laurindo Marques Caetano. Foi ao livro dele "Oliveira do Hospital – Achegas Para a Sua História" (1999) que recorri para fazer esta viagem.

A CASA DO CRIME

Quando passo por aquela casa, lembro sempre um acontecimento. Não que o tenha presenciado, mas sim por ouvir contar.

Viajemos no tempo até ao ano 1949. E sei que foi neste ano, porque, coincidentemente, foi uns dias antes de os meus pais se casarem, a minha mãe com dezasseis anos, o meu pai com vinte. Quase umas crianças!

Naquela casinha pequena e com muitas plantas floridas na varanda, vivia um casal que teve vários filhos. Entre eles, uma rapariga chamada Graça. Tinha graça no nome e era mesmo a graciosidade em pessoa: muito bonita, muito atraente! Muito pretendida e cobiçada pelos homens! No entanto, como se deslocava frequentemente a Lisboa, onde tinha familiares, cedo se comprometeu com um rapaz lisboeta. Parece que ele vinha cá e chegaram a marcar o casamento. Era um caso sério e ele adorava-a!

Mas… a Graça engraçou com outro rapaz, conhecido de um dos irmãos. Não disse nada ao namorado. Cada vez se afastou mais dele e acabou por dizer-lhe que terminaria tudo, que já não queria casar com ele.

Decorriam as famosas Festas dos Bombeiros, das melhores da região, muito concorridas, muito participadas. Ainda me lembro. Realizavam-se, normalmente, em fins de Agosto, princípios de Setembro. Uma característica que jamais esqueci: havia um local "chique" para a elite da Vila, que aí dançava e assistia a espectáculos. Havia um local mais barato para o "povo", que não tinha possibilidades económicas. Claro, vivíamos em ditadura e tudo isso se aceitava com a maior das naturalidades. Ninguém reclamava e – quem sabe? – os mais simples, se calhar até se divertiam mais. Pelo menos, digo eu, seria tudo mais genuíno e natural. Mas... que era profundamente injusto e discriminatório lá isso era!

Acontece que o namorado da Graça veio até cá, para falar com o seu amor. Ele não se conformava com o afastamento dela... ele não desistia. Foi a casa dela, sim àquela casinha com um banco de madeira na varanda de madeira. Muita gente os viu a conversar mesmo ali, sentados um ao lado do outro. Muita gente os viu dançar nas festas, evidentemente no recinto mais simples. Aparentemente, tudo bem. A Graça não terá tido coragem suficiente para abrir o jogo, para falar a verdade.

No dia seguinte, não muito tarde, gritos aflitivos vindos daqueles lados fizeram acorrer os curiosos àquela casinha. Os lamentos dos pais da Graça não eram para menos. O espectáculo que se deparou aos olhos de quem ali chegou, era simplesmente horrível. A linda rapariga jazia sobre o banco, ensanguentada e já morta, enquanto os pais, desesperados e impotentes, gritavam toda a sua dor. Muita gente ainda viu o assassino (sim, o namorado) descendo as escadas aos tropeções, jorrando sangue pela jugular, onde espetava a mesma faca com que matara a amada.

Chegado ao largo, caiu moribundo, estrebuchando. Algumas pessoas, indignadas com aquele acto tresloucado, pontapeavam-no e apupavam-no. Era indiferente... ele já não ouvia... já estava no estertor da morte e, depressa, expirou.

Lembro-me de ouvir a minha mãe contar que o meu pai, que também lá estava, se insurgiu contra quem atacava assim um homem quase a morrer. Sim, para quê?

Aquela casinha com flores na varanda foi palco de um crime seguido de suicídio, um drama passional. Parece que o rapaz, não conseguindo convencer a Graça, premeditou matá-la. Nunca ninguém soube de onde ele tirou a faca ou se já a trazia.

Anos mais tarde, quando ali passava, já só via a mãe, uma mulher sofrida toda vestida de preto e triste, sempre triste! E sempre ouvia contar esta história trágica que ali foi vivida!

Voltando ao presente, vejo a casa como está agora, como é agora, ainda com plantas, mas onde parece pairar uma nuvem de tristeza.

Ou então sou eu que a vejo assim!

A Casa do Crime

A MEMÓRIA TEM CHEIROS

Há dias, estive num dos supermercados da minha terra a fazer compras. Detesto, mas, de vez em quando, tem de ser!

Na secção das hortaliças, chegavam-me às narinas aromas de campo. A natureza rodeou-me. Salsa, hortelã – que maravilha! Aspirei aqueles perfumes e, quase sem dar por isso, embarquei na máquina do tempo.

Entrei na cozinha da Casa de Baixo. Grande, mas acolhedora, com o seu chão de granito, os largos parapeitos nas duas janelas altas e por onde entravam os raios de sol, de um sol brilhante e estival. Num deles, aquele forrado a alumínio, a Menina Conceição arranjava o feijão verde para a sopa. Tudo fresquinho e trazido há pouco pela Senhora Maria da Comenda. Era ela quem trazia diariamente as hortaliças acabadas de apanhar na grande horta e, com elas, todos aqueles cheiros a terra e a campo. Sabem por que razão lhe chamavam assim? Porque vivia na Quinta da Comenda, uma zona de Oliveira do Hospital que ainda hoje existe. Onde? Todos aqueles terrenos perto do Hospital da FAAD eram cultivados e eram assim conhecidos: a Comenda. Não nos esqueçamos que Ulveira de Espital resultou precisamente de uma Comenda concedida por D. Teresa à Ordem do Hospitalários. Daí lhe adveio o nome.

Como eu gostava de estar por ali na cozinha e, até, de ajudar a cozinheira nos seus trabalhos!...

Do outro lado, um grande arco, que tinha ao centro uma imagem de Santo António. Aliás, sendo o santo preferido do Sr. Cabral, quase todas as divisões do enorme solar tinham uma imagem dele, diferentes e em vários estilos e materiais. Conduzia ao local do fogão a lenha onde crepitava um fogo acolhedor e que exalava os cheiros dos belos cozinhados. Como eu gostava dos croquetes da Menina Conceição: cremosos como nunca comi em mais lado nenhum! Havia também uma lareira que não se acendia... era só cenário... suspensa de uma corrente de metal uma grande panela de ferro bem negra e com três pés! A toda a volta, numa prateleira, várias peças de barro de Molelos, bem rústico e escuro!

Uma porta enorme em madeira maciça levava-nos ao resto da casa. Um armário pintado de cinzento e, logo a seguir, o lava-loiça e a saída para uma pequena varanda com um alpendre. Lá em baixo, o jardim e as árvores bem altas que espreitavam pelas janelas.

Continuei a perscrutar o ambiente daquela cozinha maravilhosa. Ao centro, uma enorme mesa rectangular, onde sobressaía, no meio, um grande vaso branco de louça, sempre, sempre cheio de fruta e salsa e alecrim e hortelã. Hum!

Pronto, já sei porque fiz esta viagem. Pois, os cheiros também têm memória.

Saí do sonho e vi-me, de novo, no supermercado com um ramo de hortelã na mão!

OUTRA VIAGEM AO PASSADO DE OLIVEIRA DO HOSPITAL

Hoje, dia da festa dos Bombeiros Voluntários da nossa terra, apetece-me mesmo entrar na máquina do tempo. Irei viajar a esse passado remoto de há quase cem anos.

Tudo começou por um incêndio numa Casa de Hóspedes que existia no Largo Ribeiro do Amaral, pertença da Senhora Dona Maria da Glória da Costa Barata. Foi por volta de 1920 e reduziu a escombros a chamada "Pensão das Caldeireiras", antepassada da "Pensão Comércio".

Não havia bombeiros em Oliveira. Daí que algumas pessoas de boa vontade começassem a germinar a ideia de fundar uma corporação. Foram os senhores Aguilar Teixeira da Costa (1º Comandante do Corpo Activo), apoiado pelo senhor Fausto Soares, Presidente da Câmara na altura.

Fundada a 21 de Março de 1922, viu a sua primeira sede concluída em Novembro de 1927. Ali para os lados do Rebolo, de meios muito rudimentares, mas muito boa vontade, chamavam-lhe a "Casa da Bomba".

Mudou de instalações em 1962 e em Janeiro de 1994, de novo para as belíssimas instalações que hoje ocupa. O grande obreiro deste empreendimento que tanto nos orgulha, foi um dos mais emblemáticos Comandantes dos nossos Bombeiros, o senhor professor Manuel Serra.

E continua a estar presente, não só ele, mas todos os que o antecederam. Um povo que se preza tem de honrar o seu passado, para bem projectar o seu futuro.

Nós, oliveirenses, somos assim!

Bela viagem, não acham? E justa homenagem aos Soldados da Paz!

O REGRESSO DO PRINCIPEZINHO

O Principezinho nunca mais se esqueceu dos amigos que conheceu na Terra. Sentia-se feliz com a sua terna e eterna rosa, cada vez mais linda. Tratava-a com um carinho desmedido. Amava-a. Agora, sabia que não era única, mas, para ele, continuava a sê-lo. Os embondeiros estavam cada vez maiores ou, então, pareciam, mas a sua sombra proporcionava-lhe resguardo em dias mais quentes. Depois de cuidar dos vulcões adormecidos, dormia uma sesta debaixo das enormes árvores.

Assim decorria a sua vida no asteróide B 612, mesmo como ele gostava. Mas a raposa bem dissera: "Quando alguém te cativar, corres o risco de chorar de saudades!". Na altura, não entendeu muito bem, mas, à medida que o tempo passava, ia sentindo um aperto no coração, um nó na garganta. Tudo lhe fazia lembrar quem o cativara!

Às vezes, os seus dias decorriam demasiado monótonos... demasiado previsíveis... demasiado iguais... sem surpresas! Começou a pensar seriamente num regresso à Terra, mesmo que fosse por pouco tempo.

Uma noite, depois de apreciar um pôr-do-sol magnífico, tão magnífico que o emocionou até às lágrimas, decidiu-se. Não pôde deixar de lembrar-se do que lhe dissera a raposa: "Não chores ao ver o pôr-do-sol, pois as lágrimas não te deixarão ver as estrelas". Mas ele era assim... comovia-se sempre!

No dia seguinte, iria dar uma volta. Dormiu e sonhou. Dormiu e sonhou com o aviador, com a sua amiga raposa, com o deserto, com os picos das montanhas...Tudo parecia esperá-lo!...

Acordou cedo... bem-disposto, animado, ansioso...
Foi resguardar todos os seus pertences, tratar de tudo,
aconchegar a sua rosa cada vez mais rubra e... partiu. Já
sabia o caminho... ou pensava que já sabia. Não quis voltar
a passar por aqueles planetas esquisitos... com aqueles
adultos esquisitos... que tanto o perturbaram!... Não queria
voltar a ver o rei, o sábio, o matemático, o acendedor de
candeeiros... muito menos, o bêbedo que bebia para
esquecer a vergonha de ser bêbedo! Coisas estranhas ele
ficara a saber nessa viagem... estranhas e surpreendentes!

Queria ir ter ao deserto do Sara, onde encontrara o
seu primeiro amigo, que tão bem o compreendera sempre.
Sim, o aviador a quem pedira para lhe desenhar uma ovelha.
E o entendeu... até o seu riso cristalino! Afinal, como ele,
também caíra do céu naquela geringonça a que chamava
avião.

Viu surgir no espaço uma grande ave, que lhe
pareceu amistosa e, logo, lhe pediu boleia. Ela acedeu e
partiram pelos ares... voando... voando... cada vez mais
perto da Terra. Pensava ele.

A viagem foi longa... mas correu bem. Finalmente, a
ave poisou num local e, despedindo-se, o Principezinho
apeou-se.

Era noite. Ainda meio tonto, olhou ao redor... e não
reconheceu nada. Não havia areia... nem sinais nenhuns do
que tinha visto na Terra. Era um lugar com muitos
edifícios... muitas árvores... muitos jardins... muitas coisas
de que ele desconhecia o nome, até a existência!... Mas... o
que mais o encantou foram as luzes, tantas luzes a brilhar
aqui e ali... pareciam estrelas na Terra!

Resolveu. Tinha de ir ver de perto tudo aquilo... tinha
de saber onde estava... tinha de procurar os seus amigos...

Depois de andar um pouco, encontrou-se num grande largo. No meio uma fonte ou um lago ou algo parecido de onde a água caía formando uma cascata de cristais iluminados que brilhavam à luz do luar. Nesse largo, desembocavam várias ruas com casas, umas mais altas, outras menos... De todas as janelas, saíam feixes de uma luminosidade quase feérica... O tecto das ruas também ostentava bolas coloridas e resplandecentes. Começou a ver pessoas apressadas, carregadas de embrulhos, entrando e saindo de locais que ele não sabia como se chamavam. Tentou abordar algumas dessas pessoas, mas ninguém reparou nele. Ninguém lhe ligou.

Começava a sentir-se desesperado e perdido. Foi então que a viu. Encostada ao tronco de uma árvore, tiritando, uma menina chorava. Ao pé dela, dormia um pequenito tapado com uma mantinha de lã. Devia ser quente, porque a criança exprimia no rosto lindo uma serenidade impressionante.

O Principezinho aproximou-se e o seu cachecol esvoaçou e reflectiu todas as luzes do largo... todas as estrelas do céu. E riu... o seu riso cristalino parecia-se com sininhos a tocar. A pequenita levantou para ele os olhos mais lindos e puros que ele já vira. Tão brilhantes e chorosos! Tão meigos! Então, com carinho, acariciou-lhe o rostinho e tentou enxugar as lágrimas, perguntando:

— Quem és tu e o que fazes aqui? Como se chama este lugar?

A menina sorriu e – curioso! – quando riu, ele também ouviu um ligeiro tilintar. Respondeu:

— Eu chamo-me Oriana. Isto é uma cidade grande. Chama-se Oásis.

— Tens um lindo nome! Parece de uma fada! Quem é o bebé? – questionou o Principezinho.

Ela olhou ternamente para a criança a seu lado e retorquiu:

— É meu irmãozinho. Chama-se Noel. Estamos sós. Não temos pais.

— E diz-me: para que são todas estas luzes? Porquê? O que aconteceu? – ele queria sempre saber tudo.

— É Natal! – respondeu Oriana e as lágrimas soltaram-se-lhe dos olhos.

— Natal? O que é isso?

— É uma festa. Há alegria... paz... prendas... amizade... amor... As pessoas são mais amigas e ajudam-se, enfeitam-se as ruas, há luzes por todo o lado... comem-se coisas boas...

O Principezinho estava cada vez mais intrigado. Parecia-lhe tudo muito irreal. Bem, o essencial é invisível e aquilo que via saltava aos olhos. Até lhe ofuscava a vista. Não percebia. Se o Natal era tudo aquilo, por que razão os meninos estavam ali sós e abandonados? E sentiu-se cativado por aqueles dois seres indefesos e tristes.

Perguntou... perguntou... perguntou... Oriana falou... falou... falou... Soube que eles viviam sozinhos com a mãe, mas que ela tinha morrido há pouco tempo. Não tinham dinheiro e, depressa, o dono da casa os despejou, por não poderem pagar a renda. Há dias que vagueavam pelas ruas a pedir. Algumas pessoas davam qualquer coisa, mas, naquele dia, como era véspera de Natal, ninguém tinha tempo para eles. Bateram a várias portas, mas mandavam-nos embora. "O quê?" – pensou o Principezinho – "mas não é a festa do amor, da amizade, da ajuda?". Qualquer coisa não batia certo. Tinha de fazer algo! Tinha de encontrar um amigo. Lembrou-se da raposa, mas viu logo que ali não iria encontrá-la...

Tirou o seu cachecol esvoaçantemente amarelo e embrulhou com ele a menina, dizendo:

— Fica aqui sossegadinha. Eu vou procurar ajuda e volto já!

Decidido, entrou numa rua… e noutra… e noutra… Em todas as janelas tremiam luzes. Em todas as portas havia brilho e cores. De todos os interiores, saíam sons de risos… de alegria…

Pois, ele agora já sabia… era noite de Natal. Mas não percebeu nada, cada vez percebia menos!

Bateu a todas aquelas portas enfeitadas de verdura e bolas vermelhas... Umas nem sequer se abriram... Outras sim, mas logo se fechavam estrondosamente, deixando o Principezinho triste, cada vez mais triste! Às vezes, nem o deixavam explicar ao que ia... nem queriam saber... pareciam todos muito atarefados. Ele pensou: "Mas Oriana não disse que o Natal é uma festa de amor?" É que ele não conseguiu vislumbrar amor nenhum em lugar nenhum… mesmo sabendo que "o essencial é invisível"!...

Começava a desesperar… até que avistou uma casa, mesmo… mesmo ao fundo de uma rua menos movimentada. Não estava tão enfeitada como as outras. Verdade, verdade… só brilhava uma pequena faísca de luz vinda de uma janela.

Aproximou-se e viu um rosto bondoso encostado ao vidro. Uma senhora com neve nos cabelos e um sorriso que se abriu mais e mais, quando olhou para o rapazinho loiro. Ele sorriu também e as campainhas tilintaram de alegria. Soube logo que encontrara uma amiga. Nem precisou bater à porta… esta abriu-se e uma voz doce e meiga soou:

— Olá, meu menino. Entra. Estava mesmo à tua espera, para não passar a noite sozinha.

O nosso Principezinho entrou numa casa modesta, mas limpa... de aspecto acolhedor. Contou à senhora Maria — era assim que se chamava a velhinha – tudo o que se tinha passado. Não se esqueceu de Oriana, não! Foi buscá-la...

Enquanto percorria o caminho de volta, já com a amiga e o seu irmãozinho, pensou que o Natal não era bem como ela dissera. Aliás, não viu vestígios de Natal em nenhuma das casas, a cujas portas batera. Só no coração da senhora Maria houve amor e carinho. E ali passaram todos a noite bem agasalhados, alimentados e protegidos. Sem alardes... sem luzes... sem brilhos... mas com muita doçura e o calor de uma verdadeira amizade.

Quando já dormiam, o Principezinho olhou-os, um a um, com lágrimas nos olhos – lágrimas de felicidade! Primeiro, o rosto enrugado e bondoso da velhinha... depois, a carinha terna e calma de Noel... e, finalmente, a face linda e resplandecente de Oriana, a fadinha. Sentiu-se cativado. Não encontrara o aviador... nem a raposa. Mas... sentiu que, agora, tinha mais três amigos de verdade. Estes, como os outros, ficariam para sempre no seu coração.

Tremente e emocionado, percebeu tudo. Não tinha sido em vão o seu regresso à Terra. E logo naquela época... era tudo lindo, sim, mas não exactamente como a menina dissera... Pensou que não devia ser preciso tanto espalhafato... tanto brilho... tanta cor... se, nas almas, não havia a verdadeira solidariedade! Pois, "o essencial é invisível" – lembrou e quase ouviu o sussurro da raposa ao seu ouvido!...

De qualquer maneira, valeu a pena... e só na simplicidade sentiu o verdadeiro Natal!

NOSSA SENHORA DE FÁTIMA

Ontem, ouvi dizer que Nossa Senhora andou pelas ruas de Oliveira do Hospital, em peregrinação. Eu penso que não. Um carro transportando uma imagem de Nossa Senhora de Fátima percorreu alguns lugares da nossa cidade.

É diferente!

A história que vou contar ter-se-á passado faz hoje muitos anos, cerca de sessenta.

Dantes, faziam-se muitas excursões a vários lados. Muito diferentes das que se fazem hoje. Os autocarros tinham poucas condições e as pessoas pernoitavam lá mesmo. De qualquer modo, era uma maneira de saírem das suas terras e irem visitar outros lugares, conhecendo realidades diferentes.

Aconteceu uma excursão a Fátima. A minha querida avó foi e levou com ela a minha irmã que teria na altura uns cinco/seis anos. Foram no dia 12 e regressaram no dia 13. Lembro-me que cheguei a ir também e, embora fosse muito cansativo, lá passávamos o tempo, sem nos queixarmos e até gostávamos. Gente mais nova e não habituada às mordomias que a "gente nova" de agora tem!

Depois de uma noite se calhar mal dormida, dentro do autocarro estacionado algures perto do Santuário, lá se dirigiram para o recinto, a fim de assistirem à chamada "Procissão do Adeus", aquela muito solene em que a imagem de Nossa Senhora regressa à Capelinha das Aparições. De mão dada com a minha avó, a menina lá foi também. Posicionaram-se perto, bastante perto do trajecto que a imagem faria. Sabemos bem como era aquela procissão. Repleta de solenidade, tornava-se arrepiante. Aquelas falas gritando: "Senhora, se quiserdes, podeis curar-me!", "Senhora, fazei que eu veja!"... tantas outras, eram impactantes. Todos aqueles lenços acenando a despedida e as vozes que se elevavam cantando: "Ó Fátima, adeus!", faziam estremecer de emoção todos aqueles corações crentes.

Quando a imagem começou a aproximar-se do local onde avó e neta estavam, a senhora pegou-lhe ao colo, para ela ver melhor. Ter-lhe-á dito:

— Olha, filha, vês a Nossa Senhora?

E ela olhava, olhava e respondia:

— Não.

A avó insistia e a imagem cada vez mais próxima. A resposta mantinha-se:

— Não vejo.

A avó quase entrou em pânico, porque, sendo a minha irmã míope, era alarmante. E pensou: "Ai, a menina vê mesmo mal!".

Quando a imagem passou mesmo, mesmo em frente delas, insistiu:

— Olha agora, filha. Mesmo à nossa frente – e apontou.

Nessa altura, a minha irmã olhou e disse:

— É esta? Mas é igual à que eu vejo na Igreja de Oliveira. Viemos nós de tão longe para a ver? Eu pensava que era a Nossa Senhora a sério!

Foi grande e notória a desilusão daquela criança! E, afinal, ela até tinha a razão. Há milhares de imagens iguais ou parecidas com aquela.

Tudo isto foi contado pela minha avó e passou-se há cerca de 60 anos.

Acredite-se ou não em Fátima, ou melhor, acredite-se ou não que Maria, a mãe de Jesus, apareceu a três pastores ali naquele local, chamado Cova da Iria, o que a minha irmã disse é a mais pura verdade!

Acredite-se ou não, o que vemos é uma imagem apenas!

MÉDICOS DE ANTIGAMENTE

Confesso: sou um pouco saudosista. Se calhar, não devia ser, mas gosto de recordar tempos passados. Como se estudaria História, se não fizéssemos algumas viagens na máquina do tempo?

Como disse alguém "Ter o pretérito presente para assegurar o futuro do pretérito." penso que é importante. Eu gosto de recordar situações, pessoas, episódios que presenciei ou que ouvi contar. Há que aproveitar a memória, enquanto ela não nos foge. E sabemos bem que, sem contarmos, isso pode acontecer. Malvadas doenças!

Por falar em doenças, quero ir ao passado e encontrar-me com alguns médicos aqui da região. Autênticos "João Semana", muito humanos e que não cobravam dinheiro pelas consultas. Mais, a qualquer hora e pelos mais difíceis percursos calcorreavam montes e outeiros para acorrerem a quem os chamava. Em horas até pouco próprias, quando descansavam, porque a doença não escolhe os momentos, eles diziam "sim"! Lembro o Sr. Doutor Vasco de Campos de Avô, um filantropo e, além do mais, escritor e poeta dos bons! Uma grande pessoa, um autor do concelho, um humanista...

Aqui, em Oliveira do Hospital, estou a lembrar-me e com muita saudade do Dr. Virgílio Ferreira. Que pessoa excelente! De um bom humor contagiante, soltava aquelas gargalhadas sonoras e tão peculiares. Foi sempre o médico da minha família, o parteiro de nós as quatro. Muitos anos mais tarde, foi ele quem trouxe o meu filho ao mundo. Adorava o meu pai e sofreu bastante com a sua precoce partida. Visitava-o durante a doença, não só na qualidade de médico, mas também como amigo.

Era vê-lo rir-se a bandeiras despregadas, quando o Braga, ainda que pouco ciente, ainda dizia uma das suas graças!

Contava muitas vezes que, numa certa altura, o meu pai lhe terá dito:

— Olhe, Senhor Doutor, a minha sogra vai fazer anos e já lhe comprei um presente.

— Então o que foi?

— Vou dar-lhe uma cadeira e, para o ano, mando electrificá-la!

E a gargalhada ecoava pelo quarto, como cristal a estilhaçar-se. E o meu pai ria também, porventura sem perceber muito bem porque o fazia.

Nunca levava dinheiro a ninguém, principalmente se fosse gente pobre. Penso que as pessoas da minha terra lhe devem muito. Não teve filhos, mas pôs no mundo muitos filhos dos outros.

Tinha também uma certa predilecção por mim. Devo-lhe uma grande atenção. Quando terminei a Escola Primária e, porque era muito boa aluna, a minha Professora Dª Luísa Vasconcelos insistiu para que eu continuasse os estudos. Os meus pais bem queriam, mas a vida era muito difícil e parcas as posses. Era um colégio; portanto não era barato. Nessa altura, o Sr. Doutor Virgílio ofereceu-se para pagar, como empréstimo, todas as despesas. Disse ao meu pai que não se preocupasse com o pagamento... ele esperaria. Embora não tenham aceitado, nunca se esqueceu este oferecimento. Procurou-se outra via e lá fui estudar. Depois, aquando do primeiro exame em Coimbra, os resultados foram tão bons que ganhei uma bolsa de estudos. Poderei esquecer-me disto? Claro que não!

O Dr. Virgílio era uma pessoa muito humana, muito simpática e muito querida de todos os oliveirenses. Quis ser sepultado em campa rasa e redigiu o seu próprio epitáfio: "Aqui jaz Virgílio Ferreira, bem contra a sua vontade!". Bem, a campa lá está... o epitáfio não. Entenderam que era uma graça dele e até talvez fosse.

Morreu já bem velhinho, mas trabalhou quase até ao fim. Às vezes, quando o recordo, ia jurar que ouço algures, no espaço, uma sonora gargalhada!

Foi homenageado, dando o seu nome a uma rua e a uma travessa na nossa cidade.

Bem-haja, Senhor Doutor Virgílio, por tudo aquilo que nos deu e nos deixou. Garanto-lhe que a sua bondade jamais será esquecida!

O Reverso da Medalha

Falei nos médicos de antigamente. Sim, aqueles médicos que abraçaram a medicina quase como um apostolado, verdadeiros missionários da solidariedade e do amor ao próximo. Esses como o Dr. Virgílio, para quem os dividendos não eram o mais importante. Privilegiavam o ser humano, as pessoas que atendiam com generosidade e sem visar o lucro.

Mas, pergunto: será que todos eram assim? Não. Em tudo, há o reverso da medalha, há quem faça a diferença pela negativa.

Assim aconteceu, certa vez, com a minha mãe. Trabalhou, numa determinada altura da vida, como encarregada de uma fábrica de confecções, uma das mais importantes da nossa terra, das poucas que ainda se mantêm em actividade.

Certo dia, em plena hora de trabalho, a minha mãe fez uma entorse num pé. Este começou logo a inchar e já só com muita dificuldade, conseguia deslocar-se. Perante isto, um motorista levou-a ao Posto Médico, para ser vista por alguém e medicada, como seria necessário.

Por acaso, o médico era conhecido, mas a hora já um tanto tardia. Não, não era o Dr. Virgílio! Com enorme dificuldade, subiu as escadas e chegou ao consultório, explicando o problema ao doutor. Este olhou de relance para o pé da minha mãe e disse:

— Bem, já é tarde. Eu estou para sair. Por isso, é melhor ires ao meu consultório para te ver lá!

Apesar dos protestos, apesar da constatação de que lhe iria ser difícil ir a pé até ao local, não teve outro remédio senão fazê-lo. Tinha dores horríveis e a cada passada, sentia uma dor lancinante. As lágrimas assomaram-lhe aos olhos muitas vezes, mas teve de ir.

Quem sabe se ele até passou por ela de carro? Não se ofereceu para a levar! Podia tê-la consultado ali, só que ali teria sido grátis. No consultório, teve de pagar. Lá a tratou e deu-lhe baixa de alguns dias para repouso absoluto do pé, com uma entorse e ruptura de ligamentos.

Evidentemente, entretanto, alguém foi ter com a minha mãe e a levou a casa, pois não aguentava mesmo as dores.

E então, o que dizer do comportamento deste médico, contemporâneo do Dr. Virgílio? Também era um João Semana? Pois, como comecei por dizer, nem todos eram assim. Este não era assim!

Quando, finalmente, recuperou, a minha mãe voltou ao mesmo médico, para lhe dar alta. Já andava bem melhor.

Ao vê-la, disse:

— Ah! Já vens a andar bem!

— Pois já, Senhor Doutor, graças a Deus.

— Ai, foi graças a Deus? Então, para a próxima, não venhas ter comigo!

Do comportamento dele, tirem-se as devidas ilações. Pense-se o que se quiser. Eu não vou dizer o que penso, como não vou dizer o nome dele.

João Semana não era de certeza!

O MEU ARCO-ÍRIS

O tempo é como uma roda gigante. Gira, gira e, de repente, já não é nada. Vivemos numa correria e quase não paramos para viver. Às vezes, é preciso pausar... esperar... para dar a volta. Depois, sentir-se-á tudo com mais plenitude e verdade.

Ao dobrarmos as esquinas do tempo, pode sempre deparar-se-nos uma surpresa. Boa ou má? Uma surpresa é uma surpresa. Há bons e maus momentos e todos têm de ser vividos. Perder a esperança é que não!

Tudo tem uma ordem para acontecer. Tudo, no fundo, segue um ritual. A chuva antecede sempre o arco-íris. Mesmo sendo muito necessária, pouca gente aprecia todas aquelas bátegas vigorosas a inundar tudo. Por outro lado, todos adoram e param para ver as sete cores que se desenham em semicírculo no céu. É ou não é?

Ontem, o sol brilhou no firmamento da Terra. Um sol pálido e tiritante, mas deu para alegrar as plantas e os animais. Mas... o meu coração chorou. Uma forte tempestade abateu-se sobre a minha alma inquieta. Nem um lusco-fusco fraquinho consegui vislumbrar. Lá fora, o sol brilhava, mas juro que não vi!

Precisei desesperadamente de sentir que não estava sozinha. Precisei de agarrar-me a uma tábua de salvação. Perdi o norte e naufraguei. Quase gritei e pedi ajuda. Ninguém me ouviu.

Já o dia findara, escutei uma voz, aquela por que tinha suspirado o tempo todo. Disse-lhe:

— Vejo tudo negro!

E a voz respondeu-me:

— Vê antes as cores do arco-íris!

A conversa continuou. Aos poucos, o temporal foi acalmando. Sequei as lágrimas. Pensei. Esperei. Acreditei.

Curiosamente, lá fora o vento fustigava tudo. As árvores abanavam com fúria. A chuva caía em fortes bátegas, que, depressa, inundaram ruas e campos. Ouvi-a a bater nas vidraças, mas o som não chegou à minha alma. Calma, cada vez mais calma, entrei num limbo de tranquilidade. No meu coração, pintou-se um belo arco-íris. Adormeci. Sonhei.

Agora, já no novo dia, sinto-me um pouco renascida. Alguém me estendeu a mão. Alguém me salvou. Consegui ancorar o meu barco num cais seguro e acolhedor. Continuo a pensar, mas vislumbro uma luz que não vai deixar-me esmorecer. Não posso perder a esperança. Creio.

Curiosamente, hoje o sol não se vê e um forte temporal assola tudo. Nas esquinas do tempo, a intempérie não pára. Dia frio, chuvoso e negro!

E eu? Eu juro que, por entre as nuvens plúmbeas e carregadas, vejo sete cores que me acenam e brilham só para mim. Não desistirei!

O Amor de Joana

Naquele dia, Joana sentia-se bonita. Ao sair de casa, olhou-se no espelho e viu um rosto, onde os olhos sorriam. Sentiu-se atraente e ansiosa. Sabia bem quem ia encontrar. Sabia que ia rever alguém que não via há muito tempo, alguém de quem nunca mais se lembrara até há meses. Daí a ansiedade... o esmero com que se preparou... Queria tanto aquele reencontro!

Quando chegou, notou alguns olhares entre curiosos e apreciadores. E viu-o... os seus olhos encontraram-se. Espontaneamente, dirigiu-se-lhe e, num ímpeto, abraçou-o e beijou-o. Não saberia dizer quanto tempo durou aquele abraço! Talvez demasiado... talvez pouco. Sentiu-se bem dentro dos braços dele. Esqueceu até que havia gente à sua volta, gente que os mirava, com uma certa perplexidade!

Joana não se importou... nada! Naquele momento da vida, sentia-se muito bem na sua pele, com um à-vontade e uma auto-estima em grande! Sentiu que ele se encantou por ela... olhava-a com indisfarçável admiração e tratou-a com muito carinho.

Lembrou-se – ainda hoje se lembra – de cada segundo, de cada palavra, de cada atenção, de cada olhar. Mas, de todos, há um momento que não esquecerá. Conversavam frente a frente, ele olhou-a e disse:

— Que olhos!

Ela simplesmente riu, mas foi como se uma onda de calor a invadisse toda, corpo e alma.

Soube então que aquele homem iria ser muito importante na sua vida. Sim, aquele homem ficaria no seu coração para sempre.

Sentiu-o dela durante algum tempo, foi para Joana tudo o que ansiara! Completavam-se... mais, amavam-se.

Até que ele se afastou, sem explicação. Mesmo sabendo que a deixava mergulhada em pranto e dor, destruiu sem piedade todos os seus castelos de sonhos. A incerteza e a dúvida naufragaram-na num mar de desânimo crescente. Fê-la sofrer e, o que é pior, sabia bem o quanto ela sofria!

Hoje, Joana não se sente tão bonita, nem tão à-vontade, nem tão bem como naquele dia. Só uma coisa se mantém: o seu amor por ele! Esse... jamais sucumbirá!

O Amor Pode Tudo

O Outono já dourara as folhas das árvores. A natureza eclodira em espasmos ruborizados de ternura. Por todo o lado, misturavam-se tons quentes e esfusiantes de beleza. O chão atapetado amortecia os passos de quem passeava pelo jardim. Era um lugar bonito. Nas águas do lago reflectiam-se todas aquelas cores... e pareciam incendiadas de amor. Como o amor que ela sentiu, daquela vez, há uns anos. Como o amor que ela ainda sente agora e sentirá para sempre.

Sentada no banco do jardim, recorda. Muito novinha, apenas vinte anos num rosto moreno emoldurado por belos cabelos negros e longos. Um olhar que perscrutava tudo e tudo apreciava... uns olhos cor de avelã que, às vezes, esverdeavam de brilho e luz. Daquele lugar, via todo o jardim... mas, sobretudo, o lago... era o lago que mais a fascinava! Absorta, olhava as águas levemente oscilantes, onde as folhas caíam, numa dança louca... um último estertor. Lembravam-lhe o Lago dos Cisnes, aquele bailado clássico de Tchaikovski, que vira há uns tempos e que tanto a inebriara. De vez em quando, contemplava... de vez em quando, baixava os olhos para o livro que levava sempre consigo.

Foi então que o viu. Aproximava-se do seu banco. Era um homem alto e bem constituído, barba cuidada e cabelo meio comprido e ondulado. Tinha um ar intelectual e um olhar penetrante, que pareceu invadi-la de ternura, quando se cruzou com o seu. Não soube bem a razão, mas, naquele mesmo instante, pensou: "É o amor da minha vida!".

Quando passou por ela, sorriu e, quase automaticamente, Margarida retribuiu o sorriso. Seguiu-o com o olhar e viu-o voltar-se várias vezes para trás e olhá-la... olhá-la... Nunca baixou os olhos, até que ele desapareceu da sua vista. Deixou-se ficar ali... a pensar que talvez nem voltasse a vê-lo. Mas queria... queria muito!

Quando o rubor do sol poente se juntou ao escarlate das folhas... quando o céu se ensanguentou de mágoa... levantou-se e foi para casa. Margarida vivia com os pais não muito longe dali, naquela cidadezinha do interior, onde a civilização ainda não estragara a sã convivência entre as pessoas. Todos a conheciam e gostavam dela. Era uma boa estudante e frequentava um curso universitário. A Língua Portuguesa era a sua paixão e queria licenciar-se para poder leccioná-la, para poder ensiná-la, para poder captar outros amantes da língua e literatura. Gostaria até de fazer um doutoramento – quem sabe? Era a mais velha de três irmãs e os pais, não sendo ricos, viviam bem e poderiam proporcionar-lhe uma boa educação. Para eles, no entanto, o mais importante era que as suas filhas fossem felizes!... Quem não quer?

Chegou a casa, mais pensativa do que era hábito e foi para o quarto estudar. Naquele dia, teve dificuldade em concentrar-se... teve dificuldade em comer... teve dificuldade em conciliar o sono. Quem seria o desconhecido? Como se chamaria? Voltaria a vê-lo? Era, de certeza, mais velho do que ela... talvez até tivesse sido isso que a atraiu nele. Os rapazinhos imberbes da sua idade não lhe diziam nada! Ela era diferente, mais madura!

No dia seguinte, fez tudo para ir ao jardim, mas não conseguiu. Teve muitas aulas e, depois, muito estudo. O curso aproximava-se do fim e ela era muito consciensiosa e não queria defraudar os pais. Mas, logo que pôde, voltou...

e voltou a levar um livro… e voltou a sentar-se no mesmo banco… e voltou a vê-lo, ao longe, mas cada vez mais perto… Só que, daquela vez, ele parou e olhou-a nos olhos, dizendo:

— Olá. Eu sou o António. Posso sentar-me?

Sem baixar a cabeça, ela titubeou:

— Sim, claro. Eu sou a Margarida.

Tão simples assim… como se tivesse havido, entre eles, um acordo tácito. Conversaram animadamente… descobriram-se… analisaram-se… apreciaram-se… deram-se as mãos. Margarida sentiu, de novo, aquela sensação maravilhosa: "Ele é o homem da minha vida!". E disse-lho. António riu, um riso contagiante e cristalino. Falou:

— Tu és a mulher da minha vida, tenho a certeza!

Foi assim daquela vez e foi assim muitas outras vezes. Começaram a namorar e amavam-se… amavam-se tanto! Ele tinha trinta anos, era jornalista e mudara-se para a cidade algum tempo atrás. Muitas coisas os uniam… muitos gostos partilhados… muitos prazeres comungados… Duas almas gémeas. Ela gostava do seu ar um tanto descuidado… ele amava a sua postura certinha.

Voltando ao presente, Margarida olha mais uma vez as águas do lago… um sorriso nostálgico desenha-se no seu rosto. Tenta concentrar-se no livro… mas a natureza chama-a, clama pela sua atenção. Toda aquela ambiência exerce sobre ela um tal fascínio! Há quem diga que, no Outono, as folhas caem das árvores. Ela pensa que elas apenas se soltam de mansinho, porque querem dançar, antes de adormecerem no chão suavemente. Há quem diga que as árvores ficam nuas… ela pensa que elas apenas se despem para amar e, mais livremente, estenderem os seus ramos abraçando… tocando…acariciando. Margarida fecha os olhos e, de novo, entra na máquina do tempo.

Pois, o namoro tornou-se oficial. Ele ia a sua casa... ela ia a casa dele, que vivia sozinho. Os pais moravam numa outra terra e ele levou-a lá várias vezes. Apesar de tudo, Margarida não descurou os estudos. Ele queria casar, mas deu-lhe tempo de acabar a licenciatura. Queria casar e ter filhos. Adorava crianças e queria muito ver nascer e crescer os frutos do seu amor. Falava muito nisso... quase obsessivamente.

Nunca mais esqueceria aquele dia maravilhoso... o dia do seu casamento com o homem da sua vida! Foi tudo um sonho e ela sentiu-se uma princesa de conto de fadas. De tudo, porém, o melhor era o amor que via nos olhos de António... um amor que transbordava... que se notava... que toda a gente notava. Margarida arranjou o apartamento dele à sua maneira, emprestou-lhe o seu cunho mais feminino, o seu bom gosto natural e aí se instalaram. Curso acabado, sentia-se realizada até profissionalmente, pois depressa arranjou colocação como professora de Português e Literatura numa escola privada. E tudo corria bem...

Nova pausa... e um retorno à realidade. Aos ouvidos de Margarida chegam sons de vozes. Levanta os olhos do livro e vê um grupo de crianças... chilreiam alegremente. Entretêm-se a apanhar folhas do chão. Contemplam-nas por momentos e fazem-nas voltear no ar, como borboletas de asas coloridas. E riem... riem... Ela vê e uma sombra de nostalgia perpassa pelo seu olhar calmo, só algo triste. Um olhar de mulher confiante e cheia de esperança. E as lembranças assaltam-na de novo...

António cumpriu todas as promessas que lhe havia feito. Foi um marido carinhoso, atento, amoroso. Sempre! Davam-se muito bem... eram dois num só. A sua intuição não falhara, quando o viu pela primeira vez! Ele era mesmo o homem da sua vida e sabia – tinha a certeza – que ela era a mulher da vida dele. Falavam muito em ter filhos e também nisso, estavam de acordo. Ambos queriam... e amavam-se tanto! Ele dizia, muitas vezes:

— Não vejo a hora de ouvir uma criança linda como tu chamar-me "pai"!

O tempo foi passando: um ano, dois anos... As rotinas do dia a dia desenrolavam-se normalmente. Todos os meses, era a mesma ansiedade e a pergunta surgia inexorável: estarás grávida? Todos os meses, a resposta se transformava num esgar de desalento, que ele não conseguia disfarçar. O que se passava? Haveria algum problema? Tinham de saber! Tinham de averiguar! Consultaram médicos... fizeram exames, testes... e todos foram conclusivos: nada havia que pudesse impedir Margarida de engravidar. Não era estéril... António também não. Talvez fosse uma questão de ansiedade, uma questão meramente psicológica!

Com vinte e cinco anos... ainda era muito nova... estava muito a tempo. Sim, ele também o pensava, mas o que é certo é que começou a manifestar algum desânimo. Andava cada vez mais cabisbaixo... tristonho... mesmo infeliz! Ela compreendia e tentava animá-lo... não, não podiam desistir! Margarida tinha muita esperança de que tudo iria correr bem. Amava-o e tinha a certeza que iriam ter o fruto do seu amor, mais dia, menos dia. Só que António desanimava cada vez mais... a obsessão deixava-o de rastos. Às vezes, parecia irracional... nada que ela dissesse o consolava.

Começou, então, a parte mais negra da sua vida de casada. António não parecia o António que ela conhecera e que ela tanto amava e ainda menos o António que a amava! Saía todas as noites, depois de jantar... chegava tarde e, muitas vezes, embriagado. Adormecia na sala e nem sequer ia vê-la ao quarto. Silenciosamente, ela levantava-se, descalçava-o... tapava-o... acarinhava-o... No dia seguinte, quando acordava, envergonhado e triste, ia ter com ela... beijava-a carinhosamente... pedia-lhe perdão e amavam-se, como se fosse a primeira vez. E ele jurava que nunca mais faria aquilo. E ela aceitava o seu pedido de desculpas... compreendia... confiava... sossegava-o... Dizia que, quando menos esperassem, teriam uma criancinha maravilhosa a passear pela casa e ele ouviria aquela palavra que tanto ansiava ouvir: pai! E ela sentiria o júbilo de ser mãe... o prazer da maternidade!

Pois, mas o certo é que ele voltava a fazer o mesmo... às vezes, nem jantar vinha... as ausências eram cada vez mais prolongadas, cada vez mais penosas. Nunca a tratou mal... nunca a ofendeu... mas, simplesmente, parecia ter desistido de ser feliz. Ela sempre o compreendeu, sempre! Recebia-o com todo o carinho e o amor que lhe tinha parecia cada vez maior. Ela acreditava! Ele não!

Aquela situação estava a tornar-se muito complicada e difícil. Durante algum tempo, tentou escondê-la da família... mas não conseguiu fazê-lo indefinidamente. Todos lamentavam o que se estava a passar. Ela sabia que ele tinha de ser tratado, porque não era normal. António não era assim... aliás, ele já não era o António. Era um ser infeliz, atormentado, doente... Nas alturas em que estava bem, conversavam, dizia-lhe isso e ele concordava... concordava sempre. Todo era carinho e ternura! Mas... depois, a revolta voltava... o refúgio na bebida, na boémia, as ausências...

Até que um dia não apareceu... no dia seguinte, voltou a não aparecer. Ligou-lhe incansavelmente e ele não atendeu nunca. Procurou-o... ligou aos pais... foi ao trabalho... ninguém sabia dele. Quando decidiu ir à polícia comunicar o seu desaparecimento, uma mensagem: "Não posso continuar nesta vida, meu amor. Tu não mereces que eu te fira mais! Eu não te mereço! Não tenho o direito de fazer da tua vida um inferno! Amo-te, mas não me procures mais!". Então, deixou cair as lágrimas livremente... sentiu o corpo estremecer de mágoa e impotência. O que havia de fazer? Porque é que ele desistiu? Porque é que ele perdeu a esperança?

Durante dias, sentiu-se só... desamparada, mesmo que estivesse rodeada da família e dos amigos, que não a abandonaram nunca. Chorou muitas lágrimas acres de sal... feridas de dor e mágoa. O seu coração quase desmoronou... Quase, porque Margarida era uma mulher forte, resoluta... não ia desistir de viver! Não podia deixar-se abater. Não deixou. Pressentia que, mais cedo ou mais tarde, António havia de chegar... havia de voltar para os seus braços. Não sabia bem a razão, mas sentia que tudo ia mudar... acreditava. É preciso dar tempo ao tempo e claudicar não era um verbo que fizesse parte do seu léxico.

Fez bem. Fez muito bem. A sua resiliência foi recompensada, logo no mês seguinte. Não, António não regressou. Aconteceu algo melhor... mil vezes melhor! Sentiu-se a mulher mais feliz do mundo... sentiu que todo o sofrimento valera a pena. Sobretudo, pensou em como era importante a persistência e o amor! O amor nunca a abandonou, o seu amor por António deu fruto. A partir daquele dia, a esperança foi uma constante e ela era outra, sendo a mesma.

Margarida enxuga uma lágrima furtiva que lhe assoma aos olhos cor de avelã e lhe tolda um pouco o olhar doce e terno. Olha, de novo, as águas do lago, onde as folhas douradas flutuam como barcos de papel. Olha o céu já ligeiramente alaranjado pelo pôr-do-sol que se aproxima. Olha ao longe, para aquele lugar de onde lhe surgira

António pela primeira vez. Não, agora ele não vem lá… mas está com ela. Sente, dentro de si, um ligeiro tremor. Instintivamente, coloca as mãos macias no abdómen um pouco proeminente e, pela primeira vez, nota um movimento do seu bebé. Um sorriso desenha-se-lhe no rosto aveludado pela doçura de uma futura mãe. Ali está ela… uma mulher que não desiste… finalmente à espera do fruto do seu amor. Tem fé… acredita que António regressará. Há dias que o espera, ansiosa, para que, depois, os dois esperem a chegada desse filho tão desejado.

Levanta-se vagarosamente e pega no livro que, afinal, não leu. Não importa. Viajar no tempo faz sempre bem. Desistir? Nunca. O amor pode tudo… pôde tudo. Sente-o a fervilhar dentro de si, a formar-se dentro de si, a viver dentro de si. É boa a sensação de saber que alguém precisa dela para ser gente… para se formar… nascer! Já não é a Margarida estudante; agora, é a Margarida mãe. Quase tem a certeza que, ao chegar a casa, encontrará António à espera. Às vezes, basta acreditar!

O FOGO ENTROU NA CIDADE

Domingo, dia 15 de Outubro, ficará marcado no calendário da minha vida (de muitas vidas) pelas piores razões.

Amanheceu brumoso e tristonho. Parecia ameaçar chuva, mas não choveu. Teria sido bom!

As nuvens que taparam o sol eram cinzentas, carregadas...colunas de fumo densas e ameaçadoras.

À volta da minha terra, tudo ardia... estávamos cercados de incêndios. A sirene dos bombeiros tocara repetidas vezes e o seu toque até parecia cada vez mais angustiado, mais estridente. Presságio?

Entardeceu e o sol escondeu-se, sem que, afinal se tivesse visto todo o dia. O céu vestido de breu ficou ainda mais escuro, mas com uma flamejante tonalidade que, só por si, dizia tudo. Os incêndios continuavam... lá longe.

Nem uma pinga de chuva. Só o vento soprava, de vez em quando com bastante intensidade, quente e ameaçador. O ar começou a ficar irrespirável, pesado.

Várias vezes, fui até à janela e o clarão continuava tingindo o céu de vermelho. Será o inferno? – cheguei a pensar.

A dada altura, perscrutei o horizonte e, alarmada, vi misturadas com o rubor do céu, chamas que subiam, subiam... e crepitavam. Depois, tive a percepção de que a lonjura não era tanta assim. Ouvia distintamente o rugido do fogo, que avançou ameaçadoramente. Mas... o que se passava?

De repente, não mais que de repente, num ápice... todas aquelas fogueiras se aproximaram perigosamente da cidade, uma aqui, outra ali, outra mais além... Vi árvores arderem à minha frente, vi as chamas invadirem quintais, vi pessoas a correrem na minha rua, de um lado para o outro.

Desci... liguei a mangueira e comecei a aspergir o chão de mato rasteiro e seco à volta de minha casa. As faúlhas caíam do céu como flocos incendiados e ameaçadores. Continuámos a molhar tudo o que podíamos, eu e alguns vizinhos.

O cheiro a queimado e o ar sufocava as gargantas ressequidas. Comecei a ouvir gritos: "Fujam! Fujam!" e choros de crianças, impotência, horror...

Um carro parou ali perto. Um enfermeiro conhecido de bata branca, visivelmente alarmado, saiu a gritar: "O Centro de Saúde está a arder!". Fica do outro lado... como é possível... não é só aqui? – pensei.

Vi, a alguns metros de mim, uma árvore iluminar-se de chamas, como se fosse uma árvore de Natal.

"Não há nada a fazer! Vai chegar às casas! Vai arder tudo!"

Deixei a mangueira ligada, subi as escadas e disse à minha mãe:

"Vamos embora!".

Sem protestar, ela acompanhou-me, entrei no carro e comecei a dirigir-me não sei para onde. Na minha rua, várias pessoas regavam tudo à volta das casas e, um pouco mais acima, o fumo era tanto que não conseguia saber por onde ia. Parei em frente da casa de minha irmã, entrámos e saí de novo, só eu, para tentar ir a S. Paio de Gramaços e ao Bairro onde vivem o meu filho e a minha sobrinha. Quando cheguei à estátua do pastor, ardia estrondosamente a sebe de uma casa na Lameira. Como? Ainda há pouco ali tinha passado!... Já não pude seguir e voltei para trás.

Entretanto, ficáramos sem luz eléctrica, sem qualquer tipo de comunicação e não sabíamos de várias pessoas da família, nem tínhamos quaisquer notícias do que se passava.

Resolvemos ir para o centro da cidade, mais propriamente para o Largo Ribeiro do Amaral, onde vive outra das minhas irmãs. Carros e mais carros estacionados, tudo às escuras, o cheiro a fumo e a queimado persistentemente inexoráveis! De vez em quando, ouviam-se rebentamentos uns mais perto, outros mais longe – botijas de gás.

Fomos ouvindo notícias cada vez mais assustadoras: "ardeu a Casa da Obra"; "ardeu a Coitena"; "ardeu Gavinhos de Cima"; "há mortos"; "explodiu a Agloma"... Uma profunda angústia se apoderou de mim: o meu filho trabalha e estava lá. E sem poder comunicar, sem poder saber nada. Felizmente, passado não muito tempo (embora me tenha parecido interminável), recebi uma SMS dele a dizer que estava bem, que tinham evacuado o local, iam para Seia e a fábrica ardia, sim, mas não explodira. Isso seria a catástrofe total!

As notícias não abundavam, mas eram sempre aterradoras!

Naquelas horas que ali passei, a imagem que me aflorava à mente era de que já não ia encontrar a casa de pé, que tinha perdido todas as minhas coisas...

Por volta das 04:00 da madrugada, resolvi meter-me no carro e vir ver o que se passara e se tudo já estava mais calmo – ou não! Assim fiz. Toda a cidade mergulhara num silêncio reverente... o centro não fora afectado... pelos vistos, só as zonas limítrofes! Quando cheguei ao cimo da minha rua, avistei a casa intacta e tudo parecia sossegado. Ainda não voltara a luz... No escuro, vislumbrei resquícios de chamas aqui e ali, perigosamente perto. Entrei e quase acariciei com os olhos cada pedacinho deste lugar que me serve de morada!...

Voltei à cidade. Viam-se nas ruas pessoas que regressavam a suas casas, porque muita gente esteve recolhida no Pavilhão Municipal e em outros lugares.

Eu só queria ir buscar a minha mãe e a minha tia para voltarmos e ainda tentarmos descansar um pouco, permitindo à minha irmã, filho e nora que o fizessem também.

Não foi logo. Por volta das 06:00, lá regressámos. Preciosa a ajuda dos mais jovens, Artur e Sara!

A minha mãe, muito nervosa, muito perturbada... sem perceber bem o que se estava a passar... Por volta das 07:00, sossegou e ainda dormimos um pouco. Quando acordei, já era dia e a luz voltara. Mas nada de NET, nada de telefones, nada de televisão... Começámos a saber o que se tinha passado, por uns e outros que, entretanto, foram chegando.

Todo o concelho de Oliveira do Hospital, incluindo a cidade, foi muitíssimo afectado: arderam fábricas, estaleiros, armazéns, jardins, carros... houve acidentes, pelo menos duas mortes. Os prejuízos serão incalculáveis!

No rescaldo, hoje, Segunda-feira, esteve tudo praticamente fechado e inoperacional... sem comunicações... Agora que escrevo estas linhas, continuamos incomunicáveis.

O pior já terá passado? Se não chover abundantemente e com brevidade, tudo continuará muito complicado para nós, portugueses! Quanto a nós, oliveirenses, é tempo de lamber as feridas e seguir em frente, tentando colmatar os reveses e aquietar os corações sofridos. Pede-se calma... exigem-se soluções!

Não me lembro de ter vivido nada de semelhante até hoje! Tenho consciência de que este dia ficará marcado na minha memória e tatuado na minha alma para sempre!

O fogo entrou na cidade e enchamejou-nos de terror e lágrimas!

O Fogo Entrou na Cidade

O Principezinho Descobriu...

Naquela manhã, o principezinho levantou-se cedo. Mal acabara de nascer o sol... uma ténue luz vislumbrava-se no horizonte. Tudo estava calmo, tão calmo como o seu coração palpitando mansamente.

Ele sabia. Ele tinha a certeza de que, naquele dia, iria encontrar algo de novo. Afoitamente, seguiu pelo caminho deserto. De um e outro lado, as árvores pareciam protegê-lo, encorajá-lo... Eram lindas, fortes e estavam ornamentadas de folhas verdinhas e alguns botões prestes a desabrochar. Lembrou-se dos seus embondeiros, de troncos muito mais grossos e, às vezes, um pouco ameaçadores. Teve saudades, mas secou uma gota de água cristalina que teimou em saltar-lhe do olhar doce.

Seguiu em frente. Ele não sabia sequer o que procurava... A sua amiga raposa dissera-lhe que, na Terra, havia muitas coisas maravilhosas, embora outras tantas menos boas. Ele só queria saber do que era belo, dos sentimentos, do essencial. Ela tinha-lhe dito:

— O essencial é invisível! Só se vê bem com os olhos do coração!

Algo lhe despertou a atenção. Primeiro, não viu de que se tratava. Perscrutou ... ele não sabia o nome, mas tinha troncos... folhas... flores... Estas eram semelhantes à sua rosa, à sua querida rosa, mas havia tantas!...

Baixou-se um pouco e, depressa, aspirou um perfume inebriante, que quase o entonteceu. Mas... — e aí é que estava a maior maravilha! – por entre os ramos, um pássaro chilreava agachado sobre vários ovos numa espécie de caminha redonda. Como se chamaria aquilo? Tinha de perguntar à amiga.

Entretanto, o sol já brilhava por toda a parte e uma brisa cálida abanava as folhas das árvores. Rapidamente, dirigiu-se à toca da raposa que, por acaso, até estava à entrada. Olhou-o com alegria, mas também curiosidade. Não era àquela hora que tinham combinado ver-se.

O principezinho sorriu e abraçou-a com carinho. Tinha tanto para lhe contar! Queria falar-lhe das suas descobertas e saber o nome delas. Sempre rindo como se fossem sininhos a tocar, com o seu cachecol esvoaçando, falou... falou... falou... A raposa ouviu-o com atenção e disse:

— Isso que viste chama-se roseira e é uma planta que dá rosas, muitas rosas! Sim, como a tua... que é especial e única, porque é TUA. O passarinho está no ninho a chocar os ovos, para as crias nascerem. Muitos outros estão a fazer o mesmo noutros lugares e, não tarda, bandos de aves esvoaçarão pelo céu! Isso está a acontecer, porque chegou a Primavera!

O menino deu uma gargalhada de tanta alegria, que parecia uma campainha a tilintar... Tinha vontade de fazer mais perguntas, mas disse só:

— Que linda deve ser essa Primavera!

O QUE É E PARA QUE SERVE A LITERATURA?

A palavra literatura deriva do latim "litteris", que quer dizer "letras" e, possivelmente, teve origem no grego "grammatikee". É, indubitavelmente, uma arte, que consiste em bem trabalhar as palavras... correctamente escritas... de uma forma criativa, coerente, apelativa... Embora possamos escrever textos, atendendo a determinadas premissas, como a gramática, a pontuação, o fio condutor, a lógica... nem tudo pode considerar-se literatura. A verdadeira, quer seja em prosa ou em poesia, tem de ser uma construção artística, que nos leve a apreciá-la, como se faz com uma pintura, uma escultura ou outra qualquer forma de arte. Portanto, um texto será literário, quando possui essa característica estética, que consegue provocar, em quem lê, um sentimento de admiração, de êxtase, de catarse emocional. Um texto será literário, quando provoca o desejo de quase pertencer à trama, fazer parte dela... quando nos transporta a um mundo diferente do nosso, quando nos faz alhear do que nos rodeia...

Há vários tipos de textos e, evidentemente, nem todos podem considerar-se literatura. Há-os meramente informativos, científicos, jornalísticos... Pretendem transmitir conhecimentos, saberes... O texto literário, embora também possa instruir, pretende, sobretudo, emocionar o leitor... levá-lo não só a ler, mas a sentir o que lê, de modo íntimo e próprio. O escritor utiliza as palavras com beleza, de forma metafórica, com rendilhados e de modo a cativar o leitor, a interessá-lo, quase a hipnotizá-lo, digamos assim. Daqui se pode também concluir que nem todas as pessoas que escrevem são escritores, ou, pelo menos literatos.

Resumindo, a literatura é uma arte e, como tal, quem escreve tem de ser um artista, alguém que cria beleza e sente intensamente o que faz, de tal modo que quase se esquece de si próprio. Um escritor sente a sua obra como um fim e não como um meio. Um pintor usa tintas, pinceis, telas... Um escritor usa as palavras, sentindo-as e um livro é uma obra de arte. Depois, há vários tipos de literatura: prosa, poesia, teatro... e dentro destes, ainda formas diferentes. A literatura é um mundo quase inesgotável.

Para que serve a literatura? Como quase todas as artes, a literatura ajuda-nos. Preenche vazios, que existem na nossa vida. Freud dizia que, em todas as vivências, há sempre um certo mal-estar. Raramente, conseguimos concretizar todos os nossos sonhos, somos surpreendidos por reveses, doenças, angústias... que nos amarfanham, que nos provocam sensações de caos, de impotência, de nada... Então, a literatura ajuda a preencher tudo o que é oco em nós, como que nos completa... faz-nos esquecer as limitações que sentimos, transportando-nos para outros mundos, ajudando-nos a viver as vidas que não temos, mas que desejamos, leva-nos para fora de nós, nem que seja por momentos. Não é um mero entretenimento; civiliza-nos... humaniza-nos... faz-nos compreender...

Jean Paul Sartre disse "que as palavras são actos e que uma peça literária, pode mudar o curso da História" – fim de citação. A literatura pode ser a melhor maneira de nos aliviar da nossa condição de seres mortais, de transformar o impossível em possível, pelo menos enquanto lemos e nos imbuímos do que estamos a ler. Concluindo, a literatura não serve só para entreter-nos... é um veículo que nos pode conduzir, através de mundos inimagináveis, estimulando até a nossa vida e maneira de ser.

QUASE INACREDITÁVEL!!!!

Às vezes, contam-se histórias que são pura ficção, sob todos os aspectos. Outras, têm um fundo de verdade, à volta do qual se tecem comentários, se acrescentam pormenores.

Ontem estive a falar acerca dos atropelos à Língua Portuguesa, dos erros ortográficos, que são imensos, mais graves ainda quando são docentes, profissionais da escrita a cometê-los, como se verifica tantas vezes. Por outro lado, os alunos têm cada vez maior tendência para o erro, não sei porquê. Ou melhor, eu tenho uma opinião a esse respeito, mas não sei se será a correcta. Os instrumentos informáticos, o desinteresse pela leitura... não serão inocentes, neste aspecto. No entanto, a formação dos professores não é, agora, tão eficiente como era nas antigas Escolas do Magistério. Penso eu. Infelizmente, vejo muitos licenciados a dar erros, a redigir mal e a demonstrar um deficiente conhecimento de assuntos como história, geografia... cultura geral.

O que vou contar passou-se mesmo e exactamente assim.

Numa escola do meu concelho, houve um incidente entre dois alunos e um deles beliscou o outro, de forma bastante agressiva, deixando-o marcado. A professora interveio e resolveu dar conhecimento aos pais, escrevendo na caderneta do aluno um relato do que sucedeu. Quando estava a fazê-lo, surgiu-lhe uma dúvida. Chamou a auxiliar de acção educativa e perguntou:

— Olhe, "buliscão" escreve-se com "o" ou com "u"?

A inquirida respondeu:

— Senhora professora, diz-se beliscão, beliscar...
Portanto, nem é com "o", nem com "u"!

A docente ficou vermelha... não sei se terá resolvido
consultar um dicionário... não sei se agradeceu a quem, não
sendo licenciada, sabia mais do que ela... mas que deve ter-
se sentido envergonhada, isso, de certeza!

Por estas e por outras, é que eu penso o que penso e
já disse atrás!!!... Lamentável!

MÃE

Primeiro, são dois corpos num só corpo. Um útero feito de amor, um sentimento que já avassala o coração da mãe. Quase diria que logo, logo que é concebido, ela daria a vida por ele. É algo indescritível e inteiro e limpo. O seu viver passa a ser em função daquele grãozinho, que sente a crescer e a desenvolver-se dentro de si.

Mãe é isso: um receptáculo de ternura. Dá-se em toda a sua plenitude e na sua sensibilidade de mulher. Desde logo, é fêmea protegendo a cria. Esta, dentro de todo aquele aconchego, o que sentirá? Ninguém, que se saiba, tem memórias pré-natais. A mãe, sim. Sente tudo, ouve tudo, prevê tudo. Sabe que aquela vida depende da sua vida. Antes e depois. É um elo indestrutível, que perdurará no tempo, que nada conseguirá quebrar.

Até que chega o momento de parir. Com alguma pena, vê ou apenas se apercebe de que aquele ser que fez parte de si, vai sair de si. E entrega-se mais uma vez e esforça-se. Trespassada pelas dores, consegue sentir júbilo. Alegra-se e ri, por entre as lágrimas, por entre a força que tem de fazer. No instante de parir, a expectativa de ver pela primeira vez, quem já conhece há nove meses. Alguém com quem conviveu e por quem viveu. Alguém que fez parte do seu corpo, foi um pedaço de si. Faz-se luz e os olhos iluminam-se ao ver sair de dentro dela, aquela criatura: o seu filho! Sente-se poderosa! Como foi possível conseguir aquele milagre? Como pôde o seu corpo dar guarida e ajudar a formar outro corpo? Sente que conseguiu e conseguiu mesmo!

Mais magias estão para acontecer. Dos seus seios escorre o líquido lácteo que vai alimentar o filho. Do seu coração, brota em catadupas todo o amor que sente por ele. Jamais deixará de sentir. É um turbilhão de sentimentos, que a fazem rejubilar. Ao sentir aquele rostinho junto do seu, intui que nunca mais estará sozinha. Ao beijar aquela pele rosada e lisa, é como se fosse um prolongamento da sua própria pele. O carinho e a doçura de mãe são inesgotáveis!

Tudo volta a ser como no princípio: são dois corpos num só corpo!

LEMBRO-ME DE CADA UMA...!

Ouvia contar esta história não da carochinha, mas do meu pai. Ele era lindo... de olhos azuis... alto... bem constituído... Tinha um porte distinto. A alguém eu puxei! — presunção e água benta cada um toma a que quer. Também era vaidoso e era pobre. O seu maior defeito, mas não se atrapalhava nem dava parte de fraco. Com o seu fatinho, uma gabardina tipo Inspector Columbo, muito dobradinha debaixo do braço... era um pão o meu pai!... Até lhe chamavam engenheiro e ele nunca pôs os pés na Universidade!...

Fumava e os cigarros mais caros não eram para o bolso dele. Havia, na altura, uns sem filtro chamados PROVISÓRIOS e outros chamados DEFINITIVOS. Até se costumava dizer: "Vale mais fumar Definitivos provisoriamente do que Provisórios definitivamente". Disto ainda me lembro, assim como me recordo bem de ver o meu avô Abel Braga a fazer os seus próprios cigarros com a mortalha e o tabaco estendido sobre ela. Bons tempos!

O meu pai era caixeiro-viajante. Certo dia, estava na tasca/mercearia/loja de uma qualquer aldeia da serra, a atender a dona, senhora ainda nova e simpática. Faltou-lhe o tabaco. Só fumava do mais barato, mas como manter a finura diante da senhora? Parecia mal que um senhor tão distinto fumasse coisa tão reles! Ah! Mas... ele descalçou bem aquela bota. Perguntou à dona da tasca/mercearia/loja:

— Acabou-se-me o tabaco e eu só fumo uma marca muito boa que se chama STUDEBAKER. Tem?

— Ai, não, Senhor Braga, só tenho DEFINITIVOS.

— Bem, então, para remediar, venda-me um maço desses, se faz favor.

Onde é que está a graça? Bem, STUDEBAKER era a marca de um carro que foi muito famoso nos anos 50 do século passado. O meu pai lembrou-se de dizer que fumava uns cigarros que, afinal, eram carros. Felizmente a senhora não sabia!

E, assim, lá conseguiu manter toda a pose que a sua bonita figura lhe conferia, não a conta bancária!

LEMBRO-ME...

Lembro-me de viver este dia com enorme expectativa... como se fosse algo maravilhoso e diferente. Era criança. Os haveres eram poucos. Mas... o amor era muito. Sentia isso... sentia todo o carinho que me davam os meus pais... a minha avó. Ai, a minha avó querida!

Lembro-me de esperar a meia-noite com entusiasmo. Comíamos uma passa a cada badalada e formulávamos desejos. Certamente simples e pueris, como simples e pueris nós éramos.

Lembro-me de virmos até à porta com tampas de alumínio... que batíamos com grande frenesim e barulheira. Gritávamos para afugentar o ano velho... Saudávamos o Ano Novo e recebíamo-lo cheios de entusiasmo... alegria... esperança...

Lembro-me de tudo isso muito bem. Acreditava na vida... nas pessoas... no mundo... Tinha tantos sonhos! Tinha tanto amor! Havia tanto "ser", embora tão pouco "ter"! E era feliz, porque sim.

Não via muros... só via pontes de união, carinho, verdade!

O tempo foi passando... inexorável/frio/indiferente. Levou pessoas... aniquilou sonhos... destruiu corações...

A minha avó querida ainda não era velha... quem tem 69 anos não é velho... e ela amava a vida... ela queria viver... Eu tinha pensado compensá-la de todos os males que a atormentaram no passado difícil. Eu tinha até pensado ensiná-la a ler e a escrever. Eu sabia que ela adoraria.

Ela não queria partir... e dizia que não queria ser esquecida.

Mas... partiu naquela tarde cinzenta e triste de 31 de Dezembro de 1977.

Sim, faz hoje 39 anos... e, desde aí, este dia nunca mais foi de festa... de expectativa... de alegria. Nunca mais!

Minha avó, tu sabes que não foste... nem nunca serás esquecida!

A Minha Paisagem

Mesmo quando o dia está chuvoso, é feito de luz o que avisto. Da entrada modesta, mas alindada com gosto, vejo a minha terra acordar. O dia começa e lá está a sentinela da torre da igreja. Mais alto ainda, apontando para o céu, os cimeiros ramos da tília tomentosa, a nossa árvore centenária. Os anos vão passando e ela lá continua a par e passo com as estações. Agora, despe-se despudoradamente das folhas que o Outono doirou. Mas permanece, não foge, nem capitula. Morrerá de pé. Quando? Um dia em que espero já não estar cá para sentir tal tristeza!

Num plano ligeiramente inferior, avisto os Paços do Concelho, aquele majestoso edifício, símbolo do poder autárquico. A minha Câmara. Não sei porquê, mas a sua visão, ainda que um pouco longe, transmite-me confiança. Afinal, quem lá está, trabalha para o bem-comum e pensa em mim, em nós. Creio!

Vou alargando o olhar e vislumbro os prédios altos, talvez um pouco incaracterísticos, próprios de um meio citadino. Não consigo ver o bulício, o movimento de vaivém das pessoas, dos veículos, mas sinto o pulsar do quotidiano, como se estivesse entre eles. Sinto, porque sou da terra e ela é minha. Somo-nos. Pertencemo-nos.

Os meus olhos fixam-se na paisagem mais perto, cada vez mais perto. As árvores, muitas, algumas ainda verdes, outras já ruborizadas de Outono ou amareladas como o mel. Os campos, onde, às vezes pastam cavalos, não muitos, mas que, no seu trote elegante, deliciam e embelezam. Também rebanhos de cabras, ovelhas se alimentam nestes prados. São, mais uma vez, sinal de vida, de continuação ou até da perpetuação das espécies autóctones. Não podemos perder estes tesouros, que fazem parte do nosso património.

Paro num lugar especial e quase me esqueço que o tempo passou. Já nada é como foi. Viajando no tempo, consigo pensar que ainda sou menina. Lá está ela, a Casa de Baixo, onde tanto brinquei e ri e também chorei. Vivi. Não, foi mais do que isso: vivenciei cada espaço, cada janela, cada porta. Lá sonhei e tornei-me a pessoa que sou. Aliás, penso que foi aquele ambiente que moldou esta minha alma inquieta e sonhadora.

Por momentos, regressei ao passado e ausentei-me. Voltando à realidade, os meus olhos encontraram o trilho perdido. Ou melhor, penso que foram os meus ouvidos que me fizeram achar o caminho. Um som muito característico fez-me despertar do devaneio nostálgico. Pois, quanto mais chove, melhor se ouvem as águas correntes do Rio de Cavalos, mesmo ali ao fundo. Saltitando, saltitando e, de repente, contornam rochas, silvedos e precipitam-se numa cascata de espuma branca. Buliçosa e bela, tão bela! É ali que me detenho... apaixonada pela sua beleza! É minha também. Faz parte da minha paisagem. Está tão perto que tenho a sensação de quase tocá-la... com as mãos ávidas. É com estas minhas mãos que gosto de sentir a maravilha contida nos pormenores, mas é o coração e a alma que me transmitem as emoções.

Será presunção da minha parte pensar assim acerca de um pequeno ribeiro? Será vaidade chamar cascata àquela pequena queda de água? Aquela corrente é o meu Tejo... aquelas cortinas de espuma são o meu Niágara! O seu ruído é como uma peça musical, uma ópera de Verdi ou uma sinfonia de Beethoven. Perdão. Perdão por ser assim – como dizer? – tão bairrista! Sou, mas sei bem da importância que sempre teve para as populações daqui este regato, que nascendo em S. Paio de Gramaços, nos bafejou com esta travessia benfazeja. Toda a povoação se foi desenvolvendo em seu redor, beneficiando das suas águas.

A terra acordou e vi-a acordar. Durante o dia, choveu bastante. Cada pessoa cumpriu as suas tarefas. O tempo, como sempre, foi-se escoando como areia numa ampulheta. A vida fluiu e fez-se.

Depois, lentamente, senti (mais do que vi) a minha paisagem ir adormecendo. Ao longe, olho as sombras que recortam as copas das árvores, os telhados das casas, a torre da igreja e, mais uma vez, a tília vigilante. A noite caiu sobre a cidade e os ruídos foram esmaecendo. Luzes artificiais ponteiam, agora, a natureza, as ruas que adivinho por entre os edifícios. A neblina dá ao céu uma tonalidade feérica, misteriosa... como num conto de fadas. Há mesmo fantasia pelo ar. Aliás, a noite, ainda que chuvosa, tem sempre a luz do sonho e da magia. Olho o breu e imagino uma floresta, onde vagueiam fadas e duendes. Esgueiram-se por entre os troncos erguidos ao alto, de ramos retorcidos num abraço. Espaço impenetrável, pejado de esconderijos, tocas, onde dormem animaizinhos e sonham aves canoras.

Já não consigo ver a minha cascata. Só ouço. Distintamente, chega até mim o marulhar das águas que caem... caem... correm sem se deter. Escuto o vento que, às vezes, parece zangado. Penso que tem razão. Afinal, nós fazemos tantas tropelias na natureza! Ela deve tê-lo encarregado de reclamar, o que ele faz muito bem. Deve ser quem traz até mim a minha cascata, sob a forma de uma canção entoada por uma voz ou talvez muitas vozes... todas inebriantes!

Daqui a pouco, também adormecerei, embalada talvez pelas recordações. De certeza, sonharei com a minha paisagem.

Amanhã, lá acordará ela de novo para mais um dia. Afinal, a vida é feita de ciclos, que se vão repetindo, um após o outro.

As águas da cascata já não serão as mesmas, eu sei. Uma coisa é certa: senti-las-ei tão minhas como sempre, porque sei que elas cantam para mim!

AMO AS PALAVRAS!

É verdade. Sou uma apaixonada pelas palavras. "A minha Pátria é a Língua Portuguesa!" – já dizia Fernando Pessoa, através do seu heterónimo Bernardo Soares. Assim, exaltava ele a Língua, as palavras e o seu amor por tudo o que lhes dizia respeito. Subscrevo, embora sem a sua genialidade. Aliás, a sua arte literária está a anos-luz de distância do meu "certo jeitinho" para a escrita.

No entanto, isso não me impede de amar a nossa Língua-Materna. Talvez por isso, abomine tanto o Acordo Ortográfico de 1990 e a sua implementação no nosso País, passados tantos anos de ser elaborado, mas há tempo suficiente para já ser difícil de revogar. Penso que há coisas que constituem verdadeiros "assassinatos" da Língua Portuguesa. Concordo que qualquer idioma evolui, sofre mudanças através dos tempos, mas assim? A L.P. que tem várias influências (latim, grego, árabe, principalmente) é rica de vocábulos, muito rica! Cheia de pormenores e peculiaridades, cheia de subtilezas, que a tornam, porventura, difícil, mas bela e de aliciante estudo. Digo eu.

Sempre disse isso. Felizmente, nunca tive de ensinar segundo o AO90. E, sendo assim, também não o adoptei. Felizmente que a SPA dá liberdade aos autores de o usarem ou não. É vermos que os grandes vultos contemporâneos da Literatura Nacional são contra.

Há quem goste, pois há. Ainda bem que há! Se todos tivéssemos as mesmas ideias, se todos pensássemos da mesma maneira, já viram a monotonia que era? Da discussão nasce a luz e é sempre bom ouvir opiniões discordantes. Respeito.

Voltando às palavras e ao meu amor por elas, na minha vida enquanto docente, sempre procurei contagiar os alunos com este gosto. Mais, sempre procurei estudar com eles a etimologia, para que melhor compreendessem. Sempre procurei inspirá-los, no sentido de aproveitarem a riqueza da nossa Língua, criando hábitos de leitura e escrita. Estimulava-os muito nesse sentido e fui conseguindo muito bons resultados nos meus 32 anos de docência ininterrupta.

Nunca gostei de disfarçar as palavras e de infantilizá-las. Gostava que eles não as temessem, nem tivessem medo de as usar. Como se costuma dizer, "chamava os bois pelos nomes". Um automóvel é um automóvel, não é um popó. A comida é a comida, não é a papa. Até na linguagem matemática, usava desse rigor, nos diversos termos. Por exemplo, não há nenhuma operação chamada "conta de mais" ou mesmo soma. A operação chama-se adição e o resultado é que é a soma.

Dizia-lhes muitas vezes:

— Meninos, não tenham medo das palavras!

Lembro-me que, um certo dia, uma garota me disse:

— Senhora Professora, eu já não tenho medo das palavras!

Que bem me senti naquele momento!

DIVAGAR

Percorro caminhos imaginários e vejo paisagens de encantar. Olho as serras que me rodeiam e, num instante, subo até àqueles cumes que, de longe, parecem chamar-me.

Vou à Estrela e contemplo todas aquelas esculturas rochosas, as nascentes, as lagoas... Vejo de perto os Cântaros, a Pedra do Urso, o Poio do Judeu... E o Covão d'Ametade? Lugar maravilhoso de onde parte o Zêzere para serpentear pelo Vale Glaciar, bem fundo até ir ter com o Tejo, em Constância. Às vezes, parece coberta por um lençol de linho, tão branco e tão leve! A neve dá-me uma sensação de plenitude, de infinito! Leve e fria... fria e leve!... E nem o frio me rasga, nem me fustiga o vento. Afinal, continuo na minha sala. Estou só a divagar!

Também vejo o Açor, o Caramulo e já lá tenho ido espreitar também. Um dia, perdi-me na Mata da Margaraça e deslumbrei-me com a Fraga da Pena. Lindas! Ouvindo o som harmonioso da água da cascata, fechei os olhos e sonhei. Esqueci-me do mundo e a poesia do lugar inebriou-me de tal modo que já nem sabia onde estava. Perdi-me, sim mas depressa me orientei. Afinal, continuo na minha sala. Estou só a divagar!

No Caramulo, pedras e mais pedras deram-me uma ideia um pouco lúgubre e tristonha. Ruínas de hospitais onde antigamente se trataram muitos tuberculosos emprestam ao local um ar de nostalgia e tristeza. Foram anos difíceis, em que muita gente sucumbiu à doença na altura incurável. Até alguns familiares meus, de que ouvi falar!... Resolvi ir visitar o Museu do Automóvel, sempre seria mais agradável. Ena, tantos carros e alguns tão antigos! Consegui entrar num. Não porque fosse muito bonito! Pelo contrário, era escuro e feio, até por dentro, me pareceu ameaçador. Quando quis sair, não consegui abrir a porta. Fiquei aflita e gritei. Alguém me acudiu e me disse que aquele carro tinha sido do Salazar. Quase me pus em sentido com tanta austeridade! Nada demais, afinal continuo na minha sala. Estou só a divagar!

É assim que a minha mente viaja, imaginando lugares... vivendo aventuras... Gosto destas divagações e deixo-me levar pelo sonho e pelo pensamento.

Já estou a pensar noutro destino. Mesmo estando longe, para a próxima quero ir ver o mar!

OS MEUS AVÓS

Como toda a gente, tive quatro avós, dois avôs e duas avós. Um deles, o avô materno, morreu esmagado por um comboio na passagem de nível de Canas de Senhorim, uns anos antes de eu nascer. Nunca se soube se terá sido negligência da guarda, que se terá esquecido de fechar a cancela. Ou se terá sido o meu avô, com a sua teimosia, a passar ignorando a iminente chegada do trem. A minha mãe tinha 14 anos.

A única lembrança que tenho dele é uma fotografia que havia lá em casa e que era levada para o cemitério no Dia de Finados. Confesso: isso fascinava-me e imaginava como ele teria sido. Sei que não era muito alto e era bastante moreno. Alentejano de Estremoz, veio parar às Beiras e aqui ficou sepultado. Era uma pessoa de posses, armazenista e vendedor por conta própria. Também o recordo do muito que sempre ouvi falar acerca da sua verticalidade, mas também do seu mau feitio intransigente e algo injusto. Contaram-me algumas histórias acerca dele. Atestam bem o seu carácter, a sua honestidade, mas também o seu feitio difícil. A minha mãe contou-nos que, um dia, sentado à secretária, estava meio "à bulha" com o agrafador, que não queria funcionar. Farto disso, resolveu acabar com ele. Então, chamou a filha e disse:

— Ó Fernanda, o que te parece isto?

A minha mãe quase não reconheceu nada naquela amálgama de arames torcidos. No entanto, querendo ser agradável, disse:

— É um agrafador.

Para sua surpresa, o pai cada vez mais enraivecido, ripostou:

— Ai, ainda parece um agrafador?

Então, foi buscar um martelo e furiosamente, acabou a destruição do aparelho que já não teria mesmo mais préstimo para nada. Bem elucidativo, não? Puxa, que mau feitio!

Conheci muito bem os pais do meu pai, o meu avô Abel e a minha avó São. Ambos de olhos azuis, mas completamente diferentes em tudo. Ela era alta, magra, imponente, não muito afável. Um cabelo loiro e abundante emoldurava-lhe o rosto magro. Adorava vê-la pentear-se! Infelizmente, os olhos azuis eram míopes e, a partir de certa altura da vida, teve de usar óculos. Quando "punha a língua na carreira", era capaz de "enxovalhar uma estrela"! Assim ouvia dizer e é engraçado como estas características não se perdem. Tenho uma irmã que também é um pouco assim. Por outro lado, era generosa e diziam: "é capaz de dar a camisa que traz vestida para dar a alguém necessitado"!

O meu avô Abel era um doce: simpático, afável, de humor constante e fácil! Eu adorava ouvi-lo contar aquelas histórias do passado. Era de um sentido de humor incomparável. Fartava-me de rir! Uma altura em que deixou crescer a barba, chamavam-no o "Cristo Velho" – contou-me ele. Tinha dois bancos, mas não era banqueiro. Ainda bem! Trabalhava a madeira e era meticuloso no ofício de carpinteiro, embora também vagaroso e, por vezes, um pouco indolente. "Se a honestidade tivesse nome, chamar-se-ia Abel Braga!" – disse-lhe uma vez um juíz, durante um julgamento, em que foi servir de testemunha. Isso orgulha-me!

— Ó avô, então como está a avó?

— Ai, filha, está muito mal doente! – e ria-se.

E, quando ela se queixava e fazia-o frequentemente:

— Queixas-te, mas eu ainda hei-de morrer primeiro do que tu!

Morreu mesmo. Não aguentou a morte prematura do meu pai e partiu poucos meses depois. Doeu-me a sua morte, bastante!

Por fim, mas por ser a mais importante, a minha querida avó. E quando digo assim, refiro-me à mãe da minha mãe. Pequenina, baixinha, gordinha, de rosto risonho, era a simpatia em pessoa. Naquelas mãos manchadas e maltratadas, havia uma ternura sem igual. Aquele coração doce dava e dava-se sem restrições. Para mim (nós) ela foi tudo: avó, mãe, amiga compreensiva e sempre presente! Analfabeta, mas extremamente inteligente, de uma perspicácia fora do comum, impunha-se e toda a gente gostava dela. Que vida difícil ela teve, quanto sofreu e pelejou pelos filhos, pelos netos!... Deu-se inteira, esgotou-se e partiu, quando nós estávamos em condições de lhe proporcionar uma vida mais descansada! Poucos meses depois do meu pai, no último dia do ano de 1977. Nunca perdoei à vida este roubo!

Não vou mentir. Ao falar de avós, é nela que penso, é ela que trago no coração. É por ela que ainda hoje choro! Ela personificava tudo o que uma avó é ou deve ser!

"Deus me leve para o céu muito velhinha!" – dizia e , logo a seguir: "Muito velhinha não, porque assim não deixo cá saudades!"

Quantas deixou, minha querida avó! Não há um só dia que não seja lembrada!

No dia que é dedicado aos avós, a minha homenagem aos meus.

Os Meus Avós

Onde Estavas no Dia 25 de Abril de 1974?

Armando Baptista-Bastos costumava fazer esta pergunta às personalidades que entrevistava. Foi um grande jornalista e escritor. Era uma pessoa com muita classe, que nunca dispensava o seu lacinho ao pescoço; gravata não era com ele!

Lembrei-me disto agora. Sim, agora que está a findar o dia 25 de Abril, 46 anos depois. Estamos em 2020 e a viver momentos únicos de tristeza e horror. Mergulhados numa pandemia, que nos tira a liberdade. Confinados em casa e impedidos até de sair para festejar a Dia da Liberdade. Felizmente, o pensamento tem asas e, essas, não há vírus que as consiga cortar. "Não há machado que corte a raiz ao pensamento" – escreveu Carlos de Oliveira e cantou Manuel Freire.

Eu responderia com presteza e sem hesitações à pergunta de Baptista-Bastos. Lembro-me perfeitamente daquele dia.

Era uma jovem professora a viver o seu segundo ano de docência. Como sempre e, porque dava aulas de manhã, levantei-me cedo. Ao volante do meu Renault 5 cor de palha que me custara 90 000$00, lá vou eu até ao vale do Alva. A estrada não era nada boa, mas a paisagem compensava. Linda de morrer e, lá em baixo, o rio a serpentear por entre as rochas. Dava aulas numa pequena aldeia de gente muito sã. Na altura, chamava-se Rapada e uma história engraçada dera origem ao topónimo. Depois, não sei a razão, mudaram-lhe o nome para Santo António do Alva.

Chegada lá, repetiu-se o ritual de todos os dias. O carro tinha de ficar estacionado um pouco distante. Havia que atravessar a ponte sobre o rio. Ah! Quantos sonhos naquela cabeça que via reflectida nas águas! A escola ficava lá em cima, no meio de pinhais, subindo uma rampa algo íngreme. Os miúdos, mal me viam chegar, vinham ter comigo para me ajudar e levavam tudo o que podiam. Eram tão queridos! Ainda hoje me dou com eles e vejo alguns, de vez em quando.

Dei as minhas aulas normalmente até às 13:00. Quem não sabe é como que é cego! – dizem. A verdade é que não sabia nem soube de nada.

De tarde, era monitora no posto da Telescola de Penalva de Alva, uma experiência muito gratificante de dois anos. Para lá me dirigi e levava comigo dois alunos, o Luís e a Irene. Parava o carro perto da escola e lá é que comia qualquer coisa, que me servia de almoço.

Também ali uma rampa empedrada era o acesso ao edifício escolar de duas salas, muito bonito, com um recreio murado de onde se avistava o rio e o vale de que ele tão bem cuidava. O verde imperava naquela altura e tudo floria.

Quando cheguei à porta, a colega Olga dirigiu-se-me e disse:

— Hoje não há transmissão. Parece que aconteceu algo em Lisboa, uma revolta que depôs a ditadura. De vez em quando, vem um locutor falar e ouve-se sempre a mesma música.

Entrei e vi o Fernando Balsinha a ler um comunicado do Movimento das Forças Armadas e aquela marcha militar tão característica, que sempre associo a esse dia.

Foi assim que soube da Revolução dos Cravos. Pormenores, fomo-los sabendo aos poucos, à medida que o tempo passava. Penso que, a princípio, pouca gente teve consciência do que se havia passado.

Por aqui, as notícias não chegavam com a celeridade actual. Não havia telemóveis.

Tudo se passara de madrugada e eu estive toda a manhã sem saber de nada, a fazer a minha vidinha normal de todos os dias. E bem...

Depois e só com o decorrer dos acontecimentos, o país mudou e nós fomos mudando com ele. Alguma turbação, muita coisa boa, muita coisa menos boa. Já lá vão 46 anos!...

No dia 25 de Abril de 1974, eu estava nas escolas onde dava aulas e só regressei a casa, à tardinha. Ao volante do meu Renault 5 cor de palha, que me custou 90 000$00 e, à medida que me aproximava de Oliveira do Hospital, pensava na surpresa daquele dia. Era jovem e tinha sonhos!

Onde Estavas no Dia 25 de Abril de 1974?

HUMANIDADE DESUMANIZADA!

George Floyd era um negro americano. Há dias, assistimos ao seu assassinato quase em directo. Pudemos ver o seu rosto contorcido de dor. Ouvimos o seu grito de desespero: "Não consigo respirar!". Vimos com estupefacção e revolta o pé do polícia sobre o seu pescoço, pressionando-o. Mas... o que mais me impressionou foi a cara do assassino: desdém, desprezo, quase júbilo até!

Quedo-me a pensar: o que leva uma pessoa a ter tamanha malvadez? O que leva um branco a assassinar um negro, com prazer?

Os seres humanos são pessoas. A cor das suas peles não os faz melhores ou piores. Em pleno século XXI, um primitivismo horroroso ainda a fazer-se presente nesta e em muitas outras atitudes de que vamos tendo conhecimento.

Recordo Jesus Cristo e a sua mensagem de paz, amor, fraternidade. Todos somos iguais e irmãos. Pregou a não discriminação e deu exemplos de tolerância. Ele próprio, atendendo ao local onde nasceu, devia ser bem moreno, de olhos e cabelos escuros. Sim, não era loirinho de olhos azuis, como pintaram os grandes artistas do Renascimento!

Jesus Cristo foi um pensador, um filósofo, um homem cheio de carisma, que empolgava multidões. Revolucionou as ideias instituídas e, de certo modo, contrariou a imagem de um Deus castigador e mau, transmitida no Antigo Testamento. Um homem bom que, por ser bom, foi assassinado pelos que o aclamavam, traído por aqueles a quem fez bem.

Pergunto-me: para quê? Morte inglória e em vão, se nada do que ele pregou é cumprido, se cada vez há mais conturbação neste mundo. Ninguém aprendeu a lição que se concentrava numa palavra: AMOR!

Depois, lembro Abraham Lincoln, o 16º Presidente dos Estados Unidos, um dos melhores de todos os tempos. Anti esclavagista convicto, conseguiu a unificação do País, durante a Guerra da Secessão, entre o Norte e o Sul. Dotado de dotes excepcionais de oratória, defendia os ideais da igualdade, da fraternidade, da liberdade, do fim da escravatura. Governou desde 4 de Março de 1861 até 15 de Abril de 1865, dia em que foi assassinado. E por que razão? Pois, porque defendia os seus ideais com convicção. Era branco, mas, para ele, não havia raças, nem as pessoas se distinguiam pela cor da pele.

Muitos anos mais tarde, um pastor protestante baptista e activista político surgiu para defender a igualdade, porque os negros nunca deixaram de ser oprimidos e menosprezados. Era negro e lutou veementemente pelos direitos dos cidadãos, pela não discriminação, sempre de forma pacífica. Apenas a palavra, as suas palavras eloquentes se faziam ouvir, apelando à paz, sem desistir das suas reivindicações.

Aos pés do Memorial de Lincoln em Washington, gritou a sua frase mais célebre:

— I have a dream! (Eu tenho um sonho!)

Chegou a receber o prémio Nobel da Paz em 1964, mas nunca viu o seu sonho concretizado. Foi assassinado em 1968, na cidade de Memphis.

Também ele tem um Memorial em Washington e o seu nome perpetuado em ruas, estradas... De que serve agora?

Como comecei por dizer, a propósito do assassinato de George Floyd, o racismo não acabou. Há perseguições, há

mortes, há desigualdade, há intolerância, há malvadez, há sadismo, há abusos de toda a ordem, há totalitarismo...
   É urgente que a Humanidade se humanize!

Humanidade Desumanizada!

CASA-MUSEU DA FUNDAÇÃO D. MARIA EMÍLIA VASCONCELOS CABRAL

Não me canso de falar desta casa, deste solar do século XVIII, a que me ligam laços afectivos muito fortes. É como se um cordão umbilical invisível me mantivesse unida a ela. Compreende-se. Compreende quem sabe ou se lembra da relação que a minha família materna sempre teve com tudo o que lhe diz respeito.

A minha mãe dizia que já a conheceu na barriga da mãe, assim como eu a conheci na sua barriga. Posso acrescentar que o meu filho foi lá concebido em 1976, pois vivia lá nessa altura.

Tenho a sensibilidade que tenho e isso faz-me sentir tudo de forma muito intensa. Dói-me ver toda aquela maravilha tão descaracterizada, para não dizer negligenciada. O último dono, o fidalgo Francisco Manuel Cabral Metello, era muito meu amigo e eu conhecia-o muito bem. Por isso, sei que ele não gostaria de a ver transformada deste modo. Aliás, tenho a certeza.

Há pequenos pormenores que me exasperam e me revoltam. Por que não havemos de ser exactos, quando falamos? Exemplifico. Para que se referem à Fundação Cabral Metelo, se não é esse o seu nome? Para que dizem que o solar foi herdado em ruínas, quando isso é mais do que mentira?

Vou focar-me nisto, embora já o tenha feito inúmeras vezes. Pensem comigo. O fundador Francisco Manuel Cabral Metello faleceu em 1979 e o testamento foi logo conhecido. Os administradores da Fundação tomaram logo posse da chave e dos pertences todos, até de alguns que não eram da casa, isto pela forma insensível e pouco ética com que o fizeram.

Agora, que fique bem claro: o solar esteve ao abandono, desabitado e quase esquecido cerca de 17 anos e só depois, foi aberto ao público. Portanto, muita coisa se deteriorou, se perdeu, ou até foi roubada. Aí sim, a ruína aconteceu. Inevitavelmente. Infelizmente. Escusadamente.

Não vou imputar culpas, mas eu sei de quem foram.

Fui convidada para a inauguração da Casa-Museu, mas declinei o convite. Disse a quem me convidou as razões por que não estaria presente, todas, cara a cara, com toda a sinceridade e verdade.

Hoje, só vou apresentar aqui um exemplo de algo que foi "surripiado" durante esse interregno de má memória. Falo do sino da Capela, que desapareceu. Quem o fez? Como o fez? O que se fez? Ou não se terá feito nada?

Ficam as interrogações!

VILA ABAMONTE

Vou falar-vos de uma casa. Não é uma casa qualquer. Só me traz recordações maravilhosas, que fazem o meu coração rejubilar.

Naqueles tempos, chamava-se Vila Abamonte e situava-se no Monte Estoril, a praia dos nobres. Aliás, todas aquelas praias da linha de Cascais constituindo a costa do sol, que era chamada a Côte d'Azur portuguesa.

A primeira vez que lá fui passar férias devia ter uns 4/5 anos. Era uma morenita engraçada com uns lindos cabelos negros, que a minha madrinha entrançava com todo o esmero. Ela adorava-me e cuidava de mim. Era governanta do fidalgo Cabral Metello, dono da casa.

Um sonho tudo aquilo! Uma mansão enorme e bonita, muito bem decorada. Lembro as varandas viradas para o mar, cheias de buganvílias que espreitavam pelas janelas das várias salas e salões. No andar de cima as janelas eram circulares, como as vigias de um navio.

O jardim era muito mais do que isso. Um autêntico parque cheio de árvores frondosas e muito altas, antigas. Adorava passar o meu tempo debaixo de caramanchão e o cheirinho a jasmim encantava-me. Num canteiro ficavam os pequenos túmulos de pedra dos vários cães pertença da família. Havia degraus aqui e além, porque o terreno tinha vários níveis. Ao fundo, um pequeno portão dava acesso à rua e era por ele que saíamos em direcção à praia mesmo do outro lado. Só se atravessava um túnel e lá estava o mar, as ondas, o cheiro a maresia.

Claro que, ao cimo, havia outro portão mais largo, que dava passagem aos carros. Dentro do parque, situavam-se a casa do jardineiro e os aposentos do motorista.

Voltei lá várias vezes, mais velhita, quando já tinha estudado e sabia ler e escrever. Aí, a minha veia sonhadora soltava-se, imaginando romances de príncipes e princesas, que ocupavam aqueles belos quartos e salões. Viviam fadas e gnomos na densa floresta de abetos, eucaliptos, pinheiros, palmeiras... por onde gostava de cirandar. Debaixo do caramanchão lia e relia tudo o que me vinha parar às mãos, mas tinha uma predilecção especial pelas revistas francesas que o Sr, Cabral assinava: Paris Match e Jours de France, além dos jornais.

Adorava espreitar o dia a nascer através das janelinhas redondas do meu quarto. Imaginava-me num cruzeiro em alto mar, olhando pelas vigias e com a vantagem de não enjoar. Afinal, era só a imaginação a ditar-me todas aquelas sensações!

Às vezes, íamos passar um ou dois dias a Lisboa, num apartamento riquíssimo, situado mesmo ao lado do Parque Eduardo VII. À noite, íamos até lá passear os cães, caniches castanhos e grandes, de quem eu gostava muito.

A última vez que estive em Vila Abamonte foi em Maio de 1976, ano em que casei. Fui visitar o Sr. Cabral e penso que foi a última vez que o vi. Maravilhoso percorrer todos aqueles espaços que continuavam na minha lembrança!

Hoje com a designação "Villa do Monte", a propriedade é constituída pela casa principal, que embora modificada, conserva ainda a sua estrutura inicial, rodeada por uma densa vegetação e delimitada por muros de pedra irregular. O conjunto integra dois anexos dispersos no imenso e denso jardim, em que se destaca o chalet Mathilde, com telhados em bico e beirais em madeira. Parece-me que funciona lá um consulado não sei de que país.

Ao lado do portão principal da casa, ficava o belíssimo Hotel Miramar, que sofreu um incêndio, ficou em ruínas e acabou por ser demolido. Mais abaixo, junto ao mar, o Hotel Atlântico, que sofreu várias remodelações, mas me parece ainda estar a funcionar.

Aliás, no Monte Estoril havia (nalguns casos, ainda há) imensas moradias de veraneio, de belíssima arquitectura, mansões de ricos e nobres.

Para mim, a mais bonita de todas era a Vila Abamonte, porque lhe conheci os cantos e recantos, cada peça de decoração, cada móvel, cada quadro!... Saudades!

Vila Abamonte

FRANCISCO MANUEL CABRAL METELLO

Nasceu a 08 de Agosto de 1893. Era filho de Dª Maria Emília Vasconcelos Cabral e de Sr. Conselheiro Cabral Metello, que era de Celorico da Beira e por volta de 1880, após se ter formado em Direito, veio para Oliveira do Hospital na qualidade do que seria hoje Presidente da Câmara.

Pouco tempo depois, casou com a sua prima, a Srª Dª Maria Emília Vasconcelos Cabral. Permaneceu aqui vários anos e aqui nasceram os seus filhos o Sr. D. Francisco Manuel Cabral Metello e a Srª Dª Maria Luísa.

Após a morte dos seus pais e de sua irmã Dª Maria Luísa em 1945, Francisco Manoel Cabral Metello, tornou-se único herdeiro desta fortuna e o último descendente da família Vasconcelos Cabral.

Através do seu último testamento determinou que na casa que foi berço de sua família, durante quase quatro séculos, se perpetuasse o nome e presença de sua mãe, a Srª Dª Maria Emília Vasconcelos Cabral como patrona desta Fundação. Mais, determinou que neste mesmo solar (depois de devidamente restaurado) se instalasse a Casa-Museu, cujo recheio pertencia não só a esta casa como ainda nela se incluía o mobiliário que decorava a casa que o fundador possuía no Estoril e no andar que ocupava em Lisboa.

Era um fidalgo detentor de um grande património agrícola na zona de Oliveira do Hospital. Viveu parte da sua vida em Paris fez grandes viagens pela Europa, o que enriqueceu o seu património pessoal e cultural.

Escreveu dois livros os quais mereceram grandes apreciações dos escritores Fernando Pessoa e Aquilino Ribeiro: "Sáchá comentários à vida moderna, 1923" e "Entrevistas, 1923". É, portanto, considerado e bem um dos autores do concelho. Relacionou-se com altas individualidades do mundo artístico da época.

Faleceu em Lisboa no ano de 1979.

FAZ HOJE 45 ANOS...

Como agora, era transmitida na RTP a procissão das velas, directamente de Fátima. Este ano sem a presença física de peregrinos, devido à pandemia que assola o mundo. Há 45 anos não. Todo o recinto do Santuário pejado de gente com velas acesas. Era um mar de luzes que se elevava ao céu, numa súplica muda. O recolhimento era quase palpável e notava-se em cada rosto iluminado de Fé, quando as câmaras deambulavam por ali. Ao alto, num andor uma imagem parecia sorrir a todos e passava por todos.

Era tarde e na minha casa, crianças e adultos recolheram às suas camas para dormir.

No entanto, alguém ficou na sala, assistindo à transmissão. Compenetrado, atento, aparentemente emocionado, o meu pai ficou. Nunca soubemos a razão por que o fez, nem o que terá pedido a Nossa Senhora. Todos achámos que foi um acto de Fé, até porque ele nem era muito dado a essas coisas da religião. Só, ali ficou aquele homem de 46 anos até que a transmissão acabou.

No dia seguinte, cada uma de nós foi para os seus trabalhos ou escolas, no caso das mais novas. Ele ficou em casa com a minha avó, essa mulher maravilhosa que, sendo sogra, o amava como mãe e ainda a minha irmã mais nova com apenas 9 anos.

A certa altura da manhã, levantou-se e dirigiu-se ao quartito (era assim que se chamava à casa de banho lá de casa). Foi quando a avó ouviu o som de um corpo a cair. Acorreu tão lesta quanto pôde e encontrou-o caído no chão. A menina é que foi pedir ajuda para o levantarem. A minha mãe foi chamada, assim como o médico. Nunca mais se esqueceu aquela cena!

Teve um AVC que o deixou hemiplégico, com o lado esquerdo totalmente paralisado. Impossível esquecer esse dia 13 de Maio de 1975! Não mais se levantou da cama, não mais andou, não mais comeu pela própria mão... não mais foi o homem bonito e bem-falante, que cativava as simpatias de toda a gente que o conhecia!

Partiu de nós, no dia 29 de Setembro de 1977, ia fazer 49 anos. Impossível descrever o que significaram para a minha família aqueles dois anos e alguns meses em que esteve e não esteve, em que viveu e não viveu.

A mãe tinha pouco mais de 40 anos... a avó foi o anjo protector, o porto de abrigo, o esteio que o sustentou. A mãe tinha de trabalhar... a filha mais nova era uma criança da escola. As duas mais velhas trabalhavam e uma até já era casada e tinha uma menina. A terceira ainda estudava, mas a completar o 5º ano, tinha poucas aulas. Assim, ajudava no que podia e pôde muito, muito mais do que os seus 14 anos lhe permitiam. Com a sua boa disposição e alegria ajudava a amenizar o ambiente pesado que se impregnou na família. Unida e firme como nunca!

E as noites? A minha mãe chegou a dormir de pé, porque ele a chamava constantemente. Uma verdadeira heroína!

Ainda hoje não compreendo. Ainda hoje me revolto. Ainda hoje penso no porquê.

Afinal, só ele ficou a ver a procissão. E, no dia seguinte...

PÔSI-A!

Ficava num lugar remoto aquela casa. Nos arrabaldes da aldeia, era muito menos do que uma casa. Na verdade, tratava-se de um casinhoto feito de pedras sobrepostas e coberto de palha e ramos, quase uma choupana.

Mas... vivia ali gente. Como a outra gente, só que mais pobre de bens materiais, que não de sentimentos e de sentires. Um casal relativamente jovem e três filhos, todos rapazes. O mais velho tinha sete anos e chamava-se José. Na escola da aldeia era mais conhecido por Zezito. O do meio tinha cinco anos e chamava-se João. O mais novo era o Paulo de três anitos. E outro (ou outra) vinha a caminho.

O Zezito sabia disso, porque via a barriga da mãe crescer de dia para dia. Aliás, até na escola lhe falavam disso. Ainda não percebia muito bem como, mas talvez por magia, o irmão ou irmã estava a crescer dentro da mãe e, um dia, teria de sair de lá, também não sabia bem como. Sairia.

Os pais eram agricultores e criavam algum gado. Fome não passavam. A casa é que não tinha grandes condições, mas o Zezito pensava sempre que isso iria mudar. Tinha essa esperança. Só não sabia bem como, nem quando.

Zezito gostava da escola. A professora era simpática e amiga de todos os alunos, das 4 classes. Divertiam-se no recreio e davam-se bem. De vez em quando, lá havia uma ou outra escaramuça, mas nada que a verdadeira amizade não resolvesse. Sem rancores!...

Zezito gostava da aldeia aprazível e simples, mas onde tinham quase tudo o que precisavam: médico também. Por acaso, este era muito conhecido e até a filha dele estudava na escola. Muito boa pessoa, sempre pronto para ajudar os mais necessitados e sempre atento aos problemas de todos. Era muito considerado!

Zezito gostava do lugar onde morava, ali mesmo no meio da natureza, com uma paisagem magnífica e de onde avistava a aldeia, até a escola! Por entre os campos e por caminhos mais ou menos tortuosos, a sua juventude fazia-o saltitar e depressa lá chegava todos os dias, bem cedinho.

A casa só tinha um quarto dos pais e do mais pequeno. Os restantes dois dormiam na outra divisão que era tudo: sala e cozinha. Tinha uma lareira, que servia para aquecer e cozinhar. O chão de pedra ficava quentinho, o que se tornava bem agradável no Inverno. O João e o Zezito dormiam numa enxerga no chão, mas não faltavam agasalhos. Ele até achava graça!

O rapazito andava mortinho para que o bebé saísse... sempre queria ver como seria! Já tinha ouvido dizer lá em casa que era perto do Inverno. Ora, como o Outono se fazia sentir naquele esplendor de cores... como o sol se deitava mais cedo... como as folhas amarelecidas e escarlates voavam pelo ar até atapetarem o chão... não devia faltar muito!

Tencionava estar atento a tudo o que acontecesse. Uma noite, acordou sobressaltado. Algo de diferente se passava no quarto dos pais. A mãe gemia baixinho. Viu o pai sair apressado e voltar, pouco depois, com a ti Glória, que ele conhecia da aldeia e diziam que era muito sabedora de tudo. Fingiu estar a dormir com um olho aberto e outro fechado. Viu aquecerem água e levarem-na para o quarto. Viu, mais tarde, chegar o senhor doutor. Todos lá dentro, muitas movimentações e o Zezito não ia ver? Ia e foi.

Levantou-se sorrateiramente e pôs os olhos entre as frestas da porta. De olhar esbugalhado, não perdeu pitada. Achou que a mãe devia estar a fazer um grande esforço, um grande esforço e a sofrer muito. Notava-se. De volta dela, a ti Glória e o doutor a ajudarem. Devia ser. E ouvia dizerem: "Força! Força!". Lá está. Devia ser difícil mesmo. A certa altura, viu a criança sair da mãe e ser apanhada pela ti Glória. E ouviu dizer: "É uma menina!"

A mãe ficou, de repente, aliviada. Não soube bem porquê, lembrou-se das galinhas a porem os ovos. Elas até cacarejavam alegremente, de tão felizes que ficavam! A mãe não cantou, mas notava-se bem a sua alegria!

O Zezito também estava feliz, por ter uma mana. Precipitou-se para a cama, não fossem eles sair. Já sabia o que queria saber. Adormeceu, de tão cansado que estava!

No dia seguinte, quando acordou, ouviu o vagido do bebé. Mais nada… tudo estava calmo e silencioso. Deixou-se ficar muito quietinho, até o pai sair do quarto. Quando o viu acordado, ele disse-lhe:

— Zezito, o bebé já chegou. Tens uma manita!

O garoto abraçou o pai e correu para o quarto. A mãe tinha a menina ao colo e estava tão feliz! Que bom vê-la assim! E o bebé? Zezito achou-a linda e disse isso mesmo à mãe, dando-lhe um sonoro beijo nas bochechinhas rosadas.

Preparou-se depressa, comeu depressa e lá foi ele… Estava mortinho por chegar à escola para dar as novidades aos colegas e à professora. Foi uma festa entre os miúdos. Não contou nada do que tinha visto e foram todos dizer à professora. Ela ficou muito feliz por ele e disse:

— Então, Zezito, já chegou a tua mana! E a tua mãe está bem?

— Sim, senhora professora, mas a minha mana não chegou. Eu vi tudo: a minha mãe pôsi-a!

(com base num conto que faz parte do livro "SERRA" do Dr. Vasco de Campos, médico e escritor de Avô)

Pôsi-a!

OS MEUS LIVROS

Escrever é fazer confidências a um amigo fiável e verdadeiro. É contar segredos ao papel, que nunca nos defrauda. É transmitir o que brota da alma, em catadupas de desespero, umas vezes ou de alegria, outras. É fazer uma catarse profunda dos sentimentos e das emoções. É partilhar os sonhos sonhados no mais recôndito lugar do coração. Escrever é amar, porque só amando vivemos verdadeiramente. Escrever é sorver a vida em cada pulsar do sangue percorrendo as veias, como rios saltitantes. Rios de águas transparentes que murmurejam por entre as pedras, na ânsia desmedida de alcançar a foz. Escrever é respirar e aspirar o perfume de cada sensação, de cada sentir.

E para mim? Para mim, escrever é algo que me completa. Amo as palavras e, com elas, bordo a vida na minha pele. Com elas, sinto o que digo e digo o que sinto. Com elas, construo castelos que nada nem ninguém consegue destruir. Sou mais eu. Escrevo porque gosto e me sinto bem. Não tenho quaisquer ideias de índole material, quando o faço.

No entanto, gosto de partilhar as palavras com que delineio textos, quer em prosa, quer em poesia. Sobretudo, vivo numa eterna aprendizagem. Por isso, estudo muito e procuro sempre fazer melhor a cada dia. Parafraseando Fernando Pessoa, direi que "A minha Pátria é a Língua Portuguesa"! Cada vez mais, gosto de a trabalhar bem, preservando a sua beleza e genuinidade. Nada de estrangeirismos, nada de nada que a menospreze ou destrua!

Gosto de partilhar o que escrevo. Faço-o no Facebook, porque, para mim, é um meio privilegiado de transmissão de conhecimentos. Não só de entretenimento... Podemos aprender, sim!

Depois, há os livros e, fora a participação em colectâneas, já consegui editar seis. São os meus meninos, são frutos de mim e amo-os. A maioria feita a expensas minhas, embora com a colaboração da minha Câmara. O primeiro é talvez o mais simples, o menos sofisticado, o mais ingénuo. Marcante, precisamente por ser o primeiro! O último, o maior, foi o projecto de um ano. Um parto difícil, não na feitura dos poemas, mas na edição. Com muitos contratempos pelo meio, saiu à rua por fim e até foi bem recebido. Economicamente, não compensou, mas foi um sonho cumprido, mais um. Tendo 365 poemas, uns serão melhores do que outros, claro! Depois do PALAVRAS SENTIDAS, houve o ALMA, o DIVAGANDO..., o OLIVEIRA DO HOSPITAL – TERRA DO MEU CORAÇÃO, o SONHO? LOGO EXISTO! e, finalmente, o UM ANO – 365 POEMAS.

Os meus livros são os meus sonhos. São pedaços da minha alma, que, às vezes, se sente dilacerada. Como agora, no abismo desta pandemia que nos avassala.

Os meus livros são fruto das viagens que faço através da imaginação. Sem sair do lugar, transporto-me a lugares inimagináveis e vejo e sinto o que eles contêm de belo e, às vezes, de sinistro também.

Os meus livros são máquinas do tempo que me permitem voltar ao passado rever pessoas e senti-las comigo. Levam-me a outras galáxias e até ao futuro, se eu quiser.

Os meus livros são EU!

VIAGENS – é o livro que apresento, o último, mas não menos sentido, não menos amado! Vou deixar de escrever?

Não. Escreverei até que a alma me doa!

BIOGRAFIA

Lucinda Maria Cardoso de Brito nasceu em Oliveira do Hospital. Num dia 26 de Fevereiro dos anos 50, numa Terça-feira de Carnaval, veio ao mundo no seio de uma família simples e honesta. Foi a primeira das quatro filhas de um casal muito jovem.

Desde que aprendeu a ler, fazê-lo tornou-se para ela algo verdadeiramente prazeroso e imprescindível. Foi uma leitora compulsiva na infância e na adolescência. Paralelamente, desenvolveu o gosto pela escrita. A Língua Portuguesa sempre a fascinou e adorava fazer as chamadas "redacções".

Estudou na Escola Primária Feminina de Oliveira do Hospital e, depois, no Colégio Brás Garcia de Mascarenhas. Agradece aos belíssimos professores que teve o seu grande e cada vez maior interesse pela escrita. "A minha Pátria é a Língua Portuguesa!" – palavras de Fernando Pessoa que subscreve na íntegra.

Tornou-se professora do ensino primário em 1972, tendo tirado o curso na Escola do Magistério Primário da Guarda. Exerceu ininterruptamente as suas funções docentes, com espírito de missão até se aposentar com 52 anos. Considerou sempre prioritário o ensino da Língua Materna, pois julga ser a base de todas as outras áreas de estudo.

Depois da aposentação, começou a dedicar-se mais à escrita. Editou seis livros de poesia e participou em dezenas de colectâneas, a última das quais galaico-lusa. Paralelamente, foi pintando telas e já fez várias exposições.

Começou há pouco a ter aulas de desenho e pintura com aguarelas.

Frequenta a Universidade Sénior de Oliveira do Hospital, onde também é monitora de manualidades.

Aprender é um dos seus gostos, pesquisa e escreve sobre vários temas. Defende intransigentemente a necessidade de, a cada dia, podermos aprender sempre alguma coisa nova.

É acérrima opositora do Acordo Ortográfico de 90, não por ser conservadora, mas por considerar que é um atentado contra o bom uso da sua querida Língua Portuguesa.

Assina todos os seus trabalhos apenas como Lucinda Maria, o seu nome, enquanto autora.

A poesia é, para ela, uma forma privilegiada de expressar os sentimentos que a sua alma inquieta lhe dita. No entanto, também aprecia a prosa, desde que bem estruturada e elaborada em bom português.

Nos últimos tempos, tem-se dedicado também à prosa, tendo participado em colectâneas, com histórias parcial ou totalmente ficcionadas. É o caso do último livro de nome VIAGENS – através da imaginação.

Ler em voz alta é outro dos seus encantos, pelo que tem participado em vários eventos culturais, lendo poesia, quase sempre solicitada pelo Pelouro da Educação e Cultura do seu Município.

De resto, é uma pessoa muito interessada pelo estudo e pela cultura, de um modo geral.

A pandemia e o consequente confinamento fizeram-na ocupar ainda mais o tempo com as suas actividades preferidas: ler, escrever e pintar. Participou numa exposição colectiva de trabalhos artísticos sobre a quarentena e participou numa colectânea sob o mesmo tema, intitulada "Dá-me um abraço".

Além disso, tudo o que diz respeito ao concelho de Oliveira do Hospital lhe é muito grato. Está sempre disponível para a colaboração com o Município, sobretudo no domínio da cultura.

Considera-se uma oliveirense de gema, clara e casca, pelo que por Oliveira do Hospital, TUDO!

Biografia

AGRADECIMENTOS

À minha querida amiga Suzete Fraga que, com engenho e arte, prefaciou este livro.

À minha Câmara, nas pessoas do Sr. Presidente Dr. Francisco Rolo e da Sra. Vereadora da Cultura e Educação Prof. Graça Silva, por toda a colaboração.

Às Produções Debaixo dos Céus, na pessoa do escritor Manuel Amaro Mendonça.

À Editora Amazon, pelo trabalho realizado.

Aos amigos presentes e ausentes pelo apreço e incentivo.

Produções

debaixo

dos céus

Printed in Great Britain
by Amazon

83456893R00220